작전명령 640
아버지와 군대 간 아들, 편지를 주고받다

작전명령 640

발행일	2015년 5월 8일			
지은이	김성태·김영준			
펴낸이	손 형 국			
펴낸곳	(주)북랩			
편집인	선일영	편집	서대종, 이소현, 이탄석, 김아름	
디자인	이현수, 윤미리내	제작	박기성, 황동현, 구성우	
마케팅	김회란, 박진관, 이희정			
출판등록	2004. 12. 1(제2012-000051호)			
주소	서울시 금천구 가산디지털 1로 168, 우림라이온스밸리 B동 B113, 114호			
홈페이지	www.book.co.kr			
전화번호	(02)2026-5777	팩스	(02)2026-5747	

ISBN   979-11-5585-567-6 03810(종이책) 979-11-5585-568-3 05810(전자책)

이 도서의 국립중앙도서관 출판예정도서목록(CIP)은 서지정보유통지원시스템 홈페이지(http://seoji.nl.go.kr)와
국가자료공동목록시스템(http://www.nl.go.kr/kolisnet)에서 이용하실 수 있습니다.
(CIP제어번호 : CIP2015012923)

작전명령 640

아버지와 군대 간 아들, 편지를 주고받다

김성태 · 김영준 공저

북랩 book Lab

머리말

우체국에 근무하는 필자도 개인적인 편지를 주고받는 경우가 아주 드물다. 우편물 작업을 하다보면 고지서나 광고성 우편물이 대부분이고 손으로 쓴 편지는 청첩장이 아니면 군인에게 보내는 위문편지 정도가 그나마 손편지다. 그러나 요즈음은 병영에도 '싸지방(군대 내 PC방)'이란 게 대부분 있고, 어느 정도 전화도 수시로 할 수 있어서 그것으로 소통이 가능하기 때문에 편지를 더 주고받지 않게 되는 것 같다.

처음에는 아들을 위문하는 차원에서 시작된 편지가 아들의 적극적인 호응으로 오히려 아버지보다 더 길게 손으로 쓴 편지를 보내오게 되었다. 현재 사병으로 육군에 입대할 경우 군 생활 기간은 21개월, 날짜수로 640일 복무하게 되어 책 제목을 '작전명령 640'으로 하고 편지에 들어가는 상투적인 인사말 대신에 '작전명령 640'과 '남은 날짜'를 표시했고 나중에 그것도 지루해할 것 같아 '작전명령 21.0'즉 21개월 군생활로 바꿔서 편지를 보냈다. 간단한 아버지의 일기도 실었다.

　원문에 충실하기 위하여 되도록 수정하지 않았지만 군대라는 특수한 상황을 고려해 민감한 일부는 부득이 삭제해야만 해서 아쉬웠다. 편지 중에는 가족 간에만 통하는 농담과 은어가 있어서 간혹 어법에 맞지 않거나 독자 분들이 이해가 어려운 부분도 있음은 양해를 부탁드린다. 엄마의 편지, 친구들에게서 받은 편지도 있지만 같이 싣지 못함도 못내 아쉬운 부분이다.

　편지를 통해서 아들의 군 생활과 가족 간 서로에게 소통과 위로가 되었고 아버지의 편지를 중대원들도 같이 읽어 함께 위문이 되었다고 하니 흐뭇했다. 독자분들 중 아들을 군대에 보내신 가족에게나 군 생활을 하는 아들에게 편지로 엮은 이 책이 군인 아들에게는 군 생활을 버티는 힘이 되고 가족들에게는 위안이 되었으면 하는 바람이다.

차례

시간이 나는 대로 편지 쓰도록 노력하겠습니다.

아들이 대한민국의 국방을 책임지고 있으니

단잠을 이루십시오.

훈련병의 편지

낯선 기상나팔 소리로 시작된 군 생활 640일

2012년 3월 6일

아내와 함께 영준이를 춘천 102보충대에 데려다 주고 왔다. 영빈이
도 바쁜 일정에도 와서 동생을 배웅했다. 영준이가 군대 가려고 짐
정리를 하면서 법전도 내다놨다는 영빈이의 말이 내 마음을 아프게
한다. 춘천에서 닭갈비로 점심을 먹는데 영준이가 제대로 먹지 못한
다. 잘 다녀오너라. 아내가 늘 하는 말처럼 하나님이 들어 쓰시는 속
내를 우리는 예측하지 못한다. 갑작스런 비로 입소행사가 취소되어
제대로 인사도 못 나누고 들여보냈다.

 부모님께

요새는 군대가 좋아져서 편지를 소포에 같이 보내라고 봉투에 편지지도 줍니다. 이 편지를 쓰는 게 수요일 11시니까 입영한지 이틀이 되어 가네요. 어제는 입구에 들어와 모퉁이를 돌자마자 예상대로 교관들이 반말을 쓰기 시작하더군요. 근데 교관들이 너무 어려 보여서 아직은 적응이 잘 안 됩니다. 쟤들도 불쌍한 애들이라는 생각이 자꾸 듭니다. 지금은 입영자들 앞에서 소리 지르고 있지만 어차피 군 생활 하는 건 똑같은 입장일 테니까요. 특히 작대기 두 개들이 소리 지르는 거 보면 조금 안쓰럽기(?)까지 합니다.

들어와서 아직 신체검사랑 보급품 수령만 하고 있습니다. 아버지의 우려와는 다르게 강당에서 모여 있을 때 활동복을 먼저 지급받았습니다. 40년 전과 같게 사이즈를 부르면서 던집니다. 저녁에 혈압 측정, 피검사 등등을 하고 세면도구도 지급받았습니다. 입영했다는 게 아직은 거의 실감이 나지 않습니다. 진짜 병영 캠프 수준도 아니지요. 군대에서 공짜로 독감 백신도 놔줬습니다.

오늘 아침 일어나는데 조금 기분이 이상했습니다. 기상나팔도 없이 불을 켜는데 일어나지더군요. 오전에는 본격적으로 보급품을 받기 시작했습니다. 더블백에 군화, 활동화, 군복을 지급받았고, 오후에 전투복을 받을 예정입니다. 아마 내일쯤 어느 신교대로 갈지 결정이 날 것 같습니다. 소포 박스에 있는 전화로 확인 가능할 거예요. 신교대에서는 8주 훈련을 받을 것 같습니다.

군대는 40년 전이나 지금이나 똑같습니다. 식당이나 보급품 수령하는 창고에는 잘못 걸려 와서 일하고 있는 입영 장정들이 많습니다. 방금도 일병 두 명이 들어와서 신체검사에 쓸 인력을 차출해 갔습니다. 우리 생활관 거의 대부분이 차출됐는데 제 앞에서 끊겼습니다. 오후 시간이 굉장히 한가해질 것 같습니다.

저는 현재 1소대 생활관 1176 장정입니다. 뭐 물론 신교대 가면 금방 바뀌겠지만요. 써 놓고 보니 굉장한 악필입니다. 양해 바랍니다. 다음부터는 잘 써 보도록 노력하겠습니다. 이곳의 새벽은 생각보다 춥지 않고 상쾌합니다. 다음 편지는 언젠가 될지 모르겠습니다. 이제 이렇게 시간을 주는 경우가 드물 테니까요. 그때까지 안녕히 계십시오.

PS. 제 신교대 주소를 전화해서 알게 되시면 형한테도 알려주시면서 제 facebook에 주소 좀 올려달라고 해 주세요. 형이 알아서 할 겁니다. 아, 그리고 아마 어머니 핸드폰으로 문자가 갈 거예요. 아마 지금쯤 받으셨겠죠.

오늘 저녁에는 부식으로 두유도 나와서 만족스러웠습니다. 그리고 생각보다 저보다 나이 많은 사람이 꽤 있어서 나이 문제도 큰 문제는 아닌 듯합니다. 83년생, 84년생도 내무반에 몇 명 있습니다. 원래는 여기서도 불침번을 1시간씩 서는데 저는 운이 좋아서 원래 생활관이 아닌 다른 곳에서 자는 바람에 불침번도 안 섭니다. 추운 날씨에 건강하세요. -영준-

아, 그리고 방한에 가장 신경을 많이 쓰는 듯합니다. 보급품으로 양말 3종 8켤레가 지급되고 장갑만 3종류가 지급됩니다. 양말이 정말 따뜻합니다.

2012. 3. 9. 도착 (입고 갔던 옷을 보내온 장정소포에 동봉된 편지)

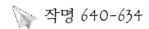
너도 알다시피 올해 내 목표는 만보백권萬步百卷이다. 여러 해 전에도 시도를 했었지만 목표에 도달하지는 못했다. 만보계 2천 원짜리 사서 매일 걷는 걸음수를 달력에 기록하곤 했는데 싸다고 China 제를 샀더니 역시 차이나(china). 채 한 달을 버티지 못하고 그만 엊그제 배드민턴을 치던 중 임무를 다했음을 고하더구나.

책은 올해 들어 19권을 읽었는데 아직까지는 매달 목표치에 근접해서 읽고 있으나 일부만 읽고는 목표를 위해서 그냥 읽은 것으로 기록한 것이 있음을 묻지도 않았는데 시인한다. 요즈음은 봄나물, 약초에 관한 책과 베르나르의 상상력 사전, 유홍준의 문화답사기 시즌2를 읽는다.

엄마는 대화는 안 해주고 자기 목표를 위해 운동만 하고 책만 읽는다고 불평을 하시지만 내 목표를 수정할 생각은 조금밖에 없다. 그러면서 엄마는 오늘 저녁부터 배재대에서 다문화지도 과정 강의를 월요일 수요일 10시까지 들을 예정이라면서 나 보고 밥을 먹고 들어오라는 강요를 하시니 내가 거꾸로 불평을 해야 할 판이다. 그리고 내일부터는 새학기 수업도 시작하실 예정이란다.

어젯밤에 네가 전화번호 저장해 놓은 것 중 '자주 거는 전화'

에 네가 노도부대에 배치되었다는 메시지를 보냈더니 18곳 중 3명은 잘못 보내셨다고 답장이 왔다. 찬이는 금방 알아차리고 답장 메시지가 왔고 지환이도 처음에는 누구세요 하더니 금방 전화가 와서 간단한 통화를 했단다.

너하고 전화기 바꾼 것을 후회했단다. 휴가나 외출 시 임시로 풀어서 통화를 하면 된다는데… 원위치할까 생각 중이다.

6소대에서 너보다 나이 많은 대원이 한 명 있더구나.

꼭 초겨울 같은 봄이구나.

2012. 3. 12. 14:12 김영준의 아버지 씀

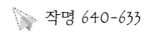

오늘 아침 일찍 구보하면서 구령을 외치는 배재대 ROTC들의 아직은 각이 덜 선 듯한 목소리가 들린다. 막 새로 훈련을 시작해서 아직 군기가 덜든 탓이리라.

노도 인터넷 카페의 기드온교회에서 찍은 사진을 몇 번의 넘김을 반복한 끝에 너를 겨우 찾았단다. 네가 신교대에 배치돼서 바로 찍은 사진을 보고는 엄마가 눈물을 보이시더니 어제 교회에서 찍은 사진을 보고는 웃음을 보이시더라구. 너무 슬퍼하거나 노여워하지 말거라. 세월이 약이란다. 훈련 첫날 사진도 금세 올라와 있더구나. 엄마의 예리한 관찰력으로 철모 사이로 보이는 하얗게 쓰인 271번을 찾아내시고 너를 본 듯 기뻐하시더구나.

오늘 아침 일어나 박경리 씨의 『버리고 갈 것만 남아서 참 홀가분하다』에서 이 구절을 찾기 위해 시집 한 권을 다시 다 읽어야 했단다.

잔잔해진 눈으로 뒤돌아보는
청춘은 너무나 짧고 아름다웠다
젊은 날에는 왜 그것이 보이지 않았을까

'산다는 것은'이란 제목의 시 중 맨 마지막 구절이다. 어제 아침에 젊은 직원들과 모임을 하면서 이 구절을 생각나는 대로 얘기해줬다. 그래, 청춘은 너무 짧고 아름답지만 젊을 때 그것을 알면 이미 젊은 사람이 아니지. 오늘 곰곰이 생각해보니 박경리 씨보다(이미 고인이 되셨지만) 내가 30년쯤 나이가 적으니 그에 비해 나도 청춘이 아닐까?

오늘 김영준 학자금을 갚으라는 통지가 왔다. 총 2,740만 원을 4년간 매월 57만 원씩 갚으라고 한다. 48번째 달은 61만원이란다. 퇴직하기 전에 끝나는 게 얼마나 다행인고? 그렇다는 거지, 군대에 있는 너 보고 갚으라는 게 절대 아니니 걱정은 633일 지난 다음에 꼭 하길 바란다.

2012. 3. 13. 16:52 아버지 씀

아들아, 드디어 아버지의 장기 급수가 2급이 되었단다. 축하해다오. 아주 가끔 3급까지는 올라간 적이 있었지만 2급이 되기는 이번이 처음이다. 6급까지 떨어진 때도 있었는데 감개가 무량할 따름이다.

또, 엄마의 무한견제를 극복한 일이라 더 의미가 있다고 생각한다. 어제 저녁 약간의 객기를 이용한 유격전 덕이다. 앞으로도 정진해서 장기 유단자가 될 것을 굳게 굳게 다짐해본다.

『나의 문화유산 답사기 6, 인생도처유상수』를 읽었다. 인생도처유상수人生到處有上手, 어디든 상수(고수)가 있기 마련이란 이야기겠지. 거기에도 분명 상수가 있겠지. 읽으면서 우리 집 문화유산해설사인 김영준의 반짝이는 눈을 생각했다.

편지는 1장 쓰는 게 아니라면서 정 쓸 게 없으면 '이만 총총'이란 말을 뒷장을 넘겨서 쓰시곤 했던 할아버지 생각이 나는구나. 이만 총총….

2012. 3. 14. 17:42 아버지 씀

PS. 쓸 말이 없어서 그런 게 아니고 할아버지 생각 땜에 그런 것이니 유념하거라.

2012년 3월 14일

영준이한테서 전화가 왔는데 수요 예배 중이라 받지 못했다. 영준이가 많이 아쉬워했겠다. 입대한 지 겨우 일주일이 지났다.

아버지의 명필에 대해서 감격의 눈물을 흘리면서 이 편지를 읽는 줄 안다. 영준이 너도 악필이라고 너무 낙담하지 말거라. 너도 계속해서 글씨를 쓰면 나 정도는 되기 쉽지 않겠지만 내 명필에 준하는 수준까지는 따라올 수 있을 테니까 걱정하지 말거라.

돌아가신 할아버지가 대서소를 했다는 사실은 알고 있지? 글씨를 잘 써가지고는 출세는 어렵고 남의 글 대필만 해준다는 말씀을 하시고는 했으니 이 또한 우리 악필 가족에게는 큰 위로가 되리라.

승현이의 비공식 경로의 전화를 받고 아버지가 한 첫마디가 무엇이겠니? 그 이야기를 전해들은 어머니는 무슨 말씀을 하셨겠니? 후후후… '그럼 안 되지'라는 말을 했으리란 것을 그동안 부모님의 행태로 미루어 이미 짐작하고 있었겠지. 아버지는 교회에, 어머니는 배재대에 있었단다. 어쨌든 많은 의지가 될 수도 있겠구나. 세상은 더불어 사는 거란다.

소위 인터넷 편지라는 것이 있는데 그것은 우편법을 위반한 사례라고 볼 수가 있다. 우편법 제2조에는 '우편사업은 국가가 경영하며 지식경제부 장관이 이를 관장한다.' 2조 2항에는 '자기의 조직 또는 계통을 이용하여 타인의 신서를 전달하는 행위를 하여서는 아니 된다.'라고 되어 있단다.

동법 제6장 제46조 1항에는 '제2조 제2항 본문의 규정을 위반한 자는 3년 이하의 징역 또는 1천만 원 이하의 벌금에 처한다.〈개정 1997.8.28.〉'라고 되어 있단다. 무슨 이야기인지 법을 전공한 네가 잘 알렸다!!! 그리하야 나는 이렇게 손편지를 쓸 수밖에 없단다. 흑흑흑…(우는 소리)

3월 15일부터는 봄이라고 난방을 전면 중단하는 바람에 손을 덜덜덜 떨면서 이 편지를 쓰고 있단다. 나는 1977년 3월 원주에 배치를 받았는데 식기 닦느라고 손이 얼어 터졌던 기억이 난다. 아버지는 35년 전 정보를 가지고 그러신다고 그러겠지만 변하지 않는 것도 있단다. 졸병과 피교육자는 먹어도 배고프고 자도 졸리고 봄에도 춥단다. 너는 피교육자에 졸병을 겸하고 있는 중이구나.

2012. 3. 16. 아버지 씀

2012년 3월 18일

매일 영준이 군부대 인터넷 카페에 들어가 아들 얼굴 확인하는 게
큰 일과 중의 하나가 되었다. 영빈이가 삼성테크윈에 입사하려고 시
험 보는 날이다.

 부모님께

생각보다 편지를 다시 쓰는 날이 빨리 왔네요. 이미 통보를 받으셨거나 조회를 해 보셨겠지만 저는 2사단 노도부대에 자대 배치를 받을 예정으로 2사단 신병 교육대에 와 있습니다. 강원도 양구군에 있습니다. 결국 후방 차출은 되지 않았고 전방으로 왔습니다. 보충대 동기 중에 군사령부와 군수지원사령부로 배치받은 애들도 있지만, 별로 부럽지는 않습니다.

내심 전방을 바라고 있었는데 전방으로 왔습니다. 사실 여기는 어떤 의미에서는 최전방은 아닌 것 같습니다. 제가 알기로 양구에 백두산부대와 노도부대가 있는데 저희 노도부대 신병 교육대가 조금 남쪽에 있는 것으로 봐서 저희가 제2전선인지도 모르겠습니다. 하여튼 여기는 두메산골 첩첩산중입니다.

동봉된 자료에는 서울에서 양구까지 1시간 40분이라고 되어 있는데, 저희는 보충대에서 여기까지 오는 데 세 시간 가까이 걸린 것 같습니다. 주변에 산뿐이고 저 멀리 산꼭대기에는 눈이 아직 있습니다. 오늘 아침에도 살짝 함박눈이 내렸습니다. 여긴 밥도 보충대보다 잘 나오고 시설도 전방이라 그런지 새로 지은 건물이 아주 좋습니다. 공기가 좀 차가운데 3월이라 별것 아닙니다. 3월치고는 춥긴 추운 것 같지만 매일 이러니까 체육복 하나만 입고 나가도 감기에 걸리지 않습니다. 저녁에 밖에 나가 별을 볼 수는 없었지만 저녁 7시에 아직 날이 완전히 어두워지지 않았는데도 하늘에 별이 한두 개 보입니다.

시간이 날 때마다 편지를 써서 내용도 툭툭 끊기고 바닥에서 써서 글씨도 엉망입니다. 어제 자기 전에는 연대에서 목사님이 나오셔서 기도를 해 주고 가셨습니다. 제 기억에 의하면 외할아버지가 계셨던 곳이 2사단이었던 것 같은데 맞는지 모르겠습니다.

동봉되어 있는 서류 중 우측 상단에 '부대회수용'이라고 써 있는 것은 작성해서 다시 보내라고 합니다. 그리고 혹시 모르니 우표도 동봉해서 보내 주세요. 우표는 안 준다네요. 사실 편지를 얼마나 쓸 수 있을지는 모르겠지만요.

이곳은 공기는 정말 좋은 것 같습니다. 경치도 좋고요. 아침 바람은 조금 쌀쌀합니다. 5주 마치면 체력이 엄청 좋아질 것 같습니다. 그리고 군대가 많이 좋아져서 전혀 심하게 다루지 않습니다. 상당히 - 제 기준에서는 - 인격적으로 대우해 줍니다. 아버지 군 생활 하시던 40년 전이었으면 이 정도 군기면 머리를 수십 번 박았을 듯합니다. 아직은 본격적으로 훈련이 시작되지 않아서 그리 힘들지는 않지만 안 움직이던 몸을 움직이려니 조금 쑤시긴 합니다. 차차 좋아지겠지요. 적당히 운동 좀 하고 올 걸 그랬습니다.

다음에 기회 되면 다시 편지하겠습니다.

충성! 훈련병 김영준 올림

PS. 가져온 핸드크림, 후시딘은 유용하게 쓰고 있습니다. 훈련이 본격적으로 시작되면 더 유용할 듯합니다. 형에게도 안부 전해 주세요. 삼성에 들어갔는지 궁금하네요. 아, 그리고 여기서 훈련 5주 받고, 나머지 3주는 제2신교대에서 받는다고 합니다.

사회가 그립거나 사회에서 할 수 있는 것들이 아쉽지는 않습니다. 아예 차단되어 있으니까요. 오히려 이 안에서 어떻게 잘해 나갈지에 집중하고 있습니다. 벌써 초코파이 맛을 알아갑니다. 요새는 초콜릿으로 덮어버린 가나파이를 줍니다. 초콜릿의 단맛이 이렇게 좋은 건지 몰랐습니다. 그리고 반입이 허용될지 모르겠지만 칫솔도 하나 보내 주세요.

2012년 3월 19일 월요일 받음

지중해 해안에는 수많은 조약돌들이 있는데 그 돌멩이 중 딱 하나 뜨거운 돌이 있는데 이 돌을 쥐고서 소원을 빌면 무슨 소원이든지 이루어진다고 한다. 그래서 어떤 한 사람이 그 돌을 찾기 위해 밥만 먹고 숨만 쉬면서 돌 하나 들어서 지중해에 던지고 또 하나 만져보고 던지고 던지고 던지고… 수많은 날들을 그 일을 계속했단다.

드디어 뜨거운 돌의 느낌이 왔는데 그 사람이 어떻게 행동했겠니? 그 중요한, 너무도 소중한 그 돌을 '습·관·적'으로 휙 지중해 바다에 던지고 말았단다. 사설이 길구나. 전화기에서 기계음이 들리는 순간 뚝 전화를 끊는 머피가 등장을 했던 거다. 끊는 순간 아, 이게 아닌데 했지만 이미 상황은 되돌릴 수가 없더구나.[1]

이번 주 교회에서 찍은 사진으로 보건대 호랑이 선임 훈병 고참들이 금요일에 사라져서 고양이들이 활개를 치는 모습을 볼 수 있었다. 그래 뭐 작대기 두 개가 어쨌다고? 아마 작대기 두 개도 하늘처럼 보일 때가 되었을 걸.

나도 길게 느껴지는 2주일인데 겨우 14일이 지났으니 우리 아

---

[1] 훈련병 시절에는 집으로 수신자 부담 전화(콜렉트콜)를 하게 된다.

들, 어이할꼬? 그리하야 오늘 눈물과 콧물을 바가지로 흘리면서 고향의 봄을 불렀다고 벌써 카페에 올라와 있구나.

아마도 2주 뒤에 강행군으로 녹초를 만든 다음 앞사람 등에 얼굴을 기대라고 시켜 놓고는 어머님 은혜를 부르게 하면 그때도 바가지로 콧물과 눈물이 나온단다. 아부지, 그건 40년 전 군대 얘기라구요. 알았다. 아들아.

요즈음은 부모님 은혜로 바뀌었다구?

2012. 3. 19. 16:46 아버지 씀

오늘이 춘분이니 네 생일이 6개월 남았구나. 이런, 아버지 생일이 음력으로 1955년 5월 16일 양력 7월 5일이었는데 올해는 음력 5월 16일이 양력으로 7월 5일… 그렇다는 거다.

형은 삼성테크윈에 서류 심사는 물론 거뜬하게 통과했고 지난 일요일 SSAT 시험을 보고 왔다고 하더라. 모의 SSAT 시험에서 0.3% 내에 들었다고 자신만만 하더니 본 시험에 지각을 할 뻔한 것이 조금 문제였을 뿐 잘 보았다고 하더라. 모의시험시 인성평가 부분에서 점수가 안 나와서 그 부분을 걱정하기는 하더구나.

영준이 말대로 그곳에서 어떻게 잘 지낼지 생각만 하고 지내는 것이 좋을 것 같다. 지난 일도 중요하고 내일도 중요하지만 말이다.

방금 작업장에서 직원들끼리 모여서 봄맞이 환경개선을 한다며 작업장 바닥과 전동차에 페인트칠을 했다. 다들 군대에서 페인트칠을 해봤다고들 한다. 오전에 청사를 한 바퀴 돌면서 막 망울이 생겨난 개나리 가지를 한 묶음 꺾어왔다. 자연을 훼손하는 게 아니고 가지치기 차원으로 이해하기 바란다. 방금 언덕으로 돌다보니 막 꽃망울이 터지려고 하는 산수유도 전지해놓았구나. 꽃병에 꽂아 놓고 환하게 피는 개나리와 산수유를 보면서 봄을 맞으련다. 엊저녁 잠을 설쳤더니 졸립다.

2012. 3. 20. 춘분날 아버지 씀

서랍정리를 하면 버릴 것들이 많은데 버리지 못하고 계속 서랍을 차지하게 만들고는 한다. 자료들도 있고 받은 편지도 있고 내가 오래전에 썼던 글들도 있다. 오래된 통장들도 의미 없이 자리를 차지하기는 마찬가지다.

어제는 캐비닛을 정리하면서 전에 썼던 글들을 읽어보았다. 유치하고 치졸하게 느껴지는 것도 있고, 그때 생각이나 지금 생각이 세월이 지나도 변하지 않고 있는 나를 발견하게도 된다.

글을 왕성하게 썼던 것은 1995년부터 6, 7년이었을 것이다. 자신만만하기도 했고 내 자신에게도 솔직했던 나를 발견할 수 있었다. 2002년 이후에는 거의 글을 쓴 적이 없는 것 같다.

그래도 그때의 기억이 남아있는 세대들에게는 부끄럽게도 '김과장=글 좀 쓰는 사람'으로 알려져 있다. 지금이야 쓰는 사람이 읽는 사람보다 많지만 불과 10여년 전만 해도 우리 우체국에서 나오는 잡지에 글을 올리면 읽어보고 전화를 주는 사람도 있었지.

아까도 말했지만 지금도 그 글 내용의 일부를 기억하는 직원들도 있다. 얼마 전에 만난 직원은 글로만 보아온 내가 어떤 사람인지 보고 싶었다는 말을 하더구나.

그 뒤에 2003년 유럽여행을 다녀와서 블로그에 여행기를 싣기도 하면서 블로그를 시작했으나 그것도 5, 6년 하니 흥미를 잃어서 지금은 거의 활동을 하지 않고 있다. 흥미를 잃어갈 즈음 시작한 게 사진이지. 이제 그 취미도 잃어갈 때가 되었는지 셔터를 누르는 횟수가 현격히 줄어들었다.

두려움 없이 시작은 잘하는 편인데 끈기가 부족한 것 같구나. 그래, 줄기차게 함을 부러워할 게 아니라 나 나름의 삶을 즐기는 방법이라 스스로를 위안해야겠지. 김성태는 김성태이니까.

2012. 3. 22. 17:59 아버지 씀

후반기 교육을 마치고 간 곳은 105보충대였고 제1하사관학교에 배치되어 부식계를 맡아 2.5t 트럭으로 반찬거리를 가지러 5급양대에 매일 다녔다. 근무중대 1소대 소속이었고 M16 총번은 7654380이었고 탄착점은 좌 2.1 상 3.3클릭이었다. 33개월 복무했다.

이 글은 내가 1999년 12월경 쓴 글 일부분이다. 1979년 제대했으니 20년 만에 쓴 것으로 얼마나 내 기억이 생생했는지 내 스스로 생각해도 대단할 뿐 아니라 남들도 다 그렇게 생각했다는 것이다. 그런데 위 기록 중 총번과 탄착점을 내가 임의로 기록한 것임은 이미 여러 사람에게 이야기했다. 누구도 확인해볼 수가 없는 임의의 숫자를 기록했음을 알리는 바이지만 누구도 내 기억을 의심하거나 문제 삼지는 않았다.

이 글을 뽑은 정공채 시인(아마 너는 잘 모를 게다, 아주 많이 유명한 시인이시다.)은 다음과 같이 평을 했다.

이들 수많은 숫자의 빼곡하고도 빈틈없다시피 한 기억의 틀 속에서도 기꺼이 자유로울 수 있다는 이 필자의 정확성과 함께, 오히려 안분지족의 낙천적 여유로움에 찬사를 보낸다.

위에서 필자라 함은 아버지 김성태를 말한다. 역시 시인이시라 다르긴 다르더구나. 이런, 이 편지를 쓰면서 인터넷으로 확인해보니 2008년도에 돌아가셨구나. 늦게나마 삼가 고인의 명복을 빌어본다.

2012. 3. 26. 2:21 아버지 씀

PS. 2시 22분을 기다리려다 꾹 참고 21분이라고 애석한 마음으로 쓴다.

작명 640-619

2004년 형이 서울로 올라간 이래 최장시간 통화시간을 엊저녁 기록했을 것이다. 주로 삼성테크윈 입사 등 진로에 관한 이야기를 나눴다. 지난 금요일 SSAT 시험 결과가 발표되었는데 너무도 당연하게 통과했다는구나. 그날 형으로부터의 시험결과에 대한 전화가 너무 담담한 목소리였다.

이런 진로를 이야기할 때 아버지가 뭔가 확실하게 진로선택을 도와줘야 하는데 그러지 못함에 스스로 자책을 했단다. 그러나, 가정형편 즉 경제적 문제 등을 이유로 꿈을 접어서는 안 된다는 생각을 늘 가지고 있다. 영준이 너도 마찬가지다. 4월 5일 면접이 있다고 준비 중이란다. 그런데 이런 진행을 교수님만 모르신다는 게 문제라면 문제다.

엊저녁 전화에서 형이 나이 들어 군에 간 너를 걱정하더구나. 군대 짭밥에다 요즈음은 사회 쌀밥도 쳐준다는 말이 있기는 하지만 그래도 아버지도 약간 걱정이 되기는 한다. 어쨌든 군대는 군대다. 그저 아버지 어머니는 영준이가 스스로 슬기롭게 극복하길 바라고, 기도할 때마다 기도할 수밖에 없음이 안타깝다.

이번 주 소총사격훈련은 네 전공취미이니 흥미진진하겠구나. 훈련사진을 보니 사격술교보재가 36년 전이나 지금이나 어찌 그리 변함이 없는지. 총구에 바둑돌이나 동전을 올려놓는 것도

훈련병의 편지

똑같고… 아니 M16이 K2로 바뀌긴 했구나.

2012. 3. 27. 11:40

12703854 예비역 병장 김성태가
1271008773 훈련병 김영준에게 보냄

 부모님께

　양구에도 봄은 오는가 봅니다. 요새 소대원들이 훈련받다가 종종 하는 말입니다. "양구에도 봄은 온다." 3월 13일, 14일까지는 날씨가 꽤나 쌀쌀했습니다. 가끔 눈발이 날리는 것은 기본이고 해 안 뜨면 꽤 춥습니다. 하지만 요새는 해 뜨면 따뜻합니다. 봄인가 싶습니다. 아직은 아침저녁으로는 춥고 새순이 올라올 기미도 안 보이지만 봄은 봄입니다. 날씨가 완연한 봄이 되면 자대 배치도 받고 훈련도 끝나겠지요.

　요새 군대 참 좋습니다. 훈련도 아직은 별로 안 심하고, 가혹행위도 없습니다. 몸에 근력이 올라오면서 얼차려도 적응이 되어 갑니다. 군대는 참 미스터리한 곳입니다. 심한 운동으로 온몸에 알이 배기고 온몸이 쑤셔도 다시 뛰는 게 가능합니다. 간밤에 목감기가 심해져서 의무대에서 약을 받았습니다. 의무병이 당직을 서기 때문에 즉시 약이 나옵니다. 아프면 당직 병원 찾아 택시 타고 나가야 되는 대전 촌과는 비교도 안 되는 선진 의료 시스템입니다. 하여튼 약을 먹었더니 감기약을 먹었는데 근육통도 치료되는 신기한 곳이 군대입니다.

　여기서 1주차부터는 운동을 시키기 시작합니다. 군화를 신고 부대를 한두 바퀴 돕니다. 아직은 힘들지만 금방 적응될 듯합니다. 군화를 신고 다녔더니 그냥 신발을 신으면 날아갈 것 같습니다. 군대는 할 일이 엄청 많다가도 또 엄청 없습니다. 훈련 스케줄이 빡빡한 날은 짬이 하나도 안 나는데 주말이 되면 할 일이 하나도 없어 방황하기도 합니다.

인제 가면 언제 오나 원통해서 못 살겠네 그래도 양구보단 낫다는 말이 있답니다. 첩첩산중 추운 곳이지만 춘천에서 40분이면 오고 터널 완공이 되면 20분이면 오는 곳이랍니다. 겨울에는 살인적인 추위를 자랑할 것 같습니다. 3월인데도 바람이 장난이 아닙니다.

현재는 훈련 1주차라 인터넷 편지 같은 건 안 옵니다. 2주차부터 인터넷 편지를 출력해 준답니다. 아버지의 편지 덕에 현재 소대 중에 가장 많은 편지를 받았습니다. 여기서 애들이 나이대접을 해 주려고 하니 더 불편합니다. 소대에 84년생이 한 명 있고 그다음이 저고 나머지는 다 91, 92년생입니다. 나이가 많은 것에 대한 거부감은 없습니다. 아예 생각을 안 하니 편합니다.

2사단은 최전방은 아니라고 합니다. 저희 소대에 제가 이미 행정병으로 차출되었다는 확인되지 않은 소문이 돌고 있습니다. 실제로는 결과가 어떻게 될지 모르겠습니다. 훈련병들 사이에서는 괴소문이 워낙 많이 돕니다. 자대 배치와 보직은 훈련병들의 초미의 관심사지만 아무도 정확한 정보를 모르니까요.

체력은 확실히 좋아질 것 같습니다. 조국 방위의 최전선에 있으니 그에 맞는 훈련을 시키겠지요. 다시 편지 올리겠습니다. 아마 우표를 동봉해 보내셨다면 그때야 갈 것 같습니다.

3. 17. 어느 화창한 오후에 14:26
충성! 훈련병 김영준 올림

　어머니가 비 오는 날을 걱정하셨지만 여기는 비가 오지 않습니다. 대신 눈이 옵니다. 제 기억에 의하면 여기 온 이후로 눈이 네 번 왔습니다. 행정반에 갔다가 상황판에서 온도를 봤는데 최저기온이 영하 9도, 최고기온이 영상 11도였습니다. 꽃샘추위인지 모르겠으나 아침에는 춥습니다. 처음에는 적응이 안 되더니 이젠 별로 춥지도 않습니다.

　행정반에 왜 갔는고 하니 이곳 신교대에서 중대 행정병 할 생각이 없느냐고 의향을 물어 왔습니다. 연대나 사단급이면 좋긴 하겠지만 일단 제의가 왔습니다. 사실 별로 끌리지 않습니다. 이곳 신교대 특성상 일과도 늦게 끝나고 잠도 부족하다고 합니다. 장점은 훈련을 거의 안 나간다고 합니다. 근데 저는 어느 정도 훈련이 하고 싶습니다.

　육군 2사단은 육군의 해병대라고 불리기도 한다고 합니다. 훈련이 매우 많다고 합니다. 군대를 제대로 온 것 같습니다. 3월 21일(어제)에는 16km 행군을 했습니다. 완전군장에 소총 휴대에 방독면도 휴대하고 갔습니다. 들어온 이후로 처음으로 부대 밖으로 나가는 일이라 조금 설레기도 했습니다만 행군은 제법 힘이 들었습니다. 다리가 아픈 게 아니라 완전군장의 무게와 군화의 불편함이 문제였습니다.

물집 방지 패드도 일부러 안 붙여봤습니다. 군인이 되려면 물집도 잡혀보고 발도 아파봐야 한다고 생각했으니까요. 물론 걷고 나니 다음에 하는 야간 30km 행군 때는 패드를 꼭 붙여야겠습니다. 남들보다 훨씬 덜 심각하지만 조그만 물집이 잡혔습니다. 예전에 어머니도 같이 본 영상에서 신학대 학생들이 "완전군장이 무거워봐야 예수님의 십자가보다 무겁겠습니까?"라고 한 표현이 기억나실지 모르겠습니다. 걷고 나니 예수님이 십자가를 지고 16km를 걸으셨을까 하는 불경스러운 생각도 듭니다. 16km 걸으면서 중반에 어느 정도 여유가 있어서 경치 감상도 많이 했는데 산 좋고 물 좋은 곳이긴 합니다. 선두에서 걸으면서 조교와 가끔 대화도 했는데 양구가 아름다우니 다시 놀러오라고 하셨지만 좋은 기억을 가지고 다시 올 수 있을지는 모르겠습니다.

다른 아이들은 사회와의 격리감 같은 정신적 스트레스를 많이 받는 것 같습니다. 하지만 저는 그런 게 전혀 없습니다. 시간 낭비의 느낌이나 사회와의 격리감 같은 건 없습니다. 고시에 비하면 이건 스트레스도 적고 심적으로 편안합니다. 근데 행군 끝나고 그날 밤 12시에 불침번을 서니까 조금 서럽기도 하고 무엇보다 북한이 미워지더군요. 그리고 전방답게 체력 단련을 한번 하면 빡세게 굴립니다. 아직은 조금 힘듭니다. 적응되면 괜찮아지겠지요. 체력이 남들보다 떨어지는 스트레스를 빼면 군대가 아직은 힘들지 않습니다. 군대가 좋아진 건지 제가 비정상인지 모르겠습니다.

아! 월요일에는 화생방도 했습니다. 정말 명불허전이었습니다. '이렇게 숨이 멎는구나'라는 생각이 들었습니다. 밖으로 나오니 절로 웃음이 나오고 세상이 아름다워 보였습니다. 화생방도 옛날보다 좋아진 것 같습니다. 들어가서 팔 벌려 높이뛰기 열 번밖에 안 시킵니다. 사실 화생방도 숨을 참을까 하다가 그냥 마셔봤습니다. 참을걸 그랬습니다. 화생방 끝나고 점심에 치킨 한 조각이 나왔는데 세상에 그렇게 맛있는 치킨은 처음 먹은 것 같습니다. 화요일에는 수류탄도 던졌습니다. 재밌었지만 던지기 전까지 한 세 시간은 똑같은 동작만 연습한 것 같습니다.

마지막으로 교회 얘기 좀 하겠습니다. 이곳 교회는 정말 은혜롭습니다. 훈련병들의 유일한 탈출구여서 그런지도 모르겠고 초코파이와 콜라를 줘서 그런지도 모르겠습니다. 저희 대대는 대대장님과 저희 중대 중대장님이 모두 신실한 신앙인이십니다. 중대장님이 매 주일 찬양 인도도 하십니다. 단 한 가지 단점은 설교가 조금 지루합니다.(국가 기밀입니다) 교회 동영상으로도 열기가 보이는지 모르겠습니다.

이제 어지간한 훈련은 다 지나가고 가장 중요한 훈련인 사격과 각개전투(야외종합훈련)만 하면 5주도 지나갑니다. 다음 주 내내 사격 훈련, 그다음 주 내내 각개전투를 합니다.

큰 일교차에 건강 주의하시고 형에게도 안부 전해주세요.

　　　　　　　　3. 22. 20:03 개인 정비 시간에 김영준 올림. 충성!

어제는 봄을 재촉하는 듯한 봄비가 와서 봄이 오는 줄 알았습니다. 그리고 훈련을 마치고 돌아오는 길에 쑥도 올라오는 듯 보여서 전방에도 봄이 오는가 했습니다. 그런데 오늘 아침(3. 24.)에 양구에는 제법 눈이 많이 쌓였습니다. 3월 말인데 눈이 쌓인다는 게 신기했습니다. 그리고 말로만 듣던 '제설작전'을 아침부터 실시했습니다. 주요 도로는 눈이 없다는 걸 보니 기간병들이 새벽부터 제설을 했던 것 같습니다. 꽤 큰 연병장을 저희 기수 훈련병(1개 중대 272명)이 달라붙으니 몇 시간 걸리지도 않고 눈을 치웠습니다. 이걸 겨울 내내 할 생각을 하니 조금 끔찍합니다. 제설작업이 쉽지는 않지만 사방이 산으로 둘러 쌓인 이곳은 설경이 예술입니다. 설국雪國이라는 표현이 어울릴 것 같습니다.

다음 주부터는 이제 본격적으로 사격술 훈련에 들어갑니다. 이제 여기서의 5주도 얼마 안 남은 것 같습니다.

아버지가 보내신 물품은 잘 받았습니다. 핸드크림과 칫솔은 반입이 됐지만 사탕은 당연하게도 반입이 불허되었습니다. 행정반에서 딱 하나는 먹게 해 주었습니다. 여기서 아이들의 초미의 관심사는 저녁 점호시간에 편지가 오느냐입니다. 저는 다른 곳에서는 하나도 오지 않았지만 아버지 어머니 덕분에 가장 많이 받는 축에 속합니다.

그리고 아버지, 우체국 집 아들이 집에 편지 보낼 우표가 없어서 빌려서 사용하는 것은 어불성설이라고 볼 수밖에 없습니다. 하루에 몇만 개씩 취급하는 곳에서…. 말도 아니 됩니다.

오늘은 이만 줄이겠습니다. 충성!

2012. 3. 24. 점호시간 전에 20:16

PS. 부대회수용 문서는 보내신 건지 수료식에 안 오실 건지
궁금합니다.

(물자 절약을 위해 양면을 씁니다. 모든 게 부족하니까요)

2012년 3월 29일 받은 편지

2012년 3월 29일

　영준이가 편지를 보내왔다. 세 번에 걸쳐서 쓴, 아니 매일 쓴 편지가 배달됐다. 우표가 없어서 못 보냈다고 한다. 아버지가 우체국 다닌단다, 아들아. 넉 장의 편지지에 앞뒷면을 가리지 않고 썼다.

아침을 먹으면서 영준이 네 얘기를 했다. "애 지금 군대 가서
도 유치원 때 한 살 아래 아이에게 '야, 너라고 하지마. 형이라고
해.' 했던 것처럼 그러는 거 아닌지 몰라." 나도 직장에서 국장이
나보다 나이가 많아서 인격적으로 존경을 해서, 국장님 과장님
하는 게 아니고 그 직책을 인정할 수밖에 없으니, 그게 질서니
그러는 것 아니겠니?

지금은 내 나이도 많아져 연상이 거의 없지만 연상의(?) 직원
들을 대하기는 서로가 참 어렵다. 지금도 내 사무실에 오래 계
모임을 했던 동갑 친구가 있는데 서로 애매하게 대하든지, 아니
면 되도록 안 마주치려고 노력한단다. 결론적으로 사회나 군대
나 사는 것은 매한가지란 얘기. 계급이 인격이다.

오늘 간식은 건빵하고 망고주스고 내일 간식은 영준이가 좋아
하는 두유구나. 아침은 불고기 버거와 쇠고기 스프 그리고 치킨
버거와 찐 계란이라구. 둘 다 주는 건가? 위쨌든 군대 좋아졌다.
아버지 아침 식탁보다 훠얼씬 화려한 식단이다.[2] 그래도 군대는
군대다.

사격은 잘했겠지? 노도 카페에 사격 잘해서 포상전화 받았다
는 글들이 올라오는데 그 전화를 대부분 여자친구한테 하는 것

---

2) 노도 카페에 식단이 올려져 있다.

을 보고 엄마는 약간의 질투성 흥분을 하시는데 내 예전의 사격 솜씨(20발중 5발을 맞춰서 앞에 1을 추가해야 휴가가 가능했던)를 아는 바라 터무니 없는 기대는 절대 하지 않는다.

2012. 3. 29. 11:05 아버지 씀

그는 차를 몰고 이십 분쯤 달려 우체국에 갔다. 가까운 편의점에서 일반 택배로 발송할 수도 있었지만 그는 확실한 배달을 원했다. 배달사고가 있어서는 안 되었다. 우체국 택배가 가장 믿음직스러웠다.

2012 이상문학상 작품집에 실린 김경욱 씨의 소설 『스프레이』에서 옮겼다. 작년 경기도 어느 우체국에서 집배원이 소포배달 도중 숨지는 사고가 발생했다. 배달물량이 너무 많아서 서두르며 아파트 계단을 뛰어오르다 넘어져서 사망한 것으로 처음에는 알려졌지만 사실과는 달랐다. 작가는 거기에서 모티브를 얻어서 이 소설을 썼나 보다. 때로는 현실에서도 소설을 쓰게 된다.

장기는 슬프게도 다시 4급으로 떨어졌다. 계속해서 지게 되면 손을 떼야 하는데 그러기가 쉽지가 않다. 하루 다섯 번 게임머니를 충전해주는 장치가 있어서 그나마 4급이지 아마 무제한으로 해주었으면 지난 주말에 6급으로 내려갔을 게다. 주식도 그렇다고 하고 사는 것도 그렇고 뻔히 결말을 알면서도 포기한다는 게 참 어렵다.

오늘 날짜에 아버지 사무실 달력에는 613이라고 되어 있고 엄마 부엌 창 달력에는 27이라고 써놓았다. 그래서 합은 언제나 640이 된단다. 네가 느끼기에는 40개월처럼 느껴지겠지만 이제 겨우 4주가 지났고, 훈련은 이제 4주차가 시작된다. 어쨌든 국방부 시계는 돌아간다. 열흘 뒤 수료식 참석을 위해 양구 읍내에 펜션을 오늘 예약했다.

2012. 4. 2. 13:18 아버지 씀

여기에 진눈개비가 내리는 것으로 보아 거기는 눈이 많이 내리겠구나. 엊저녁 노숙은 제대로 했겠구나. 젊어서 고생은 사서도 한다지만 피해갔으면 하고 바라는 것이 일반적인 심정이겠지.

네가 천막을 치고 있는 사진을 보니 1974년 여름이 생각나는구나. 태경이 진성이랑 셋이서 대구, 경주, 송정, 한산도, 여수를 1주일에 걸쳐서 돌았다. 어머니(할머니)와 큰형이 나중에 얼마든지 기회가 있다고 말렸다. 그때 가져갔던 것이 그 군대 판쵸 우의다. 그걸로 텐트를 삼았지. 모양은 그때나 지금이나 일견 변함이 없구나. 물론 품질이 많이 좋아졌겠지.

2007년 서대전우체국에 있을 때 한산도에 가는 배 안에서 태경이에게 전화를 했지. 그때가 열아홉 살, 30년 전이었다고, 그리고 까닭 모를 눈물이 났다.

1972년인가 여름 방학 때 작은 형하고 동학사 계룡산 삼불봉을 거쳐서 지금은 계룡대 중심쯤에 있는 외갓집을 1박 2일로 걸어서 갔던 기억도 난다. 형이 군대 가기 바로 전이었다. 그때도 판쵸 우의로 텐트를 치고 동학사 계곡에서 잤는데 늦은 여름이라 그랬던지 추워서 거의 잠을 잘 수가 없었다.

'아버지, 저는 엊저녁 눈보라 치는 산골짜기에서 지냈다구요.' 너, 이 생각했지?   2012. 4. 3. 11:36 아버지 씀

아쉽구나. 눈보라 치는 골짜기에서 달달 떨면서 자봐야 군대 온 것을 실감할 텐데 영준이가 몹시 아쉬웠겠구나. 너무 아쉬워 말거라. 나는 군대에서 한 번도 안 해봤지만 보통의 부대에서는 가끔이 야영훈련을 하고는 한단다. 아직도 기회는 얼마든지 있단다.

어제도 오늘도 바람이 많이 분다. 봄바람 치고는 꽤 세게 쌀쌀하게 분다. 어제 오후에 바람이 많이 부는데도 불구하고 꽃밭을 일궜는데 바람이 너무 불어서 내일 뿌릴까 생각하다가 휘휘 꽃씨가 날리는데도 꽃씨를 뿌렸다. 내일은 또 다른 오늘이고 하고 싶을 때 하는 것이 좋을 것 같아서 그랬는데 오늘도 바람이 심하게 부니 어제 뿌리길 잘한 것 같다. 내가 늘 명절 예배 때 인용하는 성경 전도서 3장 1절 말씀처럼 하늘 아래 모든 일에는 정한 때가 있고, 시기가 있는 법이다. 그래도 날씨는 한결 부드러워진 듯하구나. 형은 내일(4월 5일) 삼성테크윈 면접이 있는데 여전히 자신만만한데 내일 입고 갈 양복을 아직 못 샀다는 게 엄마의 걱정이시다. 2012. 4. 4. 15:23 아버지 씀

PS. 우후후···. 편지를 다 쓰고 노도 카페 오늘 훈련 사진보니 완전 '밴드 오브 브라더스'구나. 이런 때 영준이가 진흙 범벅이 된 사진이 찍혀야 하는데 아쉽게 네 얼굴은 없구나.

 부모님께

편지지 보급이 늦어져 역시 보급용 공책에 편지를 씁니다. 훈련에 뭐에 편지 쓸 시간이 나지 않습니다. 이제 3주차 훈련이 끝나고 5주 훈련이 거의 끝나갑니다. 사격 훈련은 무사히 마쳤습니다. 기록사격 20발을 쏘는데 1차에서 12발, 2차에서 15발을 쐈습니다. 아주 잘 쏘진 못했지만 앞에 1자를 써야 되는 상황은 발생하지 않았습니다. 요새 총(K-2)은 성능이 매우 좋더군요.

좀처럼 좋아질 것 같지 않던 양구의 날씨도 점점 따뜻해집니다. 물론 남쪽의 기준에서 보면 추울지도 모르겠습니다. 얼마 전까지만 해도 최저기온이 영하 10도 정도였는데 어제는 최저기온이 영하 5℃인 데 반해 최고기온은 14℃입니다. 낮에는 땀이 흐르고 밤에는 덜덜 떨리는 곳입니다. 이제는 적응이 돼서 -10℃ 정도는 춥지도 않은 것 같습니다.

엊그제는 야간 사격을 하면서 양구의 어둠을 느꼈습니다. 인공의 불빛이 없으니 정말 칠흑 같은 어둠이었습니다. 금산에 살던 이후로 가장 많은 별을 본 것 같습니다. 전 중대원들이 사격이 끝나고 별 감상을 했습니다. 아는 별자리가 북두칠성, 카시오페아, 오리온밖에 없었지만 아름다웠습니다.

군인의 식욕은 신기하기만 합니다. 밥 먹고 할 일 없이 앉아 있어도 네 시간만 지나면 배가 고픈 상황이 발생합니다. 단것에는 소위 환장을 합니다. 초코파이, 가나파이 등등…. 사회에서는 건빵, 소보로빵은 잘 먹지도 않는데 여기에서는 단맛이 납니다. 건빵이 달다는 것을 여기 와서 처음 느꼈습니다. 그리고 6시에 저녁을 먹고, 8시에 초코파이 두 개와 빵 하나를 또 먹을 수도 있습니다. 요새는 군대가 너무 좋아졌습니다. 3~4일에 한 번씩 간식이 나오는 것 같습니다.

화요일에 영점사격을 하다가 말로만 듣던 탄피 분실 사태가 발생했습니다. 당연히 밥도 못 먹으러 가고 탄피를 찾아다녔지요. 처음에는 간부들만 우왕좌왕하더니 결국 저희 소대(6소대)가 전부 사선射線에 올라가서 탄피를 찾았습니다. 탄피가 없어진 사로射路 사수는 몸수색도 당했습니다. 결국 몇 분도 안 돼서 찾아냈고 탄피 찾은 훈련병은 즉석에서 포상 전화를 했습니다. 여기에서는 뭔가 대단한 일을 하면 즉석에서 교관(부사관 이상)들의 전화로 포상 전화를 시켜줍니다.

사진으로 보셨는지 모르겠지만 얼굴이 타기 시작했습니다. 근데 맨날, 방탄 헬멧을 쓰고 다니니 이마랑 턱 끈 부분이 하얀 웃긴 모습입니다. 안경 라인도 아마 하얄 것이라고 예상합니다. 훈련소 동기에게서 성경 한 권을 얻었습니다. 102보충대에서 받았다고 하는데 저는 그때 종교 행사가 없었던 것으로 기억합니다. 신약과 시편 잠언이 들어 있습니다. 국제기드온협회에서 발행한 성경인데 여기가 이상한 단체가 아닌지 잠깐 의심이 됩니다.

훈련소에서 두 가지 유형의 조교가 있습니다. 전형적인 조교 스타일인 윽박지르고 기합을 주는 스타일입니다. 거의 대부분의 조교가 이런 유형입니다. 두 번째는 칭찬으로 기를 살려주는 스타일입니다. '잘한다', '훌륭하다'의 칭찬을 연발합니다. 군기의 측면을 따지지 않는다면 성과는 어느 쪽이 뛰어나겠습니까? 훈련병을 강하게 압박하고 기합을 주면 잠깐의 효과가 나옵니다. 하지만 사기가 떨어지는 게 눈에 보입니다. 특히 아침부터 기합을 받고 나면 의욕이 떨어집니다.

반면에 아침부터 칭찬을 들으면 소대원의 사기가 올라갑니다. 목소리에 힘이 붙고 동작에도 절도가 생깁니다. 사격을 할 때도 칭찬을 많이 하는 조교와 같이 쏘는 훈련병들의 결과가 훨씬 좋습니다. 자신감도 불어넣어 주고 빗나가도 격려를 해 줍니다. 이 조교의 사로射路에는 불합격자가 없습니다. 저는 6사로에서 쐈는데 이 사로의 조교는 전형적인 윽박지르기를 많이 합니다. 빗나가면 "야, 너 어딜 보고 쏘는 거야!" "정신 차려!" 소리를 버럭버럭 지릅니다. 그 사로의 사격 결과는 어떨까요? 잘 쏘던 애들도 못 쏩니다. 주눅이 들지요. 엊그제 12발을 쏘던 애가 조교가 계속 소리를 지르니 5발밖에 맞히지 못했습니다. 칭찬은 고래도 춤추게 한다고 합니다. 여기서 고래는 범고래라고 합니다. 아버지는 직장에서 부하 직원을 대할 때, 어머니는 학생들을 가르치실 때 한 번씩 다시 생각해 보시기 바랍니다.

아버지께서 숫자에 관해 적어 보내셨으니 저도 제 숫자에 관해 적어야만 할 것 같은 느낌은 전혀 받지 않지만 적어 보겠습니다.

2012년 3월 6일, 102보충대에 입소를 했고, 보충대에서 1소대였던 것밖에 기억이 안 납니다. 현재는 제1야전군 2사단 31연대 1대대 3중대 6소대 훈련병 271번입니다. 전체 중대원들 중 뒤에서 두 번째 번호입니다. 5주 훈련이 끝나고 제2신교대에 가면 32연대로 소속이 바뀔 것입니다. K-2 총기 번호는 7641** - 물론 제 총이 아니라 5주만 쏘는 총이지만요 - 좌우 클릭도 전혀 모릅니다. 조교가 돌리고 저는 쏘기만 했으니까요. 대학 학번이 20061103** - 이것도 거의 끝 번호입니다. - 핸드폰 번호가 010-9149-15**, 010-9589-15**, 010-2635-15** 두 번 바뀌었고, 531-15** 말고는 금산 집 전화번호가 51-15**이었던 걸로 기억하는데 전혀 확실하지 않습니다. 주민번호가 870922-1392***.

여기까지 쓰고 훈련하고 들어오고 다시 다음 날이 되어서 흐름이 끊긴 점 널리 양해를 구합니다. 203, 대학 입시 때 제 대기번호입니다. 2월 13일에 합격했다는 전화가 왔습니다. 제가 제일 좋아하는 숫자는 4입니다. 동양권에서는 죽음의 숫자라 하여 기피하는 숫자지요. 810, 750, 노선 개편 전 집 앞에서 자주 타던 버스 번호입니다. 이건 다 아시겠지요. 750번은 고1 때 학교까지 가던 버스입니다. 전민동에서 시청 앞을 통과하는 버스라 주말에 집에 오려면 한 시간 넘게 걸렸습니다.

제 훈련병 번호가 왜 271번, 뒤에서 두 번째인지 아십니까? 키가 작아서입니다. 일단 키 큰 애들부터 앞에 세웁니다. 보충대에서 두 시간 넘게 걸려서 양구에 도착한 순간 어떤 광경이 펼쳐졌겠습니까? 조교들이 매의 눈을 뜨고 기다리다가 "야, 뛰어!"를 외쳤지요. 그 무거운 더블백을 메고 뛰어 들어가는데 옆에서 연주하는 사단 군악대가 참 얄미웠습니다. 그리고 강당에 들어가서 키가 큰 순서대로 뛰어나오라고 하더군요. 완전 뒤쪽은 아니었는데 이리 자르고 저리 자르고 하다 보니 6소대 맨 끝에 걸치게 되었습니다.

이제 3주차가 끝나가는데 제가 생각한 것보다 강도가 너무 약합니다. 저는 엄청 빡세게 굴릴 줄 알았는데 생각한 것보다 강도가 너무 약합니다. 체력적으로 조금 힘들기는 하지만 정신적으로는 너무 멀쩡합니다. 동기들은 집에 가고 싶다, 나가고 싶다 하지만 저는 그런 생각보다 어떻게 하면 체력을 기를 수 있을까 하는 생각뿐입니다. 요새 드는 생각인데 아마 몇 년간 자유의 제한에 익숙해지지 않았나 싶습니다. 고등학교 때나 고시 할 때나 하고 싶은 것 못 하는 것에 적응이 되었던 것 같습니다.

각설하고, 체력도 점점 좋아지고 있고 훈련도 끝나갑니다. 아마 다음 주에는 편지를 쓰기도 받기도 어려울 듯싶습니다. 훈련소의 꽃, 각개전투가 시작됩니다. 목요일 저녁엔 야간 행군도 30km도 합니다. 각개전투 때는 생활관(내무반)에 들어오지 않고 야외 숙영을 합니다.

편지에 뭐 먹고 싶은지 쓰면 수료식 때 어머니가 바리바리 싸들고 오실까 봐 안 쓰겠습니다. 그냥 삼겹살을 먹었으면 하는 작은 소망이 있습니다. 아버지의 편지가 매우 흥미진진합니다. 제대할 때까지 모아서 책으로 내 볼까 고민 중입니다. 수료식 때 제 전화기도 들고 와 주세요. 오늘 무려 13:00~15:00 오침午寢 시간도 있습니다. 자고 일어나니 눈발이 날립니다. 신기한 곳입니다.

2012. 3. 31. 15:43
삼월의 마지막 날 양구에서 충성!

PS. 삼월이 春三月은 아닌 것 같습니다. 절대 어머니 성함에 '春' 자가 들어가서 쓴 게 아닙니다.

 부모님께

양구에는 지금 폭설이 내립니다. 앞이 안 보일 정도로 눈보라가 몰아칩니다. 쌓이지는 않고 있지만 새벽에는 쌓일지도 모르겠습니다. 이렇게 눈이 내렸으니 다음 주 각개전투 때는 진흙밭에서 포복을 할 가능성이 높아졌습니다. 불행인지 다행인지 위장 크림은 안 바른다고 합니다. 어차피 자대에서 많이 바른다고 합니다. 2사단은 훈련이 많기로 유명하니까요.

오늘 천주교 교리 행사에 다녀온 동기가 인터넷 편지 한 통을 주었습니다. 고모가 저에게 보내셨더군요. 고모가 교회가 아니라 성당에 보내신 것 같습니다. 고모에게 - 압존법이 맞는지 모르겠습니다. 군대에서 강조되는 것 중 하나가 압존법입니다. - 잘 받았다고 전해 주세요.

서울에서 양구 오는 길이 편해졌다고 합니다. 배후령터널? 터널 길이 5km를 자랑하는 터널이 뚫려서 서울까지 1시간 30분 걸린다고 합니다. 휴가 나가기가 조금은 편해질 것 같습니다.

시간 남을 때마다 성경도 조금씩 읽고, 뱃살도 많이 빠졌습니다. 남들은 아침마다 화장실 문제로 곤란을 호소하지만 저는 그런 문제도 없습니다. 너무 잘 가서 휴지가 남들보다 빨리 소모되어서 오히려 문제입니다. 일교차도 심하고 황사도 심하다는데 몸 건강하십시오. '요'가 맞는지 모르겠습니다. 자식의 무지를 용서해 주시기 바랍니다.

　방금 인터넷 편지를 받았습니다. 사격 포상 전화는 17발이지만 저는 15발을 쏴서 포상 전화가 없습니다. 오해 없으시기 바랍니다. 그리고 아무리 생각해도 제가 아버지보다 잘 쏜다기보다는 40년 사이 총이 월등히 좋아진 것이라고 사료됩니다. 군대 식단은 말도 안 되게 좋습니다. 아버지가 보신 식단은 속칭 '군데리아'입니다. 나름 인기 식단입니다. 아침에 나오는데 햄버거 두 개입니다. 처음에는 먹느라 죽는 줄 알았습니다. 지금은 적응돼서 먹을 만합니다. 저의 일거수일투족을 감시하시니 무섭습니다. 추가 편지는 이만 줄입니다. 진짜 3월의 마지막 밤입니다. (20:58)

　PS. 사진을 많이 보내신 것은 나눠주라는 뜻으로 알고 나눠 줬습니다. 생각보다 반응이 좋습니다. 혹 다른 사진도 가능하면 보내 주세요.

2012년 4월 5일 목요일 받음

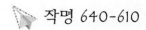 작명 640-610

이제 겨우 한 달이 지났구나. 아니, 벌써 한 달이 지났구나. 방금 테크윈 면접이 끝난 형에게서 유쾌한 목소리로 전화가 왔다. 5명이 면접에 들어갔는데 2명은 서울대, 1명은 칭화대 등 쟁쟁하더라구나. '아버지, 유쾌한 경험 했구요, 박사과정 열심히 해야겠어요.' 그런다. 오후에 조직개편되는 우리 부서에 대한 회의가 있어서 스트레스가 된다. 97%는 공연한 걱정이라지만… 그래두 스트레스다. 다음 주 이때쯤 같이 점심을 먹겠구나.

2012. 4. 5. 12:58 아버지 씀

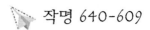

조직에서 사람을 다루는 것이 가장 어려운 일이다. 어제 상급 기관과 조직개편에 관한 의견을 나누고 왔다. 나눴다기보다는 일방적인 통보를 당하고 왔다.

우리 과 인원이 정규직 27명과 비정규직 28명이 있는데 6월 이전에 비정규직 28명 전부와 우리 직원의 절반인 13명을 줄인다는 조직개편안을 받아들이라는 요구였다. 이런 때가 되면 직장의 분위기가 서먹해지고 때에 따라서는 살벌해지기도 한단다.

원치 않는 곳으로 보낼 사람을 선발하는 임무를 해야 되는데 보통 고민이 되는 게 아니다. 그래서 어떻게든 줄어드는 인원을 최소한으로 하려는 노력을 하지만 줄이려는 측의 요구가 거세서 고민 중이다.

그래도 정규직은 자리를 유지할 수 있지만 비정규직은 그 위치가 불안하기만 하다. 이런 경우를 대비해서(?) 직원들과 때로는 의도적으로 거리를 두기도 한다. 예를 들어서 카풀하면 쉽게 올 수 있지만 추위에 떨면서도 시내버스를 타곤 한단다. 여러 기준을 정해서 해당인원을 선발하지만 그 기준자체가 완벽할 수는 없으니 잡음이 생기고 그 감정의 골이 오래 가고는 한다.

회의에 가는 나에게 '과장님 가서 잘 싸워서 최소한으로 해달라'는 직원들의 성원이 있었지만 결과는 우리가 예상한 인원의 거의 2배에 해당하는 인원을 줄이게 되어 나는 면목이 안 서고, 직원들의 사기는 곤두박칠친 것이 피부로 느껴진다. 마음이 으슬으슬 춥게 느껴진다.

2012. 4. 6. 아버지 씀

이 우편물의 가상 이동 시나리오는 다음과 같단다.

사진이 동봉된 이 우편물 대전우편집중국 접수번호 1234567890123는 2012년 4월 9일 17시에 접수되어 대전우편집중국 업무과 특수계에 18시 15분경 인계된다. 특수계라고 대단한 데가 아니라 특수우편물을 담당하는 부서라서 그리 부른다.

바로 작업이 진행되는 것이 아니라 대전우편집중국 관할 13개 둔산우체국 등 큰 우체국(총괄국)에서 접수된 등기우편물들과 함께 전국 30여개 집중국으로 분류되는 과정을 거치는데, 이 우편물을 원주우편집중국으로 분류되게 된다.

택배소포작업이 완료되는 24시경 다른 우편물들과 대전교환센터로 이동하게 된다. 내가 근무하는 곳이 대전교환센터이다. 대전우편집중국에서 인계된 우편물과 전국 각지에서 교환센터로 도착된 원주우편집중국으로 가는 파렛들이 8t 트럭에 실리게 되고 2시 이전에 출발해서 원주우편집중국에 새벽 4시경 도착되게 된다.

기다리고 있던 원주우편집중국 직원들의 분류작업을 거쳐서 7시경 양구우체국에 도착하게 된다. 양구우체국에서는 배달하는 우체국별로 구분하게 되는데 이 우편물의 경우는 양구우체국 관할 108군사우체국에 4월 10일 10시경 도착된다. 108군사우체국에 대기하고 있던 군우병들이 이 우편물을 사서함 26호 앞으로 배달장을 작성하게 된다. 이런 걸 등기로 했다면서 투덜투덜하겠지.

이렇게 구분되었지만 내일은 문서수발병이 오는 날이 아니라서, 다음날 즉 4월 11일까지 108군사우체국 사서함에 보관된다. 다음날 오전 일과를 마친 노도신병교육대 문서수발병이 오후 2시쯤 1/2t 도지(DODGE) 트럭을 타고 나타나서는 30여 분간 우편물을 수령해서 노도신병교육대로 도착하면 오후 4시.

문서수발병은 4개 중대에 배분될 우편물을 저녁 전에 해결하려고 하지만, 아직 졸병이라 고참들 눈치를 보면서 밥을 먹으러 간다. 밥을 먹고 열심히 정리해서 각 중대로 배분하면 그때가 8시다. 네가 노도인의 밤을 마치고 돌아오니 9시, 그제서야 한사람 한사람 호명해서 편지를 주고 이 우편물은 등기라며 중대 행정반에 와서 사인을 하고 가지고 가라 한다. 이때가 2012년 4월 11일 수요일 21시 25분이다.

 부모님께

양구의 봄은 아직 오지 않았습니다. 야간 행군을 하는데 수통의 물이 살짝 얼 정도로 추웠습니다. 행군할 때 감기 몸살기가 있어서 매우 힘들었습니다. 결국 20km 지점에서 군장을 차에 싣고 총만 들고 걸었는데도 힘들었습니다. 32km를 6시간에 걸을 정도로 속도가 빠른 편이었습니다.

그리고 눈비로 숙영은 취소되었지만 각개전투 훈련은 어느 정도 진행되었습니다. 각개전투 내내 진흙 밭에서 포복을 하고 눈밭에서 기어 다녔습니다. 진흙 구덩이에서 '좌로 굴러, 우로 굴러, 뒤로 취침, 앞으로 취침'을 하니 푹신푹신하니 괜찮았습니다.

군대는 역시 40년 전이나 지금이나 변한 게 없는 게 확실합니다. 각개전투가 끝나고 뭘 했는지 아십니까? 예상하셨을 겁니다. '어머님 은혜'를 부르게 합니다. 그 순간 아버지의 편지가 생각나서 속으로 얼마나 웃었는지 모릅니다. 그런데 문제는 요새 애들이 그 노래를 모른다는 점이었습니다. 애들이 노래를 부르다가 울먹거리면서 노래가 작아져야 되는데 가사를 몰라서 혹은 노래를 몰라서 흐지부지 끝났습니다.

또 하나, 보급품 조달 방법도 40년 전과 동일합니다. 팬티, 양말 등은 세탁 건조 과정에서 많이 사라집니다. 청소 도구도 많이 사라집니다. 다시 보급이 안 되니 방법은 하나입니다.

다른 소대의 것에서 자체 보급합니다.

아마 이 편지가 수료식 전에 도착할지 모르겠지만 도착을 한다 하더라도 제 주특기가 메일, 문자로 날아갔을 것이라 생각됩니다. 제 주특기는 무선통신 운용·정비입니다. 일명 통신병입니다. 큰아버지와 같은 보직일지 모르겠습니다.

아직 연대까지만 나와서 31연대라는 것밖에 모릅니다. 아마 어머니께 문자는 중대까지 분류돼서 갈 듯합니다. 중대 무전병이면 야전에서 열심히 뛰어다니게 될 것이고 대대급 이상이면 아마 육체적으로는 편할 듯합니다.

요새 훈련이 끝나고 장비들 닦느라 시간이 없습니다. 아, 그리고 양구는 아직도 새벽에 기온이 -10℃까지 내려갑니다.

시간이 부족하여 이만 줄입니다. 수료식 때 뵙겠습니다.

곧 이등병이 되는 훈련병 김영준 올림

(편지봉투 뒷면에)

편지에 못 적었는데 근육통, 인대 치료에 쓰는 바르는 약 좀 수료식 때 가져와 주세요.

2012년 4월 11일

국회의원 선거 투표하고 바로 그 자리에서 양구로 향했다. 신병교육대 근처에 도착하니 5시 반. 저녁 먹으러 가고 있었다. 양구우체국 직원이 소개한 '**민박'을 갔더니 싸기는 한데 허름했고 '**펜션'은 말로만 펜션이지 여관 구조와 비슷해서 9만 원으로 이용료가 조금 비싼 '이삭펜션'에 묵었다. 저녁 먹고 신교대로 가는 길을 예행연습 차원에서 다녀왔다. 10시가 조금 넘자 내무반이 소등되기 시작했다.

이등병의 편지

드디어 계급장을 달다

2012년 4월 12일

영준이가 노도부대 신병교육대를 수료했다. 2시간 내내 부동자세로 서 있다. 군에 입대한 지 37일이 지났다. 영외 외출이 허락되어 양구 '이삭펜션'에서 4시까지 있다 들어갔다. 데려다주고 서울로 올라가서 큰아들 살림살이를 점검했다.

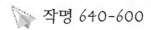 작명 640-600

　서울에 도착하니 7시 반쯤, 2시간 반쯤 걸리더구나. 서울 집은 예상했던 것보다는 비교적 양호했다. 형이 미리 치워 놓기도 했고 가스 단절 상태라 집에서 밥을 안 해먹고 다녀서인지 주방도 깨끗한 편이었다. 빨래도 이미 되어있었고… 서울 가는 중간에 전화가 왔더구나. 형은 유쾌하게 테크윈에 떨어진 자랑을 했다. 내일(금요일)이 박사과정 수학시험이라며 늦게 들어왔고 밤에는 내가 일찍 잠자리에 들어서 형 얼굴도 못보고, 아침엔 형이 일찍 7시쯤 나가는 바람에 결국 잠깐 얼굴만 봤다. 여느 때처럼 이불 빨래를 하러 세탁방에 다녀오니 오전이 지났다.

　엄마가 책상 위를 치우라는 엄명을 하셔서 이것저것 치우다 네 선택의 편린片鱗을 발견하고는 우울했다. 포기할 때 너는 너무 힘들었는데 아버지로서 네게 위로나 힘이 되지 못했음을 생각하니 그냥 가슴이 답답했다. 너의 군대에서의 어려움도 그 어려움에 비하면 아무것도 아니라는 말이 새삼 생각이 났다. 고등학교 졸업하고 바로 내가 5급공무원(지금은 9급공무원)이 되었다고 가족들은 일찍 취직해서 좋다고 했지만 나는 그게 꿈이 아니었는데… 그렇게 인정되는 사실이 싫었다. 싫었으면서도 결국은 그 틀을 벗어나지 못했다. 이건 성공 실패의 판단 근거가 아니라 그 과정에서 나는 무엇을 했는지 뒤늦게 돌아보게 된다.

2012. 4. 15. 23:12 아버지 씀

오늘 교회 다녀와서 엄마와 카이스트 교정에 벚꽃을 구경하러 갔다가 찍은 사진이다. 벚나무들이 많이 자랐더구나. 벚꽃이 일본 국화國花가 아니라지.

내가 힘들어서 이렇게 말하는 것은 아닙니다. 나는 내가 가진 것에 만족하고 있으며, 어떠한 환경에서도 감사하는 법을 배웠습니다. 가난을 이겨낼 줄도 알고, 부유함을 누릴 줄도 압니다. 배부를 때나, 배고플 때나, 넉넉할 때나 궁핍할 때나, 어떤 형편에서도 즐거워합니다.   [빌립보서 4장 11절-12절]

  너도 이미 알고 있겠지만 Maslow의 욕구발전 5단계론에 의하면 가장 하위 단계가 먹는 것, 입는 것, 자는 것, 성욕 등 생존을 유지하기 위한 기초 또는 기본적인 것들이다. 군대는 특히 훈련병 때는 반^半 인위적으로 단순하게 만들어져서 네 상태는 아마 1단계에 있겠지, 그렇지?

  지난 일요일 오후, 카이스트 교정에 엄마랑 벚꽃 구경을 하러 갔다. 정문을 들어가려는데 차단기가 내려져 있어서 엄마는 들어가는 것을 통제하는가 보다 하면서 다른 곳으로 가자고 했는데 나는 어떤 행동을 했겠니? 무조건 차를 차단기 앞에 대고서 수위실을 쓱 쳐다보니까 차단기가 올라가더구나.

  고지식 아니 반듯한 영준이 얘기를 했다. 융통성이 반드시 좋은 것은 아니고, 그렇다고 고지식이 필요 없는 것도 아니다. 지금도 그런 말을 하는지 모르겠지만 '군대는 요령이다'란 말, 말이다. 아직도 있다구?

이등병의 편지

한화는 1승 6패, 대전시티즌은 1승 7패, 자유선진당은 300석 중 5석… 네가 잠시 자리를 비우니 꼴이 말이 아니구나.

2012. 4. 17. 14:16 아버지 씀

작명 640-596

『퇴계 이황, 아들에게 편지를 쓰다』를 읽고 있는 중이다. 아들 준寯에게 516통의 편지를 썼고 이 책에는 162통의 편지가 올려져 있다. 40세부터 55세까지 16년 동안 매월 2, 3통의 편지를 아들에게 보낸 것이다. '준에게' '준에게 답한다'로 시작되고, 대부분 PS가 있더구나.

제일 많이 나오는 내용은 아들의 공부에 대한 내용이다. 그다음이 제사, 혼사 등 관혼상제冠婚喪祭이고 농사일 집안일 등을 세세히도 잔소리를 해댄다. 아들의 병역에 관한 이야기도 나오는데 '너, 그렇게 공부 안 하면 군대에 가거나, 평생 농사를 지어야 한다'고 으름장을 놓기도 한다.

퇴계 이황이 제법 높은 관직에 있었으면서 항상 빈궁하게 살고 있음을 여러 번 이야기하는데 민초들이야 오죽했으랴! 그 당시는 수운水運이 발달해서인지 안동에서 서울까지 배를 타고 갔음도 알 수 있다. 건강에 관한 이야기도 종종 등장하는데 학질과 종기에 관한 내용이다. 지금은 많지 않지만 아버지가 어렸을 때까지도 학질과 종기가 많이 나타났단다.

종들의 이름도 수십 명이 나오는데 한 명 한 명에 대해서도 다루는 방법, 어떤 일을 시키라는 등 왕 소리를 한다. 나도 지금 최대한 은폐, 엄폐 및 위장을 해서 아닌 척하면서 소小 소리를 하고 있는 중이다.

형이 며칠 전화를 받지 않다가 방금 통화했는데, 가스요금을 못 내면서도 여전히 씩씩하기만 하다. 그래도 군자금 신청을 하지 않는구나. 서울 갔을 때 책상 위의 동전까지 싹쓸이를 해 왔는데도 말이다. 엄마에게는 딸이 크면 친구가 되고, 아들이 커서는 애인이 된다고 하는데, 짝사랑이기는 하겠지만.

그럼 아버지는 뭐냐?

2012. 4. 19. 16:48 아버지 씀

PS. 어제는 박찬호가 나왔는데 역전패했고 오늘은 류현진이 선발투수니 1승을 할 수 있겠지. 너와 나이가 같은 현진이는 2경기 나와서 삼진은 18개를 잡았지만 1패만을 기록 중이란다.

 부모님께

드디어 제2신교대에 왔습니다. 1신교대에서 버스 타고 10분만 오면 제32연대가 있습니다. 2신교대가 체력적으로 힘들다는 얘기는 많이 들었는데 첫날부터 체력단련이 장난이 아닙니다. 연병장에 '최정예 산악전투원 육성'이라고 험악하게 쓰여 있습니다. 2신교대의 목적은 즉시 임무투입이 가능한 전투원 육성이라 전투기술 위주의 훈련을 하게 됩니다. 사격, 체력단련, 각개전투를 위주로 훈련을 하게 됩니다.

원래 여기교육은 3주인데 포·공·통 특기는 2주 훈련 뒤 자대로 갑니다. 포병, 공병, 통신병. 저도 2주만 받고 자대로 이동합니다. 여기는 체력적으로 힘든 대신 내무반 분위기는 정말 편하게 해 줍니다. 거의 아무것도 터치를 안 합니다. 훈육분대장인 상병이 워낙 그런 성격이라 그런지 누워 있거나 자도 아무런 간섭을 안 합니다. 물론 아예 관물대까지 같이 내무반에 들어와 있어서 선임이 한 명 있는 느낌입니다.

아, 그리고 수료식 때 달아주셨던 이등병 계급장을 분실했습니다. 단 하루 만에. 혹시 구할 수 있으시면 편지에 동봉해 주십쇼. 칫솔, 비누도 사제 보급이 필요합니다.

제 자대는 아직도 모르겠습니다. 31연대에서 제 총이랑 침낭도 보내줬는데 몇 중대에서 보냈는지 알 수가 없습니다. 저는 통신병이라 총도 K-2가 아니라 좀 더 작고 가벼운 K-1을 씁니다.

　여기 식당도 괜찮습니다. 우수식당(제1야전군사령관이 선정한)에 선정되기도 했습니다. 여기 오니까 애들이 전부 입대 때로 돌아온 느낌입니다. 제식도 뭐도 전혀 안 맞습니다. 한마디로 군기가 완전히 빠졌습니다. 훈련이 시작되면 달라지겠지요. 여기도 이제 더워집니다. 양구는 여름에는 매우 덥다고 합니다. 다음에 또 쓰겠습니다.

충성! 이병 김영준

2012. 4. 19 (목) 도착

2012년 4월 19일

영준이 편지는 매주 목요일에 도착한다.

　동봉한 글은 내용으로 보아 2008년 정도에 정리해서 기록한 글인데 시간은 정말 류현진 볼처럼 빠르구나. 벌써 4년이 지났고 멀게만 보이던 10년이 바로 코앞이구나. 써놓고 늘 생각은 했지만 지금 다시 읽어 보니 준비가 너무 부족하고 나태가 적나라 赤裸裸하게 보여 의관을 홀랑 벗은 것처럼 민망하구나.

　약초관리사 자격증을 인터넷 사이트에서 알아 보기만 하다가 차일피일(이 단어가 이 글에 자주 등장할 상황이 계속된다.) 아무런 준비나 성과 없이 오늘이 되었구나. 올해 초 여러 권의 약초를 책으로 구경한 것이 전부로다.

　한자 자격증도 한동안 몇 자 끄적여 보기는 했지만 아직 2급조차도 도전을 아니하였다. 봉사 활동도 영준이 고3때 같이 갔으니 그게 어느 호랭이 담배 피던 시절 이야기인고? 스스로에게 부끄럽고 또 부끄럽구나.

　이러니 아들들 보고 이래라 저래라 어찌하겠는고? 이런 태도로 무슨 자서전이겠느냐. 토지를 구입하지 못함도 아들들 학비에 핑계를 대다니 어찌 책임 있는 장부로서 이루 발설할 말이더냐. 이 또한 부끄럽고 한심스런 작태로다.

　다만 세월만은 어김없이 어제가 오늘이 되고, 오늘이 내일이 되는구나. 오늘부터라도 심기일전하야 영준이가 제대하기 전에는 꼭 소기의 목표를 이루도록, 아들에게 아버지의 계획을 널리 밝히는 것이니 아버지를 늘 격려하고 관심을 가져주기 바란다. 알겠느냐?

2012. 4. 20. 16:30 아버지 씀

PS. 108군사우체국장님께 문의결과 계급장은 달라면 준다는 구나.

10년 후

10년 뒤인 2018년, 시골 우체국장으로 퇴직한 나는 청양 산골에서 약초를 재배하며 살고 있다. 퇴직하기 전 이미 약초관리사 자격증을 취득했고 대학 야간강좌를 들어서 실무지식을 쌓았다. 아이들 학비를 대느라 땅을 마련하지 못해서 차선책으로 장기 임차하는 형식으로 약초를 재배할 땅을 마련해야 해서 쉬는 토요일마다 많은 시간을 거기서 약초들과 시간을 보냈다.

매주 화요일에는 인근에서 이루어지는 방과 후 학습 시간에 한자漢字를 초등학생들에게 가르치고 있다. 2008년 2급, 2009년에는 한자자격증 1급을 어렵게 정말 어렵게 딴 것을 활용하고 있는 셈이다. 매주 목요일은 종일 장애 어린이 수용시설에서 봉사를 벌써 5년째하고 있다. 원래는 우체국에 가서 봉사활동을 하고 싶었지만 후배들이 부담스러워 해 생각을 접었다.

최근에 심혈을 기울이고 있는 것은 자서전을 완결하는 것이다. 퇴직하기 전 이미 많은 부분을 작성해 놓았고 거의 완성단계에 와 있다. 아무리 소박한 산골 집이라도 화장실만은 최고급으로 해야 한다는 주장을 관철해서 같이 와있는 아내가 자서전 원고를 보자고 종종 조르지만 나는 전혀 보여주기를 거부할 예정이다. 이제 쫓겨나면 누가 받아주겠는가? 아내는 틈틈이 이주여성들에게 우리말을 가르치는 일을 하고 있다.

나는 유명해지지도 부자가 되지도 못했다. 다만 세월을 받아들이고 부는 바람에 순응하는 법을 아주 조금 깨쳐서 오늘의 친구인 풀들과 내일 내가 안기게 될 땅들과 이야기하면서 아무 마음도 없는 것처럼 살고 있다.

토요일 저녁엔 〈크래쉬〉란 영화를 봤고, 엊저녁은 서울 갔을 때 압수한 CD 〈Triumph of the will〉을 봤다. 〈크래쉬〉는 인종차별을 다룬, 영화제 상은 많이 탔지만 보기에는 불편한 영화였다. 그렇단다. 때로 진실은 사람을 불편하게 한다. 〈Triumph…〉는 이미 너도 봤으리라. 집단적 광기가 오싹하게 한다. 그렇다고 오싹함만 있는 것은 아니지. 그 나름대로 아름다움도 있지. 나는 개인적으로 남성 합창의 웅장함을 좋아한다. 지난번 수료식 때 사단가를 부를 때도 수백 명의 젊은 청년들이 부르는 군가가 늙은 이 가슴을 출렁이게 했다. 아마 40년 전으로 돌아가고 싶은 마음 때문일까? 요즈음 읽고 있는 책은 유홍준의 『북한 문화유산답사기』와 고바야시 마사야가 쓴 『마이클 샌델의 정치철학』을 읽고 있는 중이다. 아래는 북한 문화유산답사기 23쪽에 쓰여 있는 글을 옮긴다.

어느 날은 라디오를 틀자 교향악 연주가 중간토막 걸쳐 나오는데… 아주 격정적인 음악이었다. 곡이 끝나자 예의 힘찬 목소리가 곡명을 말해주는데, 나는 깜짝 놀라 나도 모르게 라디오를 끄고 말았다. "지금까지 여러분께서 들으신 음악은 교향악 〈미제의 숨통을 끊어라〉였습니다."

방금 전에 국방대학교 군수교육과정 장교들 20여명이 우리 교환센터를 견학차 다녀갔다. 나이를 물어보니 제일 어린 장교가 84년생이라고 하더구나. 그냥 민간인 복장을 하고 와서인지 그냥 길거리에서 만나는 젊은이들처럼 보였다. 순진무구해 보이기조차 해 보이는 이 장교 분들도 일선부대에 가면 노도 내지는 백호가 되겠지. 다음은 고바야시의 글 156쪽의 일부다.

지금까지의 샌델의 강의를 정리해보면 롤스의 논리는 의무론적 윤리학의 우주로, 그 핵심에 독립된 자아라는 관념이 있다. 이것은 목적론적 세계관과 대립하고 있다. 즉 의무론적 윤리학의 우주는 내재적인 의미를 상실해서 여기에는 객관적인 도덕적 질서나 텔로스가 존재하지 않는다.

절반 정도 읽었는데 이걸 다 읽어야 하나 말아야 하나 고민을 하고 있다. 샌델이 쓴 『정의란 무엇인가』를 해설한 책이다. 물론 샌델의 『정의란…』이 책은 2월 14일부터 3월 9일까지 읽은 바 있다. 꾸역꾸역 읽었다고 표현해야 하나? 입에 맞는 음식만 먹어야 하는지 아니면 입에 쓰더라도 먹어야 하는지 선뜻 명쾌한 판단이 서지를 않는다.

다음은 민 대대장님이 내가 쓴 면회후기를 읽어보시고 쓰신 댓글이다.

아버님!!! 딱딱하기는커녕 계속 웃게 만드신 좋은 후기 너무 감사드립니다.(크하하하^^) 1하사관학교에서 군 생활 하셨군요. 지금은 그 장소가 36사단 사령부입니다. 제가 이곳 오기 전에 그곳에서 군수보좌관을 하다가 중령으로 진급했습니다.^^ 반갑습니다. 그런데 오셔서 식당검열을 하셨다니… 출입통제지역으로 설정하였는데… (영외면회로 바뀌면서 식당은 출입을 통제했습니다….) 앞으로 오시는 분들은 잘 통제해야 하겠습니다^^ -중략- 영준이는 2신교대대를 마치고 다시 우리 31연대로 오게 됩니다. 매주 교회에서 얼굴 볼 수 있겠습니다. -하략-

미리 알려주는 것은 뜬금없이 자대自隊에 가서 고참들이 기합을 주더라도 네 부친의 통제구역 침입사건으로 우리가 기합을 받았으니 너도 받으라는 원초적인 보복이니 누굴 원망하겠니, 이 철없는 아버지를 용서하거라.

2012. 4. 23. 17:09 대책 없이 철지난 아버지 씀

작명 640-591

    오후 4시인데 현재 사무실 기온이 26.8℃이다. 오전 11시경 꽃씨를 뿌리려고 땅을 약간 파는데 땀이 났다. 그럭저럭 햇빛이 맵더구나. 기록을 찾아보니 4월 4일 꽃씨를 뿌렸는데 이제야 발아되는 것이 보이고, 지난주에 꽃씨를 뿌린 것도 먼저 뿌린 것보다 조금 덜하기는 하지만 새싹이 눈꼽만큼 나기 시작하는 것으로 보아 먼저 심은 거나 나중에 뿌린 거나 다 때가 되어야 하지 욕심대로 되지 않는 법인가 보다. 지난 토요일 인천 작은 아버지와 55분간 통화를 했다. 무신 대단한 이야기를 한 것도 아닌데 그렇게 오래 했더구나. 바로 다시 전화해서 이왕이면 1시간 채우겠더니 그럼 이제 박지성 얘기 할까요, 해서 말이 그렇다는 거지 진짜로 하려느냐며 정중히 사절했다. 가끔 말도 안되는 생각을 하고는 한다. 이렇게 편지를 쓰는 것도, 55분 통화하는 것도 외롭기 때문이란 그런 엉뚱한 상상 말이다. 정보도 많고 볼 것도 많고 한데 때로는 외로움을 느끼는 것은 인간이기 때문이고 또 살아있기 때문이다. 이런, 정치철학 책을 몇 권 꾸역꾸역 읽더니 아마도 아버지 뇌에 대단한 과부하가 걸렸는가 보다. 이게 어디 군에 가서 있는 아들에게 쓸 내용이냐. 드디어 27℃, 차라리 훈련받기는 추운 게 낫지 할 만하게 더워지겠구나. 엄마가 편지를 하지 않으심은 아버지가 설레발(엄마는 주저

하고 웃으시면서 한 표현임)을 쳐서 엄마까지 그럴 수 없어 자중하신다는 전언이다. 신교대 카페에 올라 온 교회에서 찬양하는 사진을 보고 신나게 찬양한다고 했다가 엄마의 정정요청을 받았다. 은혜가 충만해서라고 고치라고 말이다. 한우물 할머니께서 거의 매일 영준이 안부를 물으러 전화를 하신단다. 물론 기타 등등도 말씀하시지만 말이다. 나도 할머니께 전화 안 하면서 영빈이가 전화 안 한다고 섭해 한단다. 이것도 말이 안 되지, 그렇지?

2012. 4. 24. 16:39 아버지 씀

부모님께

한화의 참담한 소식을 들으니 가슴이 미어집니다. 그나마 박찬호가 완벽하진 않지만 그나마 좀 던지는 것 같아 다행입니다.

이곳 양구에는 봄을 재촉하는 비가 옵니다. 사진으로 보셨을지 모르지만 저희는 이 비를 맞으며 봉화산 등반(일명 산악 행군)을 했습니다. 내일부터는 양구의 농부들 손길이 더 바빠질 것 같습니다. 4월 15일경부터 개나리 진달래가 피기 시작하고 산에도 연두색 빛이 보입니다. 양구에는 사실 봄이 없습니다. 벌써 한낮 온도가 20도를 넘어가기 시작했습니다. 4월 초까지만해도 동상 방지 체조를 하는데 4월 중순을 넘어가면 한낮에 일사병 증세를 보이는 애들까지 있습니다. 요상한 동네입니다.

2신교대는 즉각 임무 수행이 가능한 전투부대원 육성, 최정예 산악전투원 육성을 목표로 체력 단련, 사격, 각개전투로 주로 훈련을 합니다. 이 얘기는 전에 썼던 것 같습니다. 체력 단련은이제 어느 정도 적응도 되고, 체력도 많이 좋아졌습니다. 여기의 각개전투는 여타 훈련소와는 차원이 다릅니다. 3군단(2, 15, 21사단)이 산악군단인 관계로 산악전에 맞춘 훈련을 합니다. 단순히 포복으로 기고 '좌로 굴러! 우로 굴러!'하는 것이 아니라 실제 전투에 기반한 - 예를 들어 적의 고지 탈환, 참호 돌파 - 모의 훈련을 합니다. 각개전투 교장이 2km에 이르고 한 바퀴 걸어서 도는 데만 한 시간이 넘게 걸립니다. 방식도 자유 기동 방식으로 길도 없는 곳으로 적의 진지를 향해 뛰어 다닙니다. 생각보다 재미있습니다. 1신교대가 그냥 기합만 주는 지루한 훈련이었다면 여기는 흥미진진합니다.

저는 다음 주 금요일이면 이곳을 떠나 통신대대로 주특기 교육을 받으러 갑니다. 이곳으로 편지를 보내셔도 못 받을 듯합니다. 4월 27일 이곳을 떠납니다. 이곳은 주말에는 휴식 시간이 철저하게 보장됩니다. 누워서 자도 터치를 하지 않습니다. 아버지가 보시면 군기가 빠졌네, 라고 하시겠지만 여기는 그렇습니다. 물론 자대는 분위기가 전혀 다르겠지요. 현재 저희 사단의 일부 부대에서 동기생활관을 시행 중이랍니다. 현재 이곳 32연대 1대대 기간병들도 시행 중입니다. 동기생활관은 말 그대로 동기들끼리 한 내무반을 쓰는 것입니다. 군대 내 부조리 척결의 일환이지만 불만들이 큽니다.

2사단은 올해 사단장 방침으로 유격 훈련도 없습니다. 대신 다른 훈련이 매우 많습니다. 2사단은 전군에서 훈련 양이 많기로 유명한 부대입니다. 그래서 쓸데없는 유격은 안 한다고 합니다. 32연대 3대대는 이번에 KCTC 훈련은 한 달 하고 이번 1년은 큰 훈련은 없다고 하긴 합니다. 내년엔 31연대가 KCTC 훈련을 한다는 소문이 있긴 하지만….

아, 제 자대를 정확히 알아냈습니다. 31연대 전투지원중대입니다. 연대 직할로 알고 있습니다. 전투지원중대는 보병연대에 없는 중화기를 사용하는 중대입니다. 박격포나 대전차 화기를 취급합니다. 재미있는 군 생활이 될 것 같습니다. 사실 1신교대에서 행정병 제의가 들어왔을 때 수락했으면 유격이나 혹한기에 훈련을 안 받는 편한 군 생활을 했겠지만, 지금 통신병을 하면 훈련이란 훈련은 모두 참가하게 됩니다. 무전병은 훈련 열외도 없다고 합니다. 하지만 그 선택에 후회는 없습니다. 전방에서, 철책에서 20km나 떨어져 있지만 돈 주고 살 수 없는 군 생활 경험을 할 수 있어서 좋을 것 같습니다.

통신대대에서는 편지 쓸 시간이 생길지 모르겠고, 자대 가면 편지 쓰거나 전화드리겠습니다.

충성! 편안한 밤 되십쇼!

2012. 4. 21. 17:41

아, 그리고 군대에선 '요'를 못 씁니다. 근데 '식사 맛있게 하십쇼'는 '하십시오'의 준말이라 가능하다고 하는데 '하십시오'는 명령형이라 이등병이 병장한테 쓸 수 없는 게 아닌지 어머니께 질의 드립니다. 식사를 맛있게 먹어야만 하는 상황이 아닌지 갑자기 궁금했습니다.

PS. 알레르기 증상은 전혀 없습니다. 2신교대 와서 더욱 건강해진 느낌입니다. 걱정 마십시오.

2012. 4. 26. (목) 도착

작명 640-581

어제 오후에 논산시 농업기술센터에 가서 귀농귀촌 교육을 2시간 정도 받고 왔다. 귀촌교육이라기보다는 귀농, 그것도 딸기 재배에 한정지어서 하는 교육이라 가기 전에 망설이기는 했지만, 뭔가 시도를 해봐야 된다는 생각에 다녀왔다. 40명이 교육 인원으로 되어 통상의 교육처럼 누가 관심이 있으랴 생각했는데 60명 정도가 모였더구나.

대개는 나이가 많아 보였지만 일부 젊은 사람과 여성들도 끼어있었다. 다음 주 한 번 더 교육을 받고 그 다음 주부터는 딸기농장에 직접 나가서 재배와 경영 방법 등 8주간을 교육한다고 한다. 이미 알고는 있는 것이지만 귀농 경험자들이 사례 발표를 하는 것을 들으니 농사가 생각보다 많이 힘들다는 것을 새삼 느끼게 하는 교육이었다. 지난주 왼쪽 어깨가 뻐근해서 왜 오른손으로 배드민턴을 치는데 왼쪽 어깨일까 하고 되짚어 생각해보니 채 몇 평도 안 되는 곳에 상추 몇 포기 심었다고 어깨가 아픈 것이다. 이리 연약해서 어찌 귀농을 할 수 있을까 걱정이 스스로 된다.

엊그제는 버스를 타고 퇴근하려고 나가다가 영산홍이 활짝 핀 게 이뻐서 네가 물려준 스마트폰으로 사진 한 장 찍고 머물러 있다가 갔더니, 바로 눈앞에서 시내버스 202번이 출발하는 바람에

이등병의 편지 **87**

15분을 기다려야 했다. 그 시간에 가방 속에 넣고 다니는 시집에서 시 몇 편을 덕분에 읽을 수 있었다. 오늘 아침도 버스를 타고 왔는데 승용차로 오는 것보다 시간이 두 배는 걸리지만 봄빛을 감상하는 시간을 가질 수 있어서 외려 그 시간이 흐뭇하다.

다만 오늘 아침은 엄마와 티격태격해서 아침도 못 얻어먹고 출근한 데다 교통카드까지 집에 놓고 오는 바람에 1,100원이면 환승해서 올 수 있는데 현금으로 2,400원을 내고 시내버스를 타고 왔다. 이래저래 손해가 막심하다. 옳은 말이 심정을 상하게 한다. 엊저녁 7시 조금 넘어 저녁 준비를 시작해서 설거지를 마친 엄마가 자리에 앉은 것은 10시가 넘어서다.

오늘 아침, 식사 준비부터 설거지까지 1시간 내외로 했으면 좋겠다는 의견을 낸 것이 애초 화근이었고 내가 출근하려고 셔츠를 찾아보니 다려 놓은 셔츠가 없었다. 어제 아침도 셔츠를 입고 출근하려다 다려진 셔츠가 없어서 남방을 입고 왔는데 잊고 그때까지도 다림질이 안 된 것이다. 지금 다리겠다고 했지만 바쁜데 됐다고 했고 엄마는 이내 돌아서서 내가 새벽 1시까지 출력해준 낱말카드를 자르고 있어서 짜증이 났다. 새벽 한 시까지 도와줬지만 오늘도 옳은 말이 서로를 싸늘하게 만든다. 다림질은 아버지가 하면 되고, 설거지도 도와주면 될 것을, 그것은 안 하고 짜증만 내는 아버지에, 엄마도 짜증으로 맞대응을 한 것이다.

그 짜증의 원인에 하나, 한화도 일조를 한 것 같다. 류현진이 나오고 상대는 LG 루키 최성훈(너도 모르고 나도 처음인) 투수가 나오니 승리를 기대했는데 류 선수, '계백장군 증후군'에 걸려서 1회에 홈런을 포함해서 5점을 내주고 패한다. 4번의 병살타 그리고 잘 맞은 직선타구 아웃, 나도 속이 터지는데 한 감독이야 더 하겠지. 냉정한 것 같지만 한 감독도 시즌 중 교체가 되지 않을까 하는 예상을 언론 어느 곳도 안 하는데 아버지 혼자 해본다. 참 이상하지, 한화가 진다고 내 일상에 전혀 지장을 주지 않는데 거기에 가정사가 영향을 받는다. 이를 나비장풍효과라 한다.

장기 몇 판을 뒀는데 결과는 보나마나가 아니겠냐? 엄마는 어제도 4시간 수업을 했고 오늘도 내일도 4시간 수업이 있다고 한다. 많이 피곤한지 좀처럼 수요예배에 빠지지 않는데 엊저녁은 쉬겠다고 했다. 귀농교육을 하면서도 귀농의 첫째 조건이 가족이 동의했느냐이고 더더구나 아내의 동의가 필수적이란 말을 나오는 강사마다 하시곤 했는데 이래가지고서야 어떻게 엄마의 동의를 얻어낼지 심히 걱정이 되는 바이다.

점심시간을 이용해서 배드민턴을 치고 왔다. 안 되면 이것도 스트레스를 받지만 잘 되면 기분이 좋아진다. 오늘은 잘 쳐졌다. 아니면 직원들이 과장 심기를 편안하게 하기 위해 일부러 접대 경기를 했는지도 모르지만 말이다. 근데 군대에서도 장풍놀이라는 게 있다는데 고참의 장풍은 어느 때나, 어느 곳에서나 허리케인보다 더 세다는 것을 너는 기억하렸다!

영산홍이 만발한 2012. 5. 3. 13:34 아버지 씀

작명 640-580

102보충대, 제1신교대, 제2신교대, 자대… 이런 이동과정을 2 달 만에 하게 되는구나. 우리도 6월 1일 우리 교환과가 폐지되면서 직원들이 뿔뿔이 흩어지게 되는데 상당히 스트레스를 받는다. 몇 분은 여기에서만 10여년 근무해서 그 고통이 상당히 심하다고들 한다. 영빈이와 영준이도 아버지가 근무지를 옮길 때마다 YMCA와 옥토 유치원과 도마, 청룡, 금산, 다시 도마 초등학교를 거치면서 스트레스를 받았을 텐데 군대 가서도 단기간에 이동이 잦아서 힘들었겠구나.

새로운 환경에 적응한다는 게 생각보다 스트레스가 된다는 것을 형이 금산에서 꾀병(?) 할 때 알았지만 말이다. 스트레스… 영준이가 초등학교 2, 3학년쯤에 '스트레스' 단어 풀이로, 풀리지 않는 문제가 머릿속에 쌓이는 것이라고 말한 적이 있었다. 너는 기억하지도 못하겠지. 너도 본격적인 군 생활이 시작된다고 할 수 있고 본격적인 스트레스를 받을 수도 있겠지만 쌓지 말고 털어버리거라.

어제 5시경 사무실 채소밭에서 시금치를 뽑고 있는데 엄마한테 전화가 왔다. 무조건 내(엄마) 탓이라고 한다. 그러면 그렇지. 다음부터 아주 많이 조심하라고 하고 싶었는데… 사실은 그 30여 분 전에 내 탓이요 하려고 엄마에게 전화했더니 계속 통화

중이었다. 그래도 뭔 말이라도 해야 할 것 같아 누구하고 통화를 그리 오래했냐며 힘겹고 버겁게 엄하고 중하게 나무랐다. 하지만 결국에는 잉크젯 잉크 사가지고 일찍 들어오라는 엄명(엄마의 명령)에 배드민턴 취미 활동도 생략한 채 퇴근하면서 하아마트에 들러 4만 원짜리 잉크를 사가지고 귀가해서 아주 조용하게 한화와 LG의 경기를 시청했다. 지는 게 곧 지는 거다. 키 큰 자가 키 작은 자를 이기는 것과 남자가 여자를 이기는 일은 애시당초 불가능한 일임을 너도 머지않은 장래에 알게 될 것이다.

사무실 디지털 온도계가 28.1℃구나.

2012. 5. 4. 15:37 아버지 씀

2012년 5월 5일

이안과에 있는데 영준이한테서 전화가 왔다. 아직은 호기심이 가득한 초롱초롱한 눈빛으로 전화하는 것 같다.

2012년 5월 6일

잠시 동안 한가해진 영준이한테서 또 전화가 왔다. 훈련은 끝났고 자대에는 아직 안 가서 무적자라 그렇겠지.

2012년 5월 8일

영준이한테서 '어버이날'이라고 전화가 왔다. 전화하고 선임한테 보고해야 한단다. 눈물겹다.

🖱 작명 640-574

서울 가서도 이리 전화 온 것이 희귀한 일이거늘 내리 4일을 전화하다니, 영준이 너 지금 군대에 있는 것이 맞으렸다. 더더구나 엊저녁 늦게는 일 년에 3번 정도 전화하는 형한테서도 황감하게도 전화가 자진해서 왔더구나.

군에 가있는 김모 씨처럼 군자금 요청 전화는 절대 아니라는 걸 미리 말해준다. 다만 가스요금이 45만원 밀려서 이번 주까지 안 내면 끊는다는 전화가 왔다는 말을 지나가는 듯 하기는 했지만 말이다. 너에게 전화 온 이야기를 전했더니 당나라 군대냐며 B 웃음을 보내더구나. 어쨌거나 다음에 Y 대학 신참이 오거든 그 알량하게 고연이니 연고니 하지 말고 네 선임한테 배운 연대교가로 환영을 대범하게 해주기 바란다.

전화로도 얘기했지만 형은 'Happy 어버이날'이란 메시지와 더불어 책 2권을 보내왔더구나. 한 권은 2012년 5월 8일 출간된 김용택의 『어머니』 다른 한 권은 『페이스북 페이지 만들기』란 책이더구나. '아버지'란 책은 없더냐고 묻고 싶었지만 꾹꾹 참았다. 페이스북은 벌써 사용해 봤는데 어울리지 않는다는 생각에 접은 지가 오랜 걸 형이 모르고 보냈나 보다.

다만 오늘 아침 과 회의에서 담당자에게 이걸 활용해서 우리 집중국 홍보하는 일에 활용방안을 검토해서 월요일까지 알려

달라고 했다. 참고로 지난번 얘기를 반복한다. 7월 5일이 아버지 생일인 것을 너무 미리 얘기한 것 같다. 군에서 한 달에 8만 원씩 받는데 어찌 부친 생신을 챙기겠느냐. 어버이날 안 챙겼다고 생신은 챙겨야지 하는 그런 쓸데없는 생각은 아예 하지 마라. 보초 서는데 지장 있단다.

아침에 일어나자마자 엄마가 '사수'가 뭐냐고 묻더구나. 글쎄 군대에서 총 쏘는 사람이 '사수'고 옆에 보조하는 사람이 '조수' 아닌가 하고 얘기했는데 지금 Daum에서 찾아보니 29개 뜻이 있더구나.

사수死守, 죽음을 무릅쓰고 지키다. 이거 말 된다. 죽음을 무릅쓰고 나라를 지키는 게 군인의 첫째 본분이 아니더냐! 사수射手, 대포나 총, 활 따위를 쏘는 사람. 내가 평소에 생각했던 것인데 그런 것 같기도 하고 아닌 것 같기도 하다. 사수師受, 스승에게 학문이나 기술의 가르침을 받음. 이건 처음 보는 뜻인데 그래도 그럴싸해 보이는 것 같고, 군대에서 역할을 그런 식으로 배우고 인계받는 것이 통례이니 말이다.

그래도 의미파악을 위해 최선을 다한다는 의미로 지식검색을 해보니 네이버는 내 생각과 비슷한 답이 올려져 있고, Daum에는 '사수 VS 군대'가 있어서 얼른 열어보니 아뿔싸, 사수四修 즉 '군대 갈까요 4수 할까요?'가 올려져 있구나. 사수가 없다 하니 즐거운 일이기는 하나, 홀로 헤치자면 어려움도 필히 따르는 것이 세상의 이치이니 감탄고토甘呑苦吐하거라.

2012. 5. 9. 15:51 아버지 씀

PS. 네가 한자를 못 읽을까 봐 손편지 대신 기계가 쓰게 시킨
점을 고대의 넓은 아량으로 받아주기 바란다.

오늘하고 내일은 국장이 출장이다. 우리 국에서 나의 유일한 상사다. 왠지 아침부터 마음이 가벼워진다. 공연히 자유로워진 느낌이 든다. 국장이 있다고 해서 내 행동이 제약받은 적이 거의 없지만 왠지 한가롭게조차 느껴진다. 그러하니 이런 현상은 비단 나에게만 적용되는 일은 아니리라.

내가 휴가를 내거나 출장을 가면 직원들 또한 나와 비슷한 마음의 상태가 되리니 무릇 자리를 자주 비워야함이 상사의 책무 중 하나인가? 강의할 때 많이 써먹는 말 중에 '멍부, 멍게, 똑부, 똑게'란 말을 이용해 상사·관리자를 평가하게 된다. 멍청한데 부지런하다든지 똑똑하고 부지런하다든지로 분류를 한다.

멍청한데 부지런함도 피곤한 상사지만, 제일 부하직원들을 피곤하게 하는 상사는, 똑똑하고 부지런한 상사라고 한다. 일리가 아니라 백리가 있는 말이다.

상사가 직접 계획하고 실천하고 체크하니 상사는 늘 바쁘고, 직원들은 늘 그 상사의 입만 바라보느라고 창의적이고 자발적으로 일 추진이 안된다.

그럼 우리 직원들은 나를 어떻게 평가할까? 나 스스로 생각하기에 부지런하지도 않고 게으르고, 그리 똑똑한 편도 못되는 것 같다.

장단점이 있음에 불구하고 그래도 이상적인 상사·관리자는 '똑게' 즉 똑똑하지만 게으른 상사가 그 중에 조금 낫다고 한다. 과장들끼리 모여서 가끔 어떤 부하가 좋을까 말하고는 하는데 대부분 이런 말도 안 되는 표현을 한다. 똑똑한 것보다는 말 잘 듣는 부하가 이쁘다고들 한다.

40년 전 정보로 이야기하면 군대는 중졸이면 족하고 공무원은 고졸이면 족하다는 자족 섞은 말을 했던 적이 있었다. 예전에 그랬다는 말이지 학력이 곧 인품이나 능력을 나타내는 것은 아니다.

너도 유념해라. 논리의 비약이기는 하지만 농부를 만나면 날씨를 걱정하고, 시인을 만나면 구름을 이야기하고, 키 작은 어린이를 만나면 무릎을 꿇고 대화하는 그런 지혜가 필요한데 그게 어디 말처럼 쉽겠느냐? 사무실의 자유로움을 위해 과장조차 자리를 비워줌이 오늘의 트렌드인 것 같아 신문을 가지러 가서 꽃밭을 둘러본다는 구실로 잠시 사무실을 비워야겠다.

2012. 5. 10. 오전 아버지 씀

2012년 5월 11일

영준이한테서 전화가 왔다.

2012년 5월 13일

영준이한테서 전화가 와서 20분간 통화했다.

순간순간들이 모여 하루가 되고, 우연처럼 느껴지는 선택들이 역사가 된다. 내가 올해 읽었던 책들의 목록을 보면서 나의 현재 심리·육체·정신·사상 상태는 어떤 상태일까를 가늠해 본다.

제일 많이 읽은 것이 여행기 또는 문화유산 답사기이다. 유홍준의 남북한 문화유산 답사기 4권을 포함해서 홍콩에 관한 책 3권, 『앙코르 인 캄보디아』, 『크로아티아 블루』 등을 읽었다.

생각해 보니 작년 홍콩을 다녀온 것을 제외하면 최근 몇 년 여행다운 여행은 없었음이 아이러니다. 그래, 현실의 여행을 책 속의 여행으로 바꿔야 했는지도 모르겠다.

여행서적과 버금가게 읽은 것은 야생목초화에 관한 책이다. 『들꽃이야기』, 『먹는 나물꽃도감』, 『산야초효소이야기』, 『건강과 아름다움의 약속 약초』, 『자연과 함께한 1년』, 『산나물들나물 대백과』, 『우리나라 야생화 이야기』 등을 읽었다. 읽었다기보다는 구경했다는 표현이 적합할 것 같다.

『정의란 무엇인가』는 딱딱했지만 많은 생각을 하게 한 책이다. 이 책을 읽고 해설서처럼 쓰여진 『정의사회 조건』도 읽었다. 베르베르의 상상력을 찬탄하면서 『파라다이스 1, 2』와 사전처럼 두꺼운 『상상력 사전』도 읽었다.

『2012년 이상문학상 수상집』도 역시 상 받을 만한 작품들이

이등병의 편지

실렸더구나. 나이가 들어서인지 박경리의 『버리고 갈 것만 남아
서 홀가분하다』도 가슴에 와 닿았다. 앞으로는 소설과 시를 더
읽어야겠다는 생각을 했다. 편식을 하지 않기 위해서다. 『가자
미』, 『그녀에게 얘기해주고 싶은 것들』, 『아름다운 집』, 『아가미』,
『환영』 등의 소설을 읽기는 했지만 말이다.

　따라서, 내 현재 내 관심사는 어떤 것일까? 여행에 대한 욕구,
퇴직을 대비한 야생과의 친화시도試圖인 것 같다. 너의 해석은
어떠하냐? 물론 아들과의 편지 참고서로 『이황 아들에게 편지
를 쓰다』도 읽었다. 30여 통의 편지를 특정인에게 보내는 것은
내 역사상 두 번째 이내라고 감히 말할 수 있다. 영준이 관심사
인 전쟁역사서에도 눈길을 줘야겠지. 내 책상 위에는 교육원 전
자도서관에 오늘 반납할 김이설의 소설 환영과 유홍준의 나의
북한문화유산답사기(하)와 내일쯤 반납할 애송시 100편이 있다.

　대출예약 리스트에는 『그들이 본 임진왜란』, 『그리스인 조르
바』, 『우아한 제국』, 『죽은 왕녀를 위한 파반느』, 『이순신의 반역』
이 예약되어 있다. 양구 현재 날씨는 어제보다 8℃ 낮은 15℃이
고 오전에 내린 비는 6㎜, 2시간 뒤에도 비가 내린다니 오늘은
작업이 없을 수도 있겠구나. 누구 맘대로?!

2012. 5. 14. 13:56 아버지 씀

　다음주 5월 23일이 할아버지가 돌아가신 지 4년 되는 날이다. 엄청 오래된 것처럼 느껴지기도 하고 때로는 바로 엊그제 일처럼 생각되기도 한단다. 지지난주 일요일 할아버지 산소에 다녀왔단다. 산소에 풀을 뽑은들 그게 무슨 의미 있는 일이겠느냐만 그래도 아주 가끔 할아버지 생각이 나면 때로는 의무감에라도 산소에 들러본단다.

　의무감, 그 또한 무슨 의미가 있겠냐? 어떤 흐름 자체는 일정하게 이어진다는 생각을 하고는 한단다. 나는 할아버지에게 살가운 아들이 아니었다. 친절한 아들도 아니었다.

　나는 할아버지의 경제 관념에, 우유부단함에 회의를 품고는 했다. 아들 중에 내가 제일 많이 닮았다는 것도 싫었다. 할아버지는 내가 직장부서를 옮길 때마다 사무실에 오시곤 했었다.

　음성이면 음성, 대천이면 대천 하물며 대전 시내는 말할 것도 없다. 친구분들과 함께 오실 때도 있었고 그때마다 나는 점심 대접을 했다. 언젠가 분명한 때는 기억에 없지만 10여 년 전 할아버지를 아주 조금 이해하게 되었는데 얼마지 않아 할아버지가 돌아가셨다.

　최근에 읽은 『아름다운 집』은 픽션 소설로 사회주의자가 월북해서 쓴 것처럼 쓴 소설이다. 할아버지도 사회주의 아니 공산주의에 잠깐 가담하셨던 적이 있고 그로 인해 옥고도 치르셨단다. 감옥뿐 아니라 린치를 당하기도 하셨고 공산주의자들로부터 가족을 잃은 사람들은 아직도 아버지를 용서하지 않을지도 모르겠다. 그걸 이해해 달라고 하는 자체가 무리가 있는 것이겠지. 한술 더 떠 할아버지는 우익쪽에서도 어려움을 당하셨다.

왜냐하면 한국전쟁 초기 공산주의에 가담했다고 신고 당한 사람들, 즉 보도연맹에 가입한 사람들을 집단학살했는데, 거기에 가입한 할아버지도 끌려가셨지만 살아오셨기 때문이다. 이러니 할아버지는 우익도 아니고 좌익도 아니었고 우익이었고 좌익이었던 것 같다. 아니 그 구분 자체가 의미 없는 일인지도 모르겠다.

좌익활동을 했다고 체포되어 서대문 형무소에 갇혀 지내시다 혐의가 부족하다고 해서 석방되셨단다.

2010년 내가 일본에 갔을 때 할아버지 생각이 나서 눈물이 났다. 증조할아버지 대신 일본에 징용을 가셨는데 노년에 그곳, 징용 살던 일본 아연광산을 가 보고 싶으셨다는데 우리 형제들은 그 마음을 헤아리지 못했던 것 같다.

할아버지 이야기를 하는데 얘기가 좀 묘하게 전개되게 생겼구나. 마치 너희들에게 뭔가를 요구하려는 의도가 숨어있기 때문이다. 부인한다고 되는 것도 아니고 시인하기도 뭐하구나. 앞에 썼던 흐름이 일정하게 이어진다는 게 내가 스물여섯 살 때 할아버지를 이해했던 만큼 너도 그만큼 받아들일 수밖에 없다는 것이지.

내 나이 너처럼 26살, 1980년도 전년 8월에 제대를 해서 신탄진우체국에 복직해 있었고, 내가 여기에 머물면 안 되지 싶어서 사표를 냈던 바 있다. 일주일 결근으로 의지를 나타냈지만 할아버지와 동갑이었던 국장이 할아버지와 협공하여 사표는 수리되지 않았다.

그때 다른 길로 갔으면 지금 나는 어디에 있을까? 이제, 그 노오란 다른 그 길이 그리워지지도 않고 덤덤하니 그조차 섭섭하고 허허하다.

2012. 5. 17. 오후 아버지 씀

2012년 5월 17일

 저녁 8시 반경 영준이한테서 전화가 왔다. 26일경 면회를 가야겠다. 오후에 영준이한테 할아버지에 대한 긴 편지를 썼다.

2012년 5월 21일

 26일 양구 숙박시설을 예약하기 위해 오후 대부분 시간 그리고 집에 와서도 1시간 넘게 인터넷과 전화에 매달려 겨우 예약을 했다. 곰취축제에 석탄일 연휴라 예약이 어려웠다.

(5월 22일)

교환과 사무실에 큰소리도, 웃음소리도 사라진 지 며칠이 되었다. 6월 1일자로 교환과가 없어지기 때문이다. 나를 포함한 13명이 이 대전우편집중국을 떠나 어디로 갈지 모르기 때문에 서로를 배려해서인지 평소도 조용한 사무실이 파장될 시장터처럼 휑한 바람이 부는 듯하다. 간혹 전화벨이 울리기도 하고 컴퓨터 자판을 조심스레 두들기는 소리만 들린다. 아래층 파렛 수리 작업자들도 평소에는 유행가를 떠들썩하게 틀어놓더니 오늘따라 망치소리만 들려온다. 다른 곳으로 옮길 사람이 결정되는 과정을 초조한 마음으로 지켜 보며 기다린다. 딱 한 사람 확실하게 떠날 것이 결정된 사람은 나다. 그래서 나는 외려 편안하다. 이미 결정되었기 때문이다. 직원들은 일정한 기준을 만들어 전출할 사람을 결정하는데 심사를 하는 사람이나, 대상이 되는 사람이나 서로가 스트레스를 많이 받기는 마찬가지여서 이 기간 동안은 서로 회식도 자제하고 만남도 꺼리는 분위기가 연출된다. 내 책임도 아닌데 직원들이 안쓰럽고 미안한 생각조차 든다. 이기고 지는 것도 아닌데 패장처럼 느껴지기도 한다. 일을 더 추진할 수도 없는 상황, 서랍 정리를 해야겠다.

(5월 23일)

이 이야기를 쓰고 있는데 전출 대상이 될 계장이 면담을 신청해서 1시간여 면담을 마치고 나왔고 국장실로 바로 가서 2시간 동안 전출 관련 회의를 했다. 7시, 퇴근시간이 지났는데도 기다리고 있던 직원들에게 회의 내용을 설명해줬다. 오늘 아침 출근하자마자 어제 설명을 못들은 근무자들을 대상으로 경과를 설명하고, 바로 회의실에 모여서 전출 대상자 선발위원회를 2시간 하고, 바로 그 자리에서 구내식당으로 이동해서 점심을 먹었다. 점심체조를 마치고 과원들에게 1차 선발된 인원이 몇 명이고 앞으로 이렇게 처리할 거라고 직원들에게 설명했다. 뒤숭숭한 질문들이 이어지고 경직된 듯한 표정을 하고 나는 사무적인 답변을 한다. 온화한 표정을 지을 것을 그랬나.

사무실 온도가 28.8℃, 밖에서 움직여야 하는 영준이는 익겠구나.

오늘이 4년 전 할아버지가 돌아가신 날이다.

2012. 5. 23. 14:02 아버지 씀

PS. 이번 주는 야구경기 시청을 안 하기로 결심한다.

2012년 5월 26일

영준이 면회 가는 날, 6시 반경에 출발해서 11시경 부대에 도착했다. 선임과 분대장이 인솔해 나왔는데 여유 있는 표정이다. 그러나 펜션에 와서 발뒤꿈치를 보니 군 생활이 만만해 보이지 않는다. 전투지원중대 무전병이지만 자대에 가서 계속 공사를 하는 노가다만 했단다.

2012년 5월 28일

토요일, 일요일 영준이한테 다녀왔다. 생각했던 것보다 영준이의 군 생활이 고되다는 것을 알았다. 잘 견디거라.

지금 사무실 온도계가 30.0℃, 날씨가 많이 더워지는구나. 그나마 예보대로라면 내일 모레 비가 온다니 다행이라면 다행이다. 영준이 너를 보고 오면 마음이 가벼워져야 하는데 선임이나 분대장의 안심하라는 말로도 마음이 무겁기는 역시 마찬가지구나. 내가 상상했던 것보다 네 군 생활이 고단하다는 생각이 자꾸 드는구나.

선임들을 그리고 부대를 잘 만나서 내무생활이 그나마 아주 조금 수월할 수도 있다니 다행이다. 그나마, 자꾸 그나마라는 표현을 하게 되는구나. 씩씩하게 군 생활하는 아니, 잘 견디는 영준이가 되려 안쓰럽구나. 인솔 나온 선임이 말했다는 것처럼 세월을 아껴서 적응하며 견뎌야 하는 거겠지. 피할 수 없는 것은 당연한데 즐기는 것은 당연하지 않은 것이 현실…

우리 교환과가 위탁이 되면서, 쉬운 말로 없어지면서 내일쯤은 나도 발령이 나고 새로운 곳으로 가게 된단다. 기대보다는 약간의 두려움 그리고 귀찮음 때문에 스트레스가 된다. 지난 금요일, 다른 곳으로 가는 사람을 결정하는 회의가 있었는데 다들 와서 각자의 사정을 이야기하는데 차마 눈을 마주칠 수가 없더구나. 어디 완벽한 사람이 있겠니. 국회의원 선거하듯 한표를 행사한단다. 이건 기권도 안 된단다.

발령을 대비해서 오후 내 컴퓨터 안의 자료를 내 노트북으로 옮기는 작업을 했다. 버려야 할 것들이 대부분인데도 버리지 못하고 또 복사하고 잘라서 이동시킨다. 뿐이랴, 내일은 서랍과 캐비닛을 정리해서 가져갈 것은 가져가고 버려야 할 것은 버려야 하는데 또 꾸역꾸역 짐 속에 우겨 넣겠지. 버리기 법칙에 의하면 6개월 이상 한 번도 사용한 일이 없으면 과감하게 버리라고 현장개선활동 교본에는 나와 있는데…

네가 힘내야 되는 게 아니고 편지 상황으로는 아버지가 위로를 받아야 하는, 말도 안 되는 상황 전개 및 구성이구나.

2012. 5. 29. 오후 아버지 씀

벌써 6월이구나, 아니다, 말실수 했구나. 아직 6월밖에 안 됐
구나. 이제 영준이가 입대하고 90일이 되었구나. 아버지는 6월
1일자로 충청지방우정청으로 발령이 났단다. 엄격히 표현하면
대기발령이라는 표현이 맞는 것 같다. 보직도 없이 책상과 컴퓨
터만 있는 사무실에 덩그러니 혼자서 앉아있다. 아마 한 달 동
안은 이런 생활이 이어질 것 같다. 내 직장생활 한 지 37년 만
에 처음 갖는 자유로운 시간이 될 것 같다. 책도 열심히 읽고
사색하는 시간도 가질 수 있는 절호의 찬스라고 생각한다. 사
실 이렇게 대기하는 것이 공무원이니까 가능한 조치지 일반기
업이면 집으로 가라고 했을지 모르겠다. 컴퓨터는 설치되어 있
지만 프린터가 없어서 할 수 없이 손으로 편지를 써야만 한다.
프린터를 달아 달라면 해주겠지만 설치해 달라기가 그렇구나. 2
만 평을 관리하다가 서너 평 되는 사무실에만 있으려면 갑갑할
지도 모르겠다. 오전엔 우정청에서 현충원에 행사가 있어서 사
무실이 비어있었는데 이제 각 사무실에 다니면서 인사도 하고
일도 찾아봐야겠다. 밥값은 해야지. 덥구나. 건강하게 잘 지내
거라.

　　　2012. 6월 초하루 충청지방우정청청 6층 6시그마실에서 아버지 씀

작명 640-546

양구의 어제 최고기온이 19℃이더니 오늘은 29℃까지 올라가니 온도가 널뛰기를 하는 지역이구나. 어제 온도가 표시된 것을 보고는 뭔가 잘못이 있나 해서 그동안의 날씨를 기상청 홈페이지에서 찾아보니 그런 경우가 가끔 있더구나.

며칠 전 마이클 샌델 교수가 한국에 와서 강연을 6월 1일 고려대가 아닌 연세대에서 한 모양이더구나. 많은 청중이 왔고 강연 내용의 일부가 인터넷에 올라오기도 했더구나. 그날 주제가 '돈으로는 살수 없는 것'이었다는데 초대권들이 2, 3만원씩 암표로 둔갑했다고 하니… 시기심인지 아니면 실상인지 어느 신문에서는 미국에서도 잘 팔리지 않은 책이 한국에서 신드롬을 일으킨 것이 상술이라 하고 또 샌델이 겸손을 가장해서 해법을 제시하지 못했다는 평가를 했더구나. 또, 6월 3일 LG와 한화의 경기에 샌델 교수가 시구를 했는데 신문에 이렇게 실렸더구나. '고령임에도 비교적 정확하게 시구를 했다'고 해서 도대체 나이가 얼만가 검색했더니 글쎄 59살, 워쨌거나 나도 이제 고령 인구가 된 것이다. 오호… 무심한 세월이여. 내 허락도 없이 언제 그렇게 시간을 돌렸단 말이냐! 그래서 세월에게 다시 명령하노니 앞으로 546일은 빨리빨리 돌아가되 그 후에는 천천히 돌릴 것을 엄숙하게 명령하노니 착오 없기 바라노라.   2012. 6. 5. 오후 아버지 씀

부모님께

양구의 날씨는 도저히 알 수가 없습니다. 오늘 낮 최고기온이 27℃까지 올라갔습니다. 초여름 날씨였습니다. 정말 작열하는 햇빛, 태양이라는 말이 어울리는 날씨였습니다. 양구는 봄이 없다고 합니다. 겨울-여름-겨울입니다. 한여름이 되면 35℃까지 올라간다고 합니다. 그래도 영하 35℃까지 내려가는 겨울보다는 낫다고 합니다.

이번 주 월요일에 사단장님이 다녀가셨습니다. 부대가 어떻게 되었을지 상상이 가시지요? 일주일 전부터 안 쓰던 창고를 다 뒤집어엎어서 정리하고 구석구석 쓸고 닦고 장난이 아니더니 당일 아침에는 구보도 안 하고 위병소 밖 수백 미터를 걸어 나가서 모래 한 톨까지 쓸어냈습니다. 그리고 운동장 곳곳에 구덩이를 메우길래 병사들 운동하다가 다칠까 봐 그러는 줄 알았더니 결국에는 사단장님 차가 흔들릴까 봐 메우는 것이었습니다. 사단장님 오신다고 모든 교육생들은 사격 나가고(사격장이 4km 정도 떨어져 있습니다) 기간병들도 박격포 어깨에 짊어지고 전부 다 훈련을 나갔습니다. 점심 메뉴로는 말도 안 되게 꼬리곰탕이 나왔습니다. 그런데 결국 사단장님은 식당에만 들렀다 가셨다고 합니다. 32연대 1대대 식당이 맛 좋고 시설 좋기로 유명합니다.

이번 주는 각개전투 하느라 매일 산을 오르고 기어 다니고, 뛰어다닙니다. 전에 편지에도 말했듯이 각개전투 교장이 거짓말 좀 보태면 도솔산만 합니다. 각개전투 중 무서운 것은 산을 이리저리 뛰어다니느라 힘든 것도, 조교도, 소리 지르는 중대장님도 아닙니다. 온 산에 기어 다니는 뱀과 양구락지, 그리고 오줌입니다. 산이 그냥 자연 상태라 봄이 되니 뱀들이 기어 다닙니다. 양구락지는 무엇인고 하니 양구의 개구락지입니다. 여기는 지금 개구리 우는 소리가 장난이 아닙니다. 소쩍새도 많이 웁니다. 또 따로 화장실이 없어서 아무 데나 일을 보다 보니 함부로 포복할 수가 없습니다.

아버지, 아버지는 보급부대여서 물자가 풍부했지만 여기는 야전부대인 데다 교육생을 다루는 데라 물자 보급이 원활하지 않습니다. 저희의 공식적인 신분은 자대에서 파견 나온 상태라 1신교대 때보다 보급이 열악합니다. 교육생들은 PX 이용도 불가능해서 물자가 항상 부족합니다. 봉화산에 올라갔을 때는 기상 상황이 좋지 못했습니다. 정상에 오르는 순간 비바람이 몰아쳤고, 애들이 전부 추위에 떨고 있으니까 대대장님께서 버럭 소리를 지르며 빨리 내려 보내라고 하셔서 저희는 사진도 제대로 못 찍고 내려왔습니다. 그리고 계급장은 야전 상의에 있는 건데 날씨가 이러니 앞으로 일병 때까지 입을 일이 없을 것 같습니다.

아이들은 2사단에 대한 자부심이 다들 있습니다. 타 부대에 비해 훈련이 많기로 유명해서 전역 후에 꿀리지 않을 거라는 마음입니다. 당장 저희는 올해 10월 말에 호국 훈련도 예정되어 있고, 내년엔 31연대의 KCTC 훈련도 예정되어 있습니다. KCTC는 네이버에서 찾아보십시오. 대대급 훈련인데 매우 중요시합니다. 그 외 다수의 훈련이 있습니다.

야구는 제가 없으니까 잘 되지 않는 것 같습니다. 역시 감독의 작전 지시가 중요한 것 같습니다. 다음에 다시 쓰겠습니다. 큰 일교차에 건강 조심하십시오. 이만 총총,

2012. 4. 24. 20:50

PS. 진태는 김해김씨는 맞으나 '진'자 돌림이라고 합니다. 그리고 여기도 곳곳에 벚꽃이 피어 있습니다. 카이스트의 벚꽃이 부럽지 않습니다.

2012년 5월 12일에 다시 보강합니다. '이만 총총'을 보니 생각나는 게 있습니다. 흔히 말하는 무대뽀가 일본어라는 사실을 알고 계시는지요. 그걸 한자로 쓰면 無鐵砲입니다. 철포가 없다, 즉 조총이 없다는 뜻입니다. 임진왜란을 전후해 일본에 조총이 보급되기 시작했을 때 옛날 방식으로 총도 없이 칼만 들고 돌아다니는 병사들을 보고(그 병사들은 달려가다 힘도 못 써보고 조총에 쓰러졌을 것입니다.) 무대뽀라고 했다고 합니다.

2012. 6. 7. 목요일 도착

오늘은 비가 와서 작업이 취소됐습니다. 전 중대원들이 원하던 비가 아침부터 와서 막사로 모두 복귀해 소대장님 면담도 하고, 여유로운 시간을 보냈습니다. 오늘 메인 소식은 이게 아닙니다. 온 지 일주일 만에 생활관 이동이 있었습니다. 이등병끼리만 쓰니 문제가 있다고 생각했는지 저희 신참 이등병들을 병장 생활관으로 옮겨 버렸습니다. 6~8월에 전역하는 상병과 병장들이 살고 있는 곳입니다. 이등병들끼리 써서 약간 편하던 분위기는 좀 없겠지만 대신 군 생활을 제대로 배울 수 있을 것 같습니다. 두 달 동안 더블백만 몇 번을 싸는지 모르겠습니다. 옮겨 다닐 운명인가 봅니다.

전국적으로 비가 온다니 대전도 비가 올 것 같습니다.

2012. 5. 14. 15:07

PS. 뒤에서 병장들이 여유롭게 장기, 체스를 두고 있습니다.

2012. 6. 7. 목요일 도착

부모님께

   정말 오랜만에 편지를 쓰는 것 같습니다. 2신교대에서 쓴 편지도 아마 지금에서야 같이 갈 것 같습니다. 2신교대 막판에 각개전투에 행군에 정신이 없어서 편지를 부치지 못했고, 주특기 교육을 받으러 간 통신대대(사단 직할 부대입니다)에서는 짧은 시간에 많은 것을 배우느라 개인 시간이 많지 않아 편지를 쓰지 못했습니다.

   벌써 몇 주 전인지 기억도 나지 않는 각개전투 얘기를 안 할 수가 없습니다. 당시 분대에서 저는 수색정찰조를 맡았습니다. 제가 또 전쟁영화를 좀 많이 봤습니까? 거의 특수부대에 가까운 몸놀림을 보였습니다. 뒤에서 지켜보던 분대장의 표현에 의하면 조종하기 좋았다고 합니다.

   서설이고, 통신부대에서는 무전기에 관한 교육을 받았습니다. 알파, 브라보, 찰리, 델타, 기러기, 나폴리 등 통신 용어, 무전기 사용법, 안테나 설치법 등을 속성으로 배웠습니다. 안테나 설치는 거의 6m가 넘는 안테나를 사람 손으로 설치합니다. 포병들만 사용하는 줄 알았던 망치를 들고 말뚝 박는 걸 무전병도 합니다.

   여하간 저는 3박 4일간 신병들 모아 놓고 쉬는 데 있다가 자대로 왔습니다. 31연대 전투지원중대입니다. 수십 번도 넘게 들으셨을 겁니다. 4.2인치 박격포를 취급합니다. 저는 1소대의 소대 무전병입니다. 소대장님 옆을 졸졸 따라다니는 역할입니다. 자대 온 첫날은 그냥 호구 조사만 하다가 끝났습니다. 배치받아서 첫날 행정반에 앉아 있는데 처음으로 지적받은 게 뭔지 아십니까? 너무 각 잡고 앉아 있지 말고 몸에 힘 좀 빼라고 하셨습니다. 요새는 너무 각 잡고 앉아 있는 것은 별로 안 좋아한답니다.

둘째 날에는 작업을 나갔습니다. 일병, 이병들이 전부 최악의 작업이라고 할 만큼 고난도의 작업이었습니다. 그냥 맨몸으로 올라가도 숨이 턱 끝까지 차오르는 비탈에 철조망을 다시 설치하는 작업입니다. 저는 철조망과 각종 자재를 지고 올라가는 일을 했는데 죽는 줄 알았습니다. 지원중대는 원래 겨울에는 눈 쓸고, 가을에는 낙엽 쓸고, 봄에는 풀 뽑고 눈 쓸고, 여름에는 풀 뽑고 온갖 잡일을 다 한답니다. 다른 대대는 훈련하느라 바쁜데 저희는 작업 때문에 바쁘다고 합니다.

수요일에는 전투준비태세 훈련이 있었습니다. 이등병이라 정신도 없는데 훈련 상황에, 저희 소대 무전병이 저밖에 없어서 제가 무전기를 메고 다녀야 했습니다. 그 뒤로 계속 작업만 하고 있습니다. 아침에 일어날 때는 힘들어 죽겠는데 막상 작업 나가면 또 합니다. 훈련소를 지내면서 얻은 교훈 중 하나는 인간이 참 강하다는 것입니다. 힘들어 죽겠는데도 안 쓰러집니다.

작업 나가서 또 이상한 점은 일하는 사람 중 최고참은 일병이거나 상병 1, 2호봉들입니다. 그 위의 사람들은 어디에 갔을

지 궁금합니다. 오늘은 더덕 캐러 다니는 병장 한 명은 본 것 같습니다.

지금 저희 중대에서 저에 대한 관심이 장난이 아닙니다.(법대, 26살) 신병 중에 이런 사람은 관심을 받기에 충분합니다. 사실 이런 관심이 부담스럽습니다. 지나가는 사람이 거지반 다 물어보는 것 같습니다. 이러다가 이 기대가 실망으로 변할까 무섭습니다. 별걱정을 다 한다고 생각하실 거라고 생각합니다. 원래 어머니를 닮아서 걱정이 많습니다. 뭐 이러니저러니 해도 자대 분위기는 매우 편합니다. 어깨에 문신 있는 양반이 조금 두렵긴 하지만 좋은 사람입니다. 지나치게 긴장할 필요는 없을 것 같습니다.

뒷장에 안 쓰다니 군기가 빠졌습니다. 제가 들어와서 중대 26 라인이 강해졌다는 소리를 듣습니다. 전입 후 계속 바빠서 아직 면담도 못 했습니다.

토요일에 다시 쓰기 시작합니다.

어제는 작업 나갔는데 저희 소대 작업 인원 중 최고참이 이등 병인 웃지 못할 상황이 발생했습니다. 이 작업은 앞으로 2~3주간 계속된다고 합니다. 울타리 작업에 더해서 진지 보강 공사도 합니다. 원래 4, 5, 6월은 바쁘고 7, 8, 9월이 되면 더워서 훈련 작업 취소가 많아진다고 합니다. 계급이 좀 되면 자기 계발 시간도 많아질 것 같습니다. 일과 시간이 끝나고 자유 시간도 많고, 주말에도 시간이 꽤 있는 것 같습니다. 다들 상병이 되거나 병장이 되면 할 일은 없고 사회적응 대비에 필요한 시간 없음에 괴로워합니다. 저는 나중에 시간 관리를 잘해야겠습니다.

아직은 아무것도 정해진 게 없지만 저의 첫 휴가는 아마 7월에 유격이 끝나고 나가게 될 듯싶습니다. 7월 말이나 8월 초에 나갈 것 같습니다. 자대 배치 후 일주일 된 이등병이 쓰기엔 무리가 있는 발언인 듯싶습니다. 기회가 될 때마다 편지하겠습니다. 사회도 요새 덥다던데 건강 조심하세요.

충성! 대한민국 육군 이등병 김영준
2012. 5. 12. 5:09

PS. 제가 지금 '하가시노 게이고'의 소설을 읽고 있다는 사실을 형님께 기회가 되면 전해주십쇼. 형이 개탄할 것입니다.

편지가 전에서 끝날 줄 알았지만 더 쓰게 되었습니다. 아버지가 여기 주소 창 4리로 보내셨는데 '청' 4리라고 합니다. 그리고 신문 동봉은 가급적 안 해주셨으면 합니다. 보관이 곤란한 데다가 부대에 들어오는 읽는 류는 전부 다 보안 검사를 받아야 되는 것으로 알고 있는데, 신문은 그냥 들어오니 뭔가 불안합니다.

아, 그리고 제가 전에 보낸 편지에 유격이 올해엔 없다고 했었던 것 같은데 아니었습니다! 32연대 17연대, 포병연대 전부 다 사단장의 지시로 유격이 취소됐는데 저희 31연대만 올해 유격이 있습니다. 거듭 말하지만 아버지께서 라면 한 박스에 유격 안 가신 것을 제가 대신 가는 게 확실한 것 같습니다.

요새 부대에는 전부 Qook TV가 설치되어 있어서 채널만 수백 개에 이르고, 거의 모든 방송을 '다시 보기'할 수 있습니다. 40년 전 군대를 생각하시면 안 될 것 같습니다. 어머니 아버지께서 상상도 못 하실 만큼 시설과 여타의 여건이 좋습니다. 물론 기계로 하루면 할 것을 사람이 일주일 동안 하는 것은 똑같은 것 같습니다. 또 하나, 이등병이 어리버리하고 실수하는 것도 똑 같습니다. 이등병은 이등병인 것 같습니다. 어리버리한 이등병보다 문제는 기본적인 매너, 예의가 없는 이등병인 것 같습니다. 혼나는 이등병을 보면 그 행동이 사회에서도 혼날, 예의 없고 기본이 없는 행동을 합니다. 그냥 사회에서 어른 선배 대하듯이 하면 어지간해서는 혼나지 않을 것 같습니다.

군대에 변하지 않는 것이 또 생각났습니다. 오후 6시가 되면 국기 하강식을 합니다. 시야에 보이는 모든 군인들을 정지시키는 무서운 마법입니다. 그리고 문구들이 아직도 살벌합니다. '견적필살 북진통일見敵必殺 北進統一'입니다. 하긴 여기는 최전방이니 그럴 만도 합니다. 96년 강릉 무장공비 침투 사건을 기억하십니까? 그때 31연대 뒷산까지 공비가 오기도 했었다고 합니다.

96년 강릉 무장공비 사건은 물론, 울진 삼척 무장공비 침투 사건 때도 저희가 투입되었답니다.

원래 사단 중 한 자릿수 사단들이 빡세다고 합니다. 2사단 노도, 3사단 백골, 5사단 열쇠, 6사단은 기억이 안 납니다. 7사단은 칠성, 8사단 오뚜기 등 (5, 6사단은 서로 헷갈리긴 합니다. 이 사단들이 철원에 있는 걸로 압니다.) 전통적으로 유명한 부대들이 많습니다.

오늘 싸지방에 가서 류현진의 성적을 보니 비통하기 그지 없습니다. 방어율이 2.16인데 1승 2패라니요, 제가 빨리 전역해서 코치를 좀 하든지, 기합을 주든지 해야겠습니다.

마지막으로 보내는 사람에 육군 이등병 김영준이라고 쓰니 정말 '이등병의 편지'느낌이 납니다. 편히 쉬십쇼! 취침소등 하겠습니다.

쓰는 김에 못 썼던 편지를 벌충해야겠습니다. 월요일부터는 다시 춘계진지공사를 나가기 때문에 다음 주말까지 시간이 안 날 듯합니다.

이곳 직할중대는 따로 교회가 있는 것이 아니라 연대교회로 예배를 드리러 갑니다. 거기서 2대대, 3대대, 직할중대 인원이 같이 예배를 드립니다. 그러다 보니 훈련소 동기들을 만나기도 하고 소식도 듣습니다.

오전에 생각난 통신대대에서 있었던 일을 좀 적을까 합니다. 제가 통신대대에 있을 때가 한창 국지도발훈련이 있던 때였습니다. 국지도발훈련은 북한의 간첩 특작조 침투에 대비한 훈련입니다. 뭐 그냥 그런 훈련이 있는가 싶었습니다. 그런데 저녁 8시경 전투화를 닦고 올라오는데 방송에서 '군사령부에서 진돗개 둘을 발령한다'고 방송이 나왔습니다. 기간병들이 우르르 뛰어나가고 출동 준비하고 난리도 아니니까 또 실제 상황인 줄 알지 않았겠습니까? 여기는 휴전선에서 20km 정도 떨어진 곳이라 전쟁 나면 바로 뛰어나가야 되는 부대라는 생각이 드니까 조금 긴장이 되기 시작했습니다.

사실, 조금 긴장보다는 좀 더 긴장했는데 같이 교육받던 이등병들도 같이 집단 공포 상태 비슷하게 되어 갔습니다. 지금 몇 주가 지나서 그렇지 그때는 진짜 별생각이 다 들었습니다. PX도 못 가보고 집에 전화도 못 해봤는데 이대로 뭔 일이라도 터지나, 지금이라도 뛰어가서 집에 전화라도 해야 되나, 머릿속이 복잡해졌습니다. 게다가 총 쏘는 훈련도 다 받고 주특기 교육 빼고는 다 배웠으니 빼도 박도 못하는 것 아니겠습니까. 물론 이 상황은 20분 만에 훈련 상황으로 끝났지만 여기가 대한민국의 최전방이라는 사실을 다시 한 번 느끼게 됐습니다. 그다음 날 새벽 4시에 깨워서 비상대기를 시켰고, 모든 장비들이 훈련을 나가서 저희는 교육도 못 받고 하루 종일 대기만 했습니다.

오늘이 어버이 주일이라고 교회에서 '사철의 봄바람'을 불렀는데 군종의 실수로 가사가 뜨질 않았습니다. 다들 멀뚱거리는데 저만 열심히 잘 부를 수 있었습니다. 명절 때마다 부른 보람이 있는 것 같습니다.

시간이 나는 대로 편지 쓰도록 노력하겠습니다. 아들이 대한
민국의 국방을 책임지고 있으니 단잠을 이루십시오.

5. 13. 16:10 수고하십니다!

PS. 저희 부대는(중대) 병사끼리 '충성' 대신 '수고하십니다'라고
합니다. 그리고 저희 생활관에서는 지금 간식으로 라면 먹
을 준비를 하고 있습니다. 락앤락 통에 뜨거운 물 붓고 봉
지 라면을 넣어 먹습니다. 기대됩니다.

2012. 6. 7. 도착

부모님께

양구의 날씨는 종잡을 수가 없습니다. 얼마 전까지 그렇게 덥더니 요샌 아침저녁으로 꽤 춥습니다. 아침 기온이 5℃까지 떨어지고 낮 기온은 26℃까지 올라갑니다. 근데 이 정도 일교차에 가끔 웃통 벗고 구보까지 하는데 신기하게 감기에 안 걸립니다. 많이 건강해진 것 같습니다.

오늘 작업하려고 산꼭대기에 올라갔는데 여기 진짜 첩첩산중입니다. 저 멀리까지 산, 산, 산, 또 산입니다. 산 위에서 본 경치는 정말 멋있습니다. 선임들과 매일하는 얘기 중 하나가 2~3일 놀러 오는 걸로 양구는 정말 괜찮다는 의견입니다. 공기도 맑고 하늘도 푸르고 날씨도 좋고, 경치도 정말 좋습니다. 그래서 아직까지는 작업 나갈 때 소풍 가는 느낌입니다. 점심 먹고 나서 판초 우의를 펴고 누워 있으면 기분이 제법 괜찮습니다. 판초 우의 하나에 한 네 명이 모자를 얼굴에 덮고 낮잠을 잡니다. 신선놀음이 따로 없습니다. 나중에 제대하고 다시 올지는 모르겠지만 와서 쉬다 가기에 좋은 동네인 것 같습니다.

작업을 하면서 제일 성가신 것은 험한 경사도, 뜨거운 날씨도 아닌 양구벌레들입니다. 여기에서는 이름 모르는 수많은 벌레들을 양구벌레라고 통칭합니다. 보통 도시의 벌레보다 두 배는 크고 종류도 셀 수도 없이 많습니다. 뱀도 많이 돌아다니고 벌도 장난이 아닙니다.

양구의 아침의 큰 매력은 가끔 멋있게 끼어 있는 운해雲海와 지저귀는 새소리입니다. 물론 아침 점호를 받으며 들어서 그런 지 마냥 좋은 것만은 아닙니다. 그리고 여기에는 뭔 놈의 파리가 말도 안 되게 많습니다. 거기다 가끔 새끼손톱만 한 파리도 돌아다닙니다. 정말 야생 그 자체입니다.

이미 여기서 얼마 안 있었는데도 동기생활관의 문제가 보이고 있습니다. 동기들끼리 몰려다니는 경우가 많다보니 갈등의 골이 생기는 것을 종종 볼 수가 있습니다. 어찌 보면 사소한 문제들인 청소 같은 것을 할 때 문제가 생기거나 동기들 간에 말투 같은 문제가 자꾸 생기는 게 제 눈에 보입니다. 병장님들과 써도 이 정도인데 나중에 정말 동기들끼리 쓰게 되면 어찌 될지 벌써 걱정이 됩니다.

저는 여기서 매우 잘 적응하고 있습니다. 선임들과도 작업 같이 나가서 얘기도 많이 하면서 친해졌습니다. 이제 좀 계급이 낮은 선임들이나 같은 분대 선임들과는 농담도 주고받을 정도로 친해졌습니다. 저에 대한 평가도 괜찮은 것 같습니다. '이등병의 모범'같다는(물론 상대적인 것이겠지만) 소리도 들었습니다. 우하하하… 사실 저희 동기는 군기 빠지는 게 보이는 것 같습니다. 이등병들이 가장 크게 혼난다는 시즌이 찾아오고 있습니다. 이등병들이 처음에는 군기가 바짝 들어서 잘하다가 몇 주 지나면 긴장이 풀리고 실수를 하게 되고 개념 없는 짓을 하게 된다고 합니다. 조심해야겠습니다.

작업 나가서 선임들이 저한테 법 관련 지식을 물어봅니다. 사실 질문 자체가 그리 어렵지 않아서 대답해주면 엄청 신기해합니다. 요새 쉬는 시간 때마다 쉴 수가 없는 때도 있습니다. 몇몇 선임들은 재밌어합니다. 공부 좀 더 하고 올 걸 그랬습니다.

그리고 앞으로 검정고시를 가르치게 될 것 같습니다. 저희 사단에서는 중졸자들을 대상으로 검정고시를 가르칩니다. 선생도 병사, 학생도 병사입니다. 지금까지는 그 연대생 선임이 가르쳤는데 제가 그 부사수로 들어가게 될 것 같습니다. 그 선임이 요새 점호 시간에 상식 테스트를 하는데 법, 사회, 역사는 잘 맞히는데 경제, 시사 상식이 부족해서 문제인 것 같습니다. 일단 사회 분야는 합격점을 받은 것 같습니다. 선임 중에 한 명이 개인적으로 가르쳐 달라고 접촉도 있었습니다. 조금 귀찮을 수도 있겠지만 보람도 있고 만약에 합격시키면 4박 5일 포상 휴가도 나옵니다. '꿩 먹고 알 먹고 도랑 치고 가재 잡고'인 것 같습니다.

주말, 토요일 오전에 동아리 활동을 하는데 오늘은 자율학습을 선택해서 책을 읽었지만 짬이 되면 야구를 해 봐야겠습니다. 야구가 있을 줄은 몰랐는데 간부들도 야구를 좋아하는 모양입니다. 어디서 지원중대에서는 야구를 잘하는 게 좋다는 얘기를 들었는데 사실인 모양입니다.

입대 전에 했던 게 군대에서도 다 이어지는 것 같아서 기분이

좋습니다. 군대 참 좋습니다. 여기 와서 안 보던 드라마도 챙겨
보게 됐습니다.

　다음에 또 쓰겠습니다.

2012. 5. 19. 13:27

대한민국 육군 이등병 김영준

2012. 6. 7. 목요일 도착

부모님께

얼마 후면 면회 외박으로 뵙겠지만 또 편지를 아니 쓸 수가 없습니다.

남자들이 모여 있으면 어쩔 수 없겠지만 동기생활관이어서 더 빨리 일이 터진 것 같습니다. 병장들이 같이 쓰는데도 불구하고 저희 동기 두 명이 서로 시비가 붙어 싸움이 발생했습니다. 치고 박고 하기 전에 뜯어말리긴 했지만 자칫 큰 싸움으로 발생할 뻔했습니다.

쓰고 보니 '번질 뻔했습니다'가 맞는 표현 같습니다. 사소한 시비였는데 싸움이 됐습니다. 불화가 엿보인 지는 좀 되었는데 터진 것입니다. 다행히 다른 병장이나 선임이 못 봐서 큰 문제가 되지는 않았습니다.

발견됐으면 진술서 쓰고 최악의 경우 영창까지 갈 뻔했습니다. 서로 조금만 더 배려하고 양보하면 되는데, 말투도 조금 부드럽게 하면 되는데 짜증 투로 틱틱거리면서 하니 터질 수밖에 없는 것 같습니다.

아버지께서 보낸 편지에 상대를 배려하고 눈높이를 맞추라는 고견을 잘 받아들이겠습니다. 그렇지 않아도 군대에 들어온 후 가장 생각이 많이 나오는 말 중 하나가 '三人行 必有我師'입니다.

세 명의 사람 가운데 한 명은 나의 스승이 될 만하다. 모든 사람에게 배울 점이 있다는 뜻이겠지요. 논어에 나오는 말로 제가 기억하고 있습니다. 훈련소와 자대를 거치면서 수많은 사람을 만 났습니다. 그러면서 비록 나이가 어린 아이들이지만 혹은 학력은 떨어지지만 배울 점이 많다는 점입니다. 그전에도 이런 것을 전 혀 모르고 건방지거나 자만했던 것은 아니지만 군대만큼 다른 사람에 대해 판단하고 관찰하게 되는 곳은 없는 것 같습니다.

요새는 생활관이나 작업 중에 선임들이 잘해 줍니다. 물론 작 업 때는 같이 힘드니까 군기를 거의 안 잡는 것도 있습니다만 나이와 여타의 이유 때문에 함부로 대하지는 않는 것 같습니다. 저도 기대치(?)에 부응하기 위해 행동거지를 조심하고 있습니다.

위에 편지를 언제 쓴 건지 모르겠습니다. 역시나 외박이 지 나가고 월요일, 휴일이 지나간 후에 배에 낀 기름기를 빼기 위 해 훈련이 갑작스레 잡혔습니다. 많은 인원이 나가는 것은 아 니고 소대 무전병들만 참가하는 훈련이었습니다. 훈련에 대비 해 모의 연습을 하는 형태에서 간부들과 무전병들만 참여했습 니다. 그래서 월요일 저녁부터 준비한다고 돌아다니고 화요일 아침에도 정신없이 돌아다녔습니다.

무전병으로 처음 나가는 훈련이라 긴장도 했지만 훈련 자체 는 크게 어렵지 않았습니다. 무전기를 세팅해 놓고 하루 종일 잠만 잤습니다. 근데 잠자는 것도 쉽지 않았습니다. 날파리가 5초 간격으로 귀에서 앵앵거리는 바람에 자는 것도 훈련이었답니다. 각 소대장님들과 중대장님도 잠을 청하는 데 어려움을 겪었습니다. 중대장님도 나중에는 왜 상황이 안 끝나느냐고 짜증을 내셨습니다.

그리고 타 중대원을 '아저씨'라고 부르는 것은 나름의 의미가 있다고 생각합니다. ××병장님, ××상병님이라고 부르면 좋겠지만 타 중대 병장이 이등병에게 △△ 이병님이라고 부르지는 않게 될 것입니다. 그렇다면 계급이 낮은 병사에게만 불리한 시스템이 될 것이고 자연히 계급이 높다는 이유 때문에 타 중대원도 함부로 대하게 될 수 있습니다.

하지만 아저씨라고 부르게 되면 이등병이 병장에게도 아저씨라고 부를 수 있고 나름 계급이 낮은 사람에게 유리한 방식이라고 할 수 있겠습니다. 물론 엄격한 계급사회인 군대의 질서와는 조금 안 맞을 수도 있겠지만 실제 전투나 일상생활 훈련 작업에서는 중대, 소대가 함께 다니기 때문에 타 중대와는 생활상 겹치는(마주치는) 경우가 거의 없습니다. 아무리 생각해도 상급자의 하급자에 대한 부조리 예방에 각고의 노력을 기울이는 육군의 방침과 맞기 때문에 간부들도 용인하는 듯합니다.

면회 때 혹시 주차장 바로 옆에 있는 식당을 보셨습니까? 아마 못 보셨겠만 원래 식당은 부대 안쪽에 있었답니다. 그런데 식당을 확장하려고 공사를 하는 도중에 6·25전사자 유해가 나왔고, 더 이상 공사를 할 수 없게 되어 아예 현 위치로 옮겨 버렸다고 합니다. 흥미로운 곳입니다.

확실히 타 대대는 훈련을 많이 하고 저희는 작업을 많이 합니다. 오늘도 우리는 작업을 하는데 옆 3대대는 총 들고 훈련하러 다닙니다. 3대대는 몇 주 뒤에 KCTC를 뛰어서 요새 훈련이 많습니다. 그 와중에도 수색중대는 한가히 족구를 하고 있습니다. 아이러니한 곳이 군대입니다. 이만 총총.

2012. 5. 30, 17:40
작업을 마치고 돌아와서 이등병 김영준

부모님께

저는 하계 전투복을 당연한 것으로 여기고 있지만 아버지는 신기해하시는 게 당연합니다. 실제로 일반 병사들에게 하계 전투복이 따로 지급된 것은 2007년부터라고 합니다. 생각보다 정말 얼마 되지 않았습니다.

그전에는 간부들에게만 지급되었다고 합니다. 지금은 국방색이 아닌 디지털 무늬 군복이 지급되기 시작했습니다. 전방 부대부터 보급되기 시작해서 저희 사단도 현재 보급 중입니다. KCTC 훈련을 나가는 3대대나 수색중대부터 보급이 시작되고 있습니다. 디지털 무늬가 확실히 위장이 잘되기는 합니다.

저희는 훈련 안 나가고 매일 작업입니다. 아이러니하게도 공병대에 간 제 동기는 매일 논다고 합니다. 어제 연대 포크레인이 와서 작업을 했는데 왜 진작 안 불렀는지 모르겠습니다. 중대장님이 전화 한 통 넣으니까 다음 날 당장 달려왔습니다.

작업을 많이 하니까 삽질이 점점 늘어갑니다. 나중에 아버지집을 지으실 때 큰 도움이 될 것 같습니다. 오늘은 황토를 시멘트 삼아 진지도 만들었습니다.

2012. 6. 1. 19:58 육군 이등병 김영준

PS. 자대 온 지 벌써 한 달이 되어 갑니다.

　　시간이 가는 듯 안 가는 듯 빨리 갑니다.

　　전역은 멀었지만 힘내야겠습니다.

부모님께

아버지께서 제 군 생활이 생각보다 힘든 것 같다고 걱정하셨지만 옆 대대 보병 애들 보면 덜 힘든 게 확실합니다. 옆 대대 애들은 KCTC 나간다고 주말에도 훈련하느라 고생합니다. 저희는 기본적인 행군도 잘 안 합니다. 연대전술훈련(RCT) 때나 혹한기 때도 행군을 안 하기도 합니다. 훈련 때도 보병들이 무박 2일로 산 몇 개씩 넘어 다니면서 공방전을 할 때 저희는 박격포 방열해 놓고 하루 종일 대기하는 게 고작입니다.

그리고 대대 애들 훈련 나가면 초소 근무 인원이 없어서 저희가 대신 나가고 그럽니다. 일반 보병들보다 훨씬 낫습니다. 저희는 차량화 부대여서 어지간한 훈련은 다 차 타고 돌아다니고 그것도 저희가 타는 K-532는 벤츠 엔진을 장착한 비싼 차량이라 멀리 안 가는 경우가 많아서 덜 힘든 편입니다.

102보충대에 들어오는 순간 어느 정도 힘든 군 생활은 각오하고 왔습니다. 이 정도는 아무것도 아닙니다. 물론 GOP에 가고 싶은 마음도 컸지만 거기까진 아니더라도 나름 전방에서 근무하는 것에 저는 만족하고 있습니다.

너무 걱정하지 마시기 바랍니다. 배에 살이 찌는 것만 봐도 제 군 생활이 나름 편한 것을 반증합니다.

제 걱정은 하지 마시고 단잠 이루십쇼. "부모형제 나를 믿고

단잠을 이룬다~♬"라는 군가가 괜히 나온 게 아닙니다.

2012. 6. 3. 8:56 육군 이등병 김영준

PS. 중대를 통해 우편물을 보내면 중대 편지함에서 몇 주씩 안 날아가서 성당 가는 애 통해서 보내려고 급히 주일 아침에 씁니다. 기독교는 편지 보내주는지 모르겠습니다.

2012. 6. 11. 월요일 도착

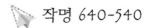

이제 영준이가 군대간 지도 100일이 지났구나. 아버지는 대기
사무실에서 열심히 독서를 하며 충전을 하고 있단다. 지난 토요
일은 외할아버지 생신이어서 문화동에 다녀왔단다. 여전하셔서
네 군대 얘기를 일부 전했더니 젊을 때 고생해봐야 한다고 강하
게 말씀하시더구나. 이런 면은 여전하시지만 이제 기력이 많이
떨어지신 듯 보이더구나.

식당에 가서 저녁을 먹는데 맥주 한 병만을 시키시는 것을 보
고는 마음이 그렇더구나. 나도 다르지 않을 것이니 외할아버지
와 내가 20년 차이니까 나도 20년 후이면 저 모습이려니 하니
그것도 그렇더구나.

전화로 들었겠지만 형은 다시 과외를 시작했다고 한다. 전에
도 있었던 일이기는 하지만 이번에도 뜬금없이 언어영역 과외라
니 컴퓨터 전공자로서 행태가 기이하기만 하구나. 하기는 기이
한 일이 그것뿐은 아니지만 말이다. 편지를 쓰고 있는데 엄마한
테서 전화, 한국어 교재를 사오라는 강제 명령과 함께 너한테서
편지도 왔다는 전갈이 왔구나.

2012. 6. 13.

부모님께

병장 생활관이 약간의 불편함도 있지만 옛날 내무반 생활보다는 훨씬 좋아진 것이라고 합니다. 지금 현재 병장 생활관의 가장 큰 장점은 병장들이 방패막이가 되어준다는 점입니다. 아무래도 생활관에 병장들이 있다 보니 선임들이 함부로 들어오질 못합니다. 이전에 이등병들끼리 생활관을 쓸 때만 해도 선임들이 수시로 들어오고, 생활관 내에서 갈굼이 행해지기도 했지만 지금은 그 점에서 자유롭습니다. 어차피 병장들은 곧 전역하실 몸인지라 이등병들이 심하게 풀어지지만 않으면 간섭을 하지 않습니다.

병장들은 가장 늦은 전역이 8월 2일이고 대부분 7월 중순이 전역입니다. 이들이 가고 나면 동기생들끼리 생활관을 쓰게 될 텐데 걱정입니다. 원래 선임들 눈치 보면서 단체 생활에 익숙해져야 되는데 애들이 그런 게 없어서 타인에 대한 배려나 매너가 좀 떨어집니다. 이등병 생활관의 문제에 국한되지 않습니다. 얼마 전에 상병들이 쓰는 생활관에서도 약간의 주먹 다툼이 있어서 한 명이 영창을 갔습니다. 갈등의 시작은 아마 두 달 군번까지 동기로 바뀌면서 생긴 불만인 것 같습니다. 원래는 선임이었던 사람이 갑자기 동기 사이가 되니 문제가 안 생길 수 없을 것입니다. 전 육군에서 야심차게 병영 문화를 바꾸기 위해 추진하고 있는 제도

이지만 너무 성급하게 시행되고 있는 감도 있습니다.

군대는 세월이 변해도 상명하복의 계급사회이고 어느 정도 불편함이 있어야 될 텐데 신병들을 보면 그런 게 없는 것 같습니다. 이번 주에 신병이 두 명이나 들어왔습니다. 4월 초 군번들인데 바뀐 제도에 의해 동기입니다. 한 명은 저희 생활관에서 생활합니다. 거의 후임을 받은 느낌입니다. 이것저것 가르치고하는데 갑갑합니다. 아마 저희를 처음 받은 선임들의 느낌이 이랬을 듯합니다.

아버지 때도 그랬는지 모르겠지만 신병이 오면 처음 하는 게 빨래입니다. 들고 온 더블백을 엎어서 안에 있는 의류를 전부 빨아버립니다. 신병에게선 소위 훈련소 냄새가 난다고 합니다. 그래서 피죤을 넣고 향긋하게 만들어 버립니다. 원래는 그것을 맞선임이 해 줘야 되는데 그걸 저희는 한 달 위 동기들이 해 주고 있습니다. 이렇게 한 명 두 명 신병을 받다 보면 일병이 되고 상병이 되고 병장이 될 것 같습니다.

월요일은 드디어 전투 휴무입니다. 힘든 훈련, 장기간의 훈련이 끝나면 병사들에게 휴식을 주는 것인데 지난 몇 달간의 작업에 대한 보상으로 월요일에 휴식이 주어진다고 합니다. 한 달 이상 진행되던 울타리 작업과 진지 공사도 마무리되어 갑니다. 아직 끝난 것은 아닙니다.

여기에 있다 보니 전역 후의 삶에 대해 이등병 주제에 건방지게 벌써 생각하게 됩니다. 일단 부대 내 사람들의 기대치가 장난이 아닙니다. 한마디로 구름 위에 올려놓습니다. 졸지에 전역 후 당장 검사를 시킬 기세입니다. '뒤 좀 봐 달라'등의 농담이 많습니다. 뭐 그래도 자신감이 생기기도 합니다. 선임들의 말을 들어보면 세상에 법이 필요한 곳이 참 많은데 실제로 필요하고 억울한 사람들은 그 혜택을 받지 못하는 것 같습니다. 저의 얄팍한 법 지식으로도 어느 정도 도움이 될 정도이니 우리 사회의 법률 서비스의 현주소는 이 정도인 것 같습니다.

선임들 중에는 법정에서 실제로 판결을 받은 사람들도 있습니다. 사회에서 만났으면 극과 극의 인생을 살았을 사람들과 군 생활을 하고 있습니다. 애들이 가끔 신기해하기도 합니다. 고려대 법대생이랑 같이 화장실 청소하고 있다고 농담으로 웃기도 합니다. 요새 병장님들과 장기를 두다 보니 장기 실력이 점점 늘고 있습니다. 군대 와서 사회생활에 유용한 잡기들이 늘고 있습니다.

그리고 아버지의 군 생활은 철책선에서 100km 떨어진 원주지만 여기는 철책선에서 20km 떨어진 양구입니다. 그중에서도 각종 훈련이 많기로 유명한 2사단입니다. 어느 정도 훈련 강도는 각오하고 왔습니다. 물론 지원중대 특성상 훈련이 매우 적어서 걱정 하나 안 하셔도 됩니다. GOP 근무도 아니고 수색대도 아닙니다. 저희 1소대는 운 좋으면 혹한기 훈련을 안 하기도 한다고 합니다. 군대 오기는 잘한 것 같습니다. 이런 경험 언제 또 해 보겠습니까?

요새 홍콩 가족여행 갔던 생각이 종종 들곤 합니다. 다음에 기회가 되면 중국이나 동남아 여행을 가는 것도 괜찮을 것 같습니다. 저희 중대는 주말에는 완전한 휴식을 보장받습니다. 단 수색중대 간부가 당직사관이면 가끔 체육 활동을 시키기도 해서 불만이 있습니다. 저희 중대는 휴일에는 그냥 80%가 다 잡니다. 군인은 항상 배고프고 졸리니까요. 또 쓰겠습니다.

2012. 6. 9. 16:16 육군 이등병 김영준

2012. 6. 15. 금요일 도착

 부모님께

　요새 한국어 공부를 하다 머리가 아프거나 잠시 짬이 날 때 부대 내에 굴러다니던 『야생초 편지』를 읽고 있습니다. 가볍게 읽기에는 참 좋은 책 같습니다. 편지의 어투가 아버지의 문체와 흡사합니다. 아버지가 이 책의 영향을 받으신 것인지 아니면 아버지 세대의 문체가 일반적으로 그러한지는 잘 모르겠습니다. 『야생초 편지』를 읽다 보니 누군가 네잎 클로버를 책 사이에 끼워 넣어 고이 말려 놓았습니다. 상태를 보니 족히 수년은 된 듯합니다. 누군가가 작업 중에 네잎 클로버를 찾아서 기념으로 간직할 요량이었던 듯한데 잊어버린 것 같습니다. 책 속에 고이 끼워 놓은 그 정성이 보여서 감히 빼내질 못 하겠습니다. 무려 두 개나 됩니다.

　군대에 있다 보면 그동안 무심히 보고 지나쳤던 것들이 보입니다. 제 선배였을 누군가의 네잎 클로버처럼 말입니다. 작업을 하다가 돌을 나르다 보면 돌 밑에 개미집이 있는 경우가 많습니다. 그런데 개미의 종류가 한두 가지가 아닙니다. 크기도, 색깔도 다양한 개미들이 돌 밑마다 있습니다. 돌을 들어내는 순간 개미들이 처음 하는 행동은 알들을 들어 옮기기 시작합니다. 그 속도가 장난이 아닙니다. 자기 몸의 2~3배 되는 알을 들고 필사적으로 움직이는 모습이 안쓰러워 다른 작은 돌과 흙으로 다시 덮어주긴 하는데 복구가 될 성싶진 않습니다.

그보다 빨리 더덕과 산삼 구별하는 방법을 배워야겠습니다. 맨날 산에 올라 다니는데 전역하기 전에 몇 뿌리 캐서 집에 휴가 갈 때 들고 가야겠습니다. 소대장님들은 돌아다니면서 더덕 냄새가 난다고 하는데 저는 전혀 모르겠습니다. 더덕이 잎이 네 개인 것까지는 알겠습니다. 짬이 되면 호미 하나 들고 돌아다녀 볼까 합니다.

저도 이제 4개월 차에 군 생활 1/7을 했습니다. 아직 한참 남기는 했습니다. 월요일에는 4월 3일에 입대한 동기가 한 명 온다고 합니다. 두 달 차이까진 동기기 때문에 한 달 늦게 입대한 녀석과 동기라니 군대 좋아졌습니다. 그래도 그 녀석은 해를 넘겨서 2014년에 전역을 하니 안타깝습니다. 한 달이 더 지나면 후임도 들어오지 않을까 싶습니다.

인간은 간사합니다. 훈련병 때 교회 가서 먹는 초코파이가 그렇게 맛있을 수가 없었는데 자대 와서 PX 가서 단 걸 많이 먹었더니 이제는 옛날 그 맛이 나지 않습니다. 동기가 성당 가서 초코파이 하나 가져다 줬는데 어려웠던 시절의 맛이 아닙니다. 초코파이는 여타 과자인 몽쉘 등에 비해 단맛이 덜합니다.

다음 주에는 내내 훈련이라 편지 쓸 시간은 없을 듯합니다.

이 편지가 언제 날아갈지도 모르겠습니다.

2012. 6. 3. 13:40 육군 이등병 김영준

2012년 6월 18일 월요일 도착

부모님께

이번 주는 시작부터 전투 휴무를 주는 걸로 보니 지난 울타리 작업이 고된 작업이긴 했나 봅니다. 군 생활 오래 한 병장들도 작업 후에 휴무를 주는 건 처음 있는 일이라고 합니다. 원래 전투 휴무는 유격이나 행군 같은 힘든 훈련 뒤에 병사들에게 휴식을 주는 것인데 저희 중대는 지난 몇 달간의 작업에 대한 보상으로 오늘 휴무를 얻었습니다. 내일 소나기가 내린다는 예보가 있는데 작업을 나갈지 모르겠습니다.

요새 아버지께서 알려주신 방법으로 장기를 두니 승률이 올라가는 것 같습니다. 상象으로 졸卒을 먹어버리고 시작하니 이상하게 승률이 올라가는 것 같습니다. 운이 좋으면 졸 먹고 사士까지 먹기도 하는데 그러면 거의 다 이깁니다. 저희 중대는 내기를 할 때 장기를 많이 둡니다. 생활관끼리 과자를 걸고 장기를 두기도 하고 음료수를 걸기도 합니다. 가장 중요한 것 중의 하나는 TV 연등을 걸고 간부님들과 내기 장기를 두기도 합니다. 장기를 두거나 탁구를 쳐서 간부님을 이기면 원래 24시까지 보게 해주는 TV를 밤새도록 보게 해 주기도 합니다.

장기를 둘 때 생각을 너무 많이 하고 두면 더 안 풀리는 것 같습니다. 어찌 보면 생각 없이 상대방 말과 내 말을 바꾼다는 생각으로 척척 두면 장기가 더 잘 풀릴 때가 많습니다. 시원하게

차車끼리 마馬끼리 바꿔버리면 제 작전도 꼬이겠지만 서로 없어지다고 생각하면 손해도 아닌 것 같습니다.

2012. 6. 11.

오늘은 작업을 나가서 심심할 때 오디를 따 먹었습니다. 오디가 나무에 주렁주렁 열려 있어서 소대원들이 가끔 먹고는 합니다. 엄청 맛있는 정도는 아니지만 심심풀이로 몇 개 먹어볼 만한 정도입니다. 시큼한 맛이 갈증을 조금 해소시켜 줍니다. 참 안빈낙도安貧樂道 유유자적한 삶인 것 같습니다. 오늘도 오면서 트럭 위에서 선임과 얘기했지만 양구는 꽤나 살 만한 동네입니다. 공기 좋고 물 좋은 곳입니다. 물론 구암리, 청리, 용하리 일대에는 살지도 않고 쳐다보지도 않는다는 조건이 붙으면 말입니다.

오전에는 작업을 나갔고, 오후에는 신교대 이후로 처음으로 몇 달 만에 사격을 했습니다. (2012. 6. 13.)

이번 주에는 군인다운 일과를 하고 있습니다. 정신 교육도 하고 전투 축구도 하고 오늘 사격도 했습니다. 처음 두 번은 11발, 12발을 쏴서 기합도 받고 했더니 열 받아서 '누가 이기나 해 보자'로 쐈더니 20발 중 19발을 쐈습니다. 사격은 두 달 전까지 신병 교육을 받았던 1대대에 가서 합니다. 사격을 하러 갈 때도 산을 넘어서 갑니다. 가서 지나가는 훈련병들을 보면 감회가 새로울 줄 알았는데 이제는 좀 시큰둥한 걸 보니 자대 6주 차 이등병이 훈련소의 기억이 멀어지나 봅니다. (2012. 6. 14.)

2012. 6. 23. 토요일 면회 가서 받아온 편지

유격이 취소되었다니 대단히 안타깝고 유감스러운 일이다. 군대 다녀온 이야기의 34.2%가 '유격 노가리'인데 말이다. 너무 아쉬워 말거라. 내년이 또 남아 있지 않느냐? 한 달간 마음 수양을 한 후 7월 1일자로 '대전우체국 금융영업과장'으로 보직이 되었다. 우체국의 예금과 보험을 취급하는 부서다. 1982년 7월 17일 결혼했는데 그때 내가 근무하던 곳이 이곳 대전우체국 영업과였다. 엄마는 충남도청우체국에 근무했었고…

벌써 30년이 지났구나. 그때 머리 허연 과장이 뒷짐을 지고 왔다 갔다 하는 것이 할아버지 같았는데… 글쎄 금방 내가 그 자리에 와 있구나. 이 업무를 안 한 지도 벌써 10년이라 어색해서 멀뚱멀뚱 오고 가시는 고객님 구경만 하고 있단다.

1955년 7월 5일 새벽 5시경 충청남도 대덕군 진잠면 대정리 181번지에서 내가 태어났단다. 할머니가 모내기 일군들 줄 아침밥을 지으러 나오셨다가 산기가 있어 나를 낳으셨다는구나. 산고產苦, 그것보다 아들을 낳은 것보다 며칠간 들에 일하러 나가지 않아도 된다는 생각을 하셨단다. 할머니께 전화해야겠다.

에너지 절약한다고 실내온도를 28℃로 맞춰놓으니 차라리 문을 열고 근무하는 게 낫겠지만 지은 지 7년이 채 안 된 현대식 건물이라 출입문 외에 열어 놓을 창문도 없어서 어찌 할 바가 없구나. 이런, 에어컨이 뭐냐, 땡볕에서 작업하는 대한민국 육군 이등병도 있는데 말이다. 덥더라도 아들을 생각하며 꾹꾹 참고 있으마.

이제 두어 주 후면 아들을 볼 수 있겠구나. 네가 군에 간 지도 이제 4달이 되어가는구나. 자잘한 문제들이 있지만 우리 아들이 눈 부릅뜨고 우리나라를 잘 지켜줘서 편안하게 잘 지내고 있단다. 물론 네가 얼른 나와서 한화 이글스 손을 봐야겠지만 말이다.

2012. 7. 4. 15:17 대전우체국 창구에서 아버지 씀

익숙해진다는 것, 좋은 일이다. 그 식당에 가면 서비스나 맛이 별로인데도 회식을 위해서 이 식당 저 식당 고르고 망설이다가 결국 전번에 가보았던 '그 식당'을 가고는 한다. 최상의 것을 구하다 실패하는 것보다 그냥 그저 그렇지만 이미 그 수준을 알고 있는 것을 택할 때 기대하지도 않고 실망하지도 않는다.

새 만년필이 오랜만에 생겼다.

처음이라 서걱거리는 게 '익숙'하지가 않다. 1994년 대천우체국에 있을 때 생긴 만년필은 이제 늙어서 뚜껑이 헐거워져서 닫아도 닫히지 않고, 열지 않아도 열려있는 상태다. 오래 써서 굵게 쓰이기는 하지만 부드럽게 써진다. 그러고 보니 18년이나 되었구나.

익숙함이란, 이 달콤한 유혹을 뿌리치기는 쉽지 않다. 그래서 나는 37년 동안이나 우체국에 다녔을까, 20년 넘게 한 아파트에 살고 있는 것은 아닐까? 인터넷 검색을 하는데도 네이버만 쓰다 보니 다음이나 여타의 검색엔진은 왠지 어색해서 네이버만 고집하게 된다. 나이가 들어감에 따라 익숙함에 '익숙'해지는 것 같다. 작은 실패도 두려워진다. 이전 것을 좋게 생각하기도 하고, 그보다 새로운 것에 적응(익숙)하는 것에 인색할 수밖에 없는 것 같다.

물류과장이 점심을 중앙시장에 있는 자신이 오래전에 갔던 개천식당에 가자고 한다. 맛보다도 아마 익숙함을 즐기러 가는 지 모르겠다.

2012. 7. 11. 11:50 아비지 씀

PS. 나에게는 그저 그런, 그러나 물류과장에게는 특별했을 점심을 먹고 왔다.

PS2. '생겼다'는 표현은 선물받거나 샀다는 뜻과는 조금 다르 단다. 너도 나중에 알게 되니 묻지 말거라.

부모님께

이제 장마가 시작되어 습하고 찐득찐득한 날씨가 계속되고 있습니다. 이런 날씨에 전투복을 입고 군화를 신고 공부를 하려니 학생이나 선생이나 참 고역입니다. 그래도 요새 abc밖에 읽지 못하던 선임이 제법 읽기도 잘하고 간단한 문장은 해석도 하고 있습니다.

공부 시간 이외에도 단어장을 가지고 가서 단어를 외우려는 모습이 기특하고 보람을 느낍니다. 가르치는 학생이 실력이 느는 것을 보니 할 맛이 납니다. 선임도 영어를 읽고 해석이 되니까 영어에 흥미를 느끼기 시작한 것 같습니다. 문제를 풀지 못해 안달이 나 있습니다. 물론 안 하던 공부를 하루 종일 하니 피곤하고 힘들기는 한 거 같습니다.

어제는 감기약도 먹고 졸려 하기에 자게 내버려뒀더니 엎드려서 두 시간을 내리 자더군요. 앞으로도 몇 주가 있으니 서두르지는 않을 생각입니다. 그런데 검정고시 선생에게 주던 포상이 없다고 합니다. 중대장님의 방침이 그러하니 어쩔 수 없을 듯합니다. 어차피 일과 시간에 주특기, 작업을 안 하고 다른 것을 하니 다른 병사에 비해 많은 수고를 하지 않는다고 판단하신 모양입니다. 가르치는 게 얼마나 힘든 일인지 잘 모르시는 거 같습니다.

엊그제 4월 30일에 입대한 저의 동기(무려 50일 차이이지만 동기입니다)들이 저희 생활관에 들어왔습니다. 후임이 들어온 줄 알았는데 동기생입니다. 동기가 많은 게 군 생활에 큰 힘이 된다고 합니다만 아직은 그냥 후임 챙기는 기분입니다. 아무것도 모르는 애들 데리고 다니면서 다 알려주고 지적해야 됩니다.

요새 대부분 병장들이 말출을 나가면서(거기에다 신병 두 명이 오면서) 완벽한 이등병 생활관을 향해 달려가고 있습니다. 그래서 쌀밥도 많고 군번이 제일 빠른 제가 어쩔 수 없이 군기반장 역할을 하고 있습니다. 아침에 느릿느릿 일어나면 쓴소리도 하고 점호에 늦게 나와도 한 소리 하고 생활관 정리 잘 안 해도 뭐라고 해야 합니다. 저도 서로 얼굴 붉히기 싫지만 선임들한테 찍혀서 군 생활이 힘들어지는 것보단 낫습니다. 그리고 그냥 제가 좀 나이도 있고 좀 보수적이기도 한 것 같습니다. 그냥 이러다가 제풀에 지칠 것 같습니다. 왜 군대에 폭력이 존재해 왔는지 알 법도 합니다.

저희 중대에는 참 다양한 사람들이 있습니다. 고려대 법대 26살도 있고, 연대 정외과 29살도 있고, 중졸, 고졸은 물론 팔에 문신 그린 험악한 분도 있고 외국에서 살다 온 혀 꼬부라진 POSCO 간부 아들도 있습니다. 나중에 이 사람한테 영어회화를 배울 생각입니다. 본인도 나중에 배우러 오라고 했습니다. 그리고 집이 양구여서 외박 때 집에 가는 사람도 있고, 논산에서 논산훈련소 안 가고 102보충대 온 녀석도 있습니다. 아, 논산에서 훈련을 받고 강원도 1야전군으로 온 운 없는 녀석들도 있습니다. 102보충대의 인원으로 1군 병력을 채울 수 없을 때 논산의 인원을 데려오기도 합니다.

　종교 행사 때 편지를 부쳐야 하는 관계로 이만 줄이겠습니다.

　아마 이다음에 쓰는 편지는 제 몸보다 집에 늦게 도착할지도 모르겠습니다.

2012. 7. 8. 대한민국 육군 이등병 김영준

2012. 7. 12. 목요일 도착

대전역과 대전우체국 사이의 인도를 점령하고 노점상들이 판을 친다. 말 그대로 판板을 벌인다. 주로 농산물을 거리에 내놓고 판다. 통행에 지장을 줄 만큼이다. 거의 다 여성 노인분들이다. 손수레를 끄는 것인지 수레에 몸을 의지하는 것인지 위태하다.

40년 전쯤 우리 어머니도 거기에 계셨다.

내가 보문중학교에 입학하고 얼마 안 되어서 수업시간에 선생님이 나에게 무슨 질문을 하셨는데 내 대답은 '잘 모르겠습니다'였고 교실 뒤에서 '뭘 몰라, 이놈아'라는 여성의 목소리, 어머니였다.

수업료를 못 내서 조르는 나를 학교에 일단 보내놓고, 어찌어찌 수업료를 마련해서 가지고 오셔서는 수업하는 교실에 들어오신 거였다.

어찌어찌, 그 상황을 네 글자로 표현함은 가당치 않다.

그것도 모자라 어머님은 대전에 있는 중국집에서 나오는 잔반을 함석철통에 담아서 날라다가 돼지를 키우셨다. 물론 그때 그 통을 학교에 가지고 오셨더랬지.

그 옛날 교통이 불편할 때는 한우물에서 대전역 있는 데까지 팔 물건(고구마 줄기, 열무)을 머리에 이고 걸어서 왕복하셨단다. 그

거리가 13km 정도 되는구나. 물건을 다 팔지 못하면 한데에서 주무시기도 하고 그러셨단다.

그게 사는 거란 걸 깨닫는 데는 많은 시간, 아니 긴 세월이 필요했다. 나뿐이었겠니, 아들 다섯과 두 딸을 다 이렇게 키우셨겠지.

그리하여 도순복 여사, '한우물교' 교주가 되신 거란다.

그리고 지금의 나도 있는 거란다.

2012. 7. 13. 14:00 아버지 씀

2012년 7월 23일

영준이를 면회하기 위해 8시 반쯤 출발, 출발이 늦었다. 서울 시내부터 막히더니 서울 춘천 고속도로도 매한가지. 두 시간이면 갈 줄 알았는데 네 시간이나 걸려서 양구 부대에 도착하니 12시 반이다. 4시 반경까지 영내에서 면회했다. 면회 외출을 하려 했는데 뜻대로 되지 않아 펜션 예약금만 날렸다. 지난 면회 때보다 여유가 조금 생긴 것처럼 보인다. 오는 길은 다행히 막히는 곳이 없어서 중간에 저녁을 먹고 왔는데도 9시경에 도착했다.

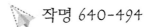

박인환의 시가 아니더라도 사는 게 참 통속하구나. 내려오게 할 걸 그랬다. 생뚱맞은 아침 라면에 귀대 짜장이라니 너무 통속한 게 아니더냐!

사흘간 교회 동산에 가서 여름성경학교를 마쳤다. 덥더구나. 하나의 중요한 의례를 통과시켰다는데 후련함을 느끼다니, 되지 아니할 말이다. 어찌되었든 내 맡은 분야에서 큰 행사인데 다행히 적당하게 진행되었다.

이번 행사를 준비하면서 이제 되도록 행사 전반을 젊은 청년들에게 맡기기로 했는데 뜻대로 제대로 된 것 같지는 않다. 작년까지만 해도 엄마를 중심으로 한 시니어 그룹들이 기획하고 진행했다. 변화를 주기 위해서는 젊은 친구들이 하는 것이 좋을 듯하니 조금 못마땅하거나 부실해 보이더라도 참고 지켜보자고 시니어 그룹을 설득했다.

하면서 지켜보니 진행이 매끄럽지도 못한 것 같아서 한소리를 하고는 금방 후회했단다. 내가 그런 말 하지 말자 해놓고서는 내가 먼저 잔소리를 했다. 잔소리가 일만 부조리의 근원이다.

한화의 우승은 네가 제대한 뒤를 기약해야겠다. 네가 휴가 와서 힐끗 바라보기만 했을 뿐인데 그로 시작된 후반기 성적이 5

승 1패, 전후반기로 나누면 우승이라도 하겠더라.

2012. 7. 30. 오전

3주 만에 편지를 쓴다.

지난 토요일 인천에 있는 순태와 1시간여 통화를 했다. 영현이가 바로 군대 간가더구나. 원래는 8월 21일 102보충대로 예정되어 있었는데 행정병으로 가기 위해 입대를 미뤘다고 하더구나. 부모의 마음이려니 헤아리려고 하지만 안타까운 마음도 드는구나. 영훈이는 오늘 검정고시를 치른다고 하더구나.

엄마랑 토요일에 영화 〈도둑들〉을 보러 갔다. 집에 있자니 너무 더워서 피서차 영화관에 간 거란다. 배경이 홍콩과 마카오라 새삼스럽더구나. 평점을 묻는 형에게 엄마는 5점, 나는 7점을 줬단다. 그 외 감상을 묻는 이들에게 머리로 말고 눈으로 보라고 했다.

노자의 도덕경에 이르기를 시끄러우면 추위를 이기고 고요하면 더위를 이긴다고 했지만 고요하게 있어도 땀이 나는구나. 엊저녁은 대야에 얼음을 담아놓고 발을 담그고 있으니 조금 낫기는 하더구나. 형은 방의 온도가 37도를 넘나들지만 군에 간 동생 생각에 에어컨도 안 틀어 놓고 지내고 있다는데… 아버지가 지어낸 말이 전혀 아님을 강조하는 바이다.

과자 등등은 여자친구 내지는 여동생이 보내줘야 마땅하거늘 늙으신 아버지가 폭염을 꿰뚫고 사온 것이니 슬퍼하거나 노여워 말고 감읍하거라. 어제 교회에서 군에서 제대한 지 얼마 안 된 청년에게 이야기하면서 '인삼차'를 보냈다 했더니 크게 비웃더구나.

영준이가 군에 간 지 이제 겨우 5개월이 지났구나. 영준이 군 생활이 이제 겨우 16개월 남았구나. 질량 불변의 법칙에 의거, 안타깝게도 21개월은 변함이 없음이러라.

2012. 8. 6. 아버지 씀

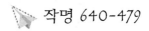

2006년에 아프리카에 갔던 형으로부터 오랜만에 아프리카 사진 브리핑이 있었다.[3]

아버지: 지금 다시 아프리카에 갈 수 있겠니?
형: 물론입니다.

아버지: 네 아들이 간다면 어떻게 하겠니?
형: 물론 말리겠습니다.

물론勿論은 말할 것도 없음이란 뜻이고 이율배반二律背反은 두 가지 규율이 서로 반대된다는 뜻이다.

토요일 5시쯤 대전 집에 도착해서 카톡으로 메시지를 보냈고 묵묵부답黙黙不答, 아무 대답도 아니함이란 뜻이다.

형이 여자 친구를 사귀고 있고 카카오톡에 eres muy linda란 상태 메시지가 설정되어 있다.

eres muy linda
구글 번역기로 번역을 해봤다.

---

3) 2006년 9월부터 이듬해 1월까지 아프리카 카이로에서 케이프타운까지 혼자서 종주 여행.

엄마는 어제부터 2학기 수업을 시작했고 두 시까지 수업준비를 하고, 나는 잔다.

닥치는 대로 책을 읽고, 장기는 흥미를 잃고 있고 한화가 꼴찌지만 나는 슬퍼하거나 노여워하지 않으려고 외면한다.

2012. 8. 14. 광복절 전날 아버지 씀

2012년 8월 15일 수요일

오전 8:44   아들아
오전 8:45   예 아버지

오전 8:46   잘 잤느냐?
오전 8:46   자고 있습니다.

내가 크게 웃었다.
엄마도 읽어주니 크게 웃었다.

(직원)   오후 12:34 보이스톡해요~
(나)   오후 12:45 낮잠 자고 있습니다.
(직원)   오후 12:46 네 편히 쉬세요.

막상막하莫上莫下, 더 낫고 더 못함의 차이 없음을 뜻하고,
부전자전父傳子傳, 대대로 아버지가 아들에게 전함을 말한다.

할아버지 산소에 다녀왔다.

풀이 무성하더구나.

수요예배에 다녀와서 엄마는 힐끗 야구경기 스코어를 확인했다.

휴… 이겨서 오늘 저녁은 안심해도 되겠다 했다.

『연암과 선귤당의 대화』를 다 읽었다.

아카데미 작품상 탄 영화처럼, 문화관광부 추천도서는 읽기 어렵다.

10시가 조금 넘어 잠자리에 들었다.

엄마는 남아프리카공화국 출신 학생, 한 명을 위한 수업 준비 중…

엊저녁부터 내리는 비가 아직도 내리고 있는 대전에서

2012. 8. 16. 오전 아버지 씀

아버지께

  항상 집에만 편지를 쓰고, 대한민국 우편 사무를 관장하는
우체국에 편지 한 통 쓰지 않았다는 것은 국가적으로 문제가
있다고 생각합니다.

  요새 중대장이 작업을 추진하는 것을 보면 부지런한 리더의
전형을 보는 것 같습니다. 이렇게 하면서도 작업 성과가 안 나
온다고 매일 성화를 부리고 있습니다. 저희는 진급에 대한 욕심
이라고 자체 판단하고 있습니다. 그러니 아래 병사들만 땡볕에
죽어라 작업하느라 고생하고 있습니다. 일보단 사람, 능률보단
안전이 우선인데 말입니다. 또 매일 병사들 생활 개선을 한다고
간담회도 많이 하고 이것저것 시도도 많이 하는데 역으로 병사
들은 피곤하고 귀찮아합니다.

  사회에서는 실내온도가 너무 낮으니 28℃까지 올리라고 에너
지 절약을 강조하지만 군대는 다른 의미로 28℃ 규정을 준수합
니다. 군대도 28℃ 규정을 준수하려고 노력하지만 너무 높아서
문제입니다. 실내온도가 30℃는 기본으로 넘기고 32℃에 육박해
서 생활관에 들어가면 후끈후끈합니다. 전방에서 고생하는 군
인들을 위해 에어컨을 조금은 줄여주시기 바랍니다. 요새는 20
시가 넘으면 물도 자주 끊겨서 샤워도 전쟁입니다.

  이제 제 밑으로 쫄다구도 약 열 명이나 되고 다음 달 일병이

되는 거 보니 군 생활이 가긴 가는 모양입니다. 이러다 보면 상병도 되고 병장도 되고 전역도 할 것 같습니다.

아버지께서 보내주신 택배는 잘 받았습니다. 소포 개봉할 때 취식물이 너무 많아서 조금 민망하기는 했지만 유용하게 쓰고 있습니다. 초코바는 검정고시 시험 보기 전에 합격엿 대신 전달했고 과자도 잘 먹고 있습니다. 어제는 작업하다가 너무 더워서 점심시간에 홍삼도 타 먹었습니다. 홍삼 없었으면 쓰러질 뻔했습니다. 그래도 군대 많이 좋아졌습니다. 복날에는 닭 한 마리가 통으로 삼계탕도 나오고 냉면이 나올 때도 있습니다.

올림픽 축구한다고 새벽 3시에 축구 보여준답니다. 이기면 다음 날 휴식입니다. 이보다 승리를 간절히 원할 수가 없습니다.

하루가 지나서 다시 씁니다. 졸린 눈을 부릅뜨고 본 축구는 역시 '클래스의 차이는 어쩔 수가 없다'입니다. 전반에는 꽤 잘했지만 정신 차린 브라질의 파상 공세에는 역부족이었습니다. 저희는 축구를 보고 아침 7시 30분부터 작업에 들어갔습니다. 연대장님께서 오전 휴식을 보장하셨지만 저희 중대장은 병사들을 작업으로 내몰았습니다. 오전에 작업을 끝내고는 그냥 내리 잠만 잤습니다.

여기는 이제 새벽바람이 차갑습니다. 또 쓰겠습니다.

2012. 8. 8. 대한민국 육군 이등병 김영준

2012. 8. 22. 수요일 도착(처음으로 직장으로 편지)

편지 잘 받았다.

8월 8일에 작성된 편지가 이제야 도착이 되었구나.

양구우체국 날짜 소인이 8월 20일로 되어있는 것으로 보아 우리 우정사업본부 우체국의 게으름이나 시스템 문제로 인한 것은 아니라고 판단되며, 오히려 기대치보다 빠른 속도로 편지가 전달된다는 것을 알았구나.

대부분은 8월 7일 작성되었으니 소식으로서의 신선도는 다소 떨어진 점은 조금 아쉽구나. 이미 대부분의 내용은 전화로 오거니 가거니 했으나, 편지는 편지로서의 역할이 분명하게 있는 것이 아니겠느냐? 아마도 편지를 숙성시켜서 보내려고 했는지도 모르겠다. 네 말대로 우체국 아들이 편지를 아니 쓴다면 그 또한 되는 말이 아니렸다.

군대나 사회나 조직이 움직이는 모양은 비슷한 것 같구나. 우리도 예금보험 등 각종 사업을 하면서 우정사업본부에서는 우체국 직원들의 원성이 있어 아예 목표를 주지 않거나 아주 적게 주는데 문제는 줄을 세운다는 것이다. 매일 아침 실적을 발표하면서 스트레스 받지 말라고 하니 말이 안 되는 것이지. 그리고, 조직이란 게 목표가 없으면 어찌 유지 발전이 되겠느냐.

좋은 상사를 만나는 것도 복이라 할 수 있겠다. 직원들에게 좋은 상사이고 실적도 많이 올리면 그보다 좋은 경우는 없겠지만 세상 이치란 게 그리 간단하지 않단다. 부하에게도 잘하고 상사에게도 잘하는 그런 리더는 글쎄 이론상으로는 존재하지 않는다는 표현이 맞지 않을까? 이런 노땅의, 기성세대의 구차한 변명을 나도 모르게 하는구나.

나는 여전한 취미활동으로 책을 여전히 읽고 있고, 엄마는 어제부터 본격적인 2학기 수업을 시작했고, 형은 뜬금없이 내가 예전에 썼던 글들을 보내 달라는데 아마 여자 친구와 관련이 있는 것으로 추정된다.

이 편지가 도달될 때쯤이면 일등병 김영준이 되어 있겠구나. 미리 진급을 축하한다.

2012. 8. 22. 퇴근을 기다리며 아버지 씀

부모님께

　연일 불볕더위가 기승을 부리고 있습니다. 일기예보를 보고 있자면 대전도 36℃를 찍고 그렇습니다. 살인적인 더위입니다. 양구도 기본적으로 34℃, 35℃까지 올라가고 있습니다. 정말 태양을 머리 위에 올려 놓은 것같이 더운 날씨입니다. 군대는 에어컨도 없는지라 생활관 실내온도가 32℃에 육박하니 정부 시책을 어기고 있는 셈입니다. 정부에서 실내온도를 28℃를 유지하라고 지침을 내린 것은 온도를 올리라는 뜻일 텐데, 저희는 반대로 정부 지침을 지키기 위해 온도를 내려야 할 판입니다. 말이 32℃이지 어지간한 한낮 온도와 비슷합니다. 가만히 있으면 괜찮은데 조금이라도 움직이면 땀이 비 오듯 흐릅니다. 그래도 8월 넘어오면서 습도는 현저히 내려간 느낌입니다. 그늘에 들어가면 그래도 조금 시원합니다.

　확실히 강원도여서 그런지 계절의 변화도 느껴집니다. 어느 순간부터 아침저녁으로 찬바람이 불기 시작합니다. 불침번을 서면 매시간 온도를 파악해야 되는데 내부 온도는 새벽이 돼도 20℃ 후반이지만 외부 온도는 20℃ 초반까지 내려갑니다. 오늘 아침 뉴스를 보니 양구 온도가 20℃로 나왔습니다. 가을이 오긴 오는 모양입니다. 양구 날씨의 특성상 일교차가 커서 낮에는 여전히 덥겠지만 그래도 잘 때 안 더우니 다행입니다.

입대를 한 지 벌써 6개월째에 접어듭니다. 눈이 쌓여 있는 3월에 입대했는데 어느덧 여름이 지나가고 있습니다. 9월이 되면 일병이 됩니다. 그래도 여름에 검정고시 선생님으로 비교적 안 덥게 지낸 것 같습니다. 아, 그리고 물론 이 편지보다 전화가 먼저 가겠지만 가채점 결과 검정고시 학생 세 명은 모두 합격한 것 같습니다. 떨어지면 어쩌나 걱정도 좀 했는데 아주 넉넉하고 압도적인 점수로 합격했습니다. 중대 내에서도 '역시'라는 얘기가 있어서 기분이 좋습니다. 다 어머니의 기도 덕분입니다. abc만 읽을 줄 알던 사람이 검정고시에서 영어 50점을 받았으니 감개가 무량합니다. 제가 가르치던 박 일병은 이제 어지간히 영어를 읽을 줄도 압니다. 박 일병은 시험 본 다음 날(오늘 아침입니다) 10박 11일짜리 휴가를 나갔습니다.

요새 아버지가 보낸 소포는 아주 유용하게 쓰고 있습니다. 거기에 들어 있던 초코바는 시험 날 아침에 합격엿 대신에 학생들에게 하나씩 줬습니다. 허가는 받지 않았지만 선조치 후보고, 법적으로 추정적 승낙이라고 합니다. 제가 우적우적 먹는 것보다는 의미 있는 일이라고 생각합니다.

검정고시가 끝나고 약간의 또 다른 소일거리가 생겼습니다. 연세대 김 병장이 전역을 앞두고(8월 18일 말년 휴가를 나갑니다) 민법 공부를 한다고 해서 옆에서 좀 도와주고 있습니다. 역시 뭔가를 가르치는 입장이 되니까 이해가 더 잘되는 것 같습니다. '같습니다'는 일본어의 잔재로 지양되어야 할 표현이지만 계속 쓰게 되는 건 어쩔 수 없는 것 같습니다. 오랜만에 민법도 보고 하니까 느낌도 새롭고 다시 공부해 보고 싶다는 욕심도 좀 생깁니다.

휴가를 나가서 애들 소식도 듣고 하다 보니 사법고시를 다시 봐야겠다는 생각이 들기 시작했습니다. 뭐 군대의 영향도 작다고는 할 수 없습니다. 세워 놓은 계획으로는 2013년 12월 제대니까 2014년 2월 1차를 제대로 준비해서 한 번 보려고 합니다. 물론 군대에서 FM으로 공부를 한다는 게 어렵긴 하겠지만 목표를 잡아두는 것도 괜찮다고 생각됩니다.

요새 중대에서 하는 작업은 또 진지 공사입니다. 저희는 차량에서 포를 쏘기 때문에 차량용 진지를 만들고 있는데 이게 크기가 거짓말 좀 보태면 경주에 있는 신라 무덤 크기입니다. 실제로는 부여의 백제 무덤보다 조금 큽니다. 높이가 4m가량 되는 것 같습니다. 기단 부분은 사람 가슴 높이까지 돌을 쌓은 후 그 위에 흙을 덮는데 돌을 쌓는 게 만만치 않습니다. 아귀가 맞는 돌을 찾는 게 쉽지 않기도 하지만 일단 덥습니다. 돌을 쌓다 보면 진짜 계족산성 쌓고 만리장성 쌓을 때는 얼마나 백성들이 고생을 했을지 상상이 가지 않습니다.

사실 이런 날씨에 병사들 내보내서 작업을 하는 자체가 문제입니다. 폭염 특보에 폭염 경보가 떨어져서 주말에는 야외 활동이 전면 금지인데 주중에는 작업을 시키는 게 아이러니합니다. 병사들은 힘든데 중대장은 빨리 성과를 내려고 가혹할 정도로 작업으로 내몰고 있습니다. 그나마 연대장이 작업하는걸 보고 애들 힘들게 왜 고생시키느냐며 진지를 두 개만 만들라고 해서 다행이지, 아니었으면 네 개 만들 뻔했습니다.

이번 주는 현재 중대장이 휴가를 나가서 그런지 중대가 평화롭습니다. 작업량도 줄었고 휴식 시간도 많습니다. 일보단 사람, 작업보단 능률이 우선이라고 모 공무원이 말씀하셨는데 중대장은 그걸 모르는 것 같습니다. 오늘도 저희 소대는 하루 종일 휴식입니다. 저는 어제 하루, 그것도 오전만 작업하고 휴식 중입니다. 참 운이 좋습니다.

아, 그리고 군대에서 이등병 말 호봉의 경우 '이왕(이등병 왕)'이라고 장난삼아 부릅니다. 제가 그 '이왕'입니다. 이등병 중에서 가장 선임이고 동기 다섯 명 중에서 군번도 제일 빠르기 때문에 (군번은 같은 날 입대한 사람 사이에서는 나이 순입니다) 제가 이등병 최선임이 됩니다. 뭐 위 선임들이 보기에는 그저 똑같은 후임을 뿐입니다.

2012. 8. 7. 여름의 끝이 보이는 양구에서 이병 김영준
2012. 8. 23. 목요일 도착

부모님께

무전기를 메고 훈련을 나갔는데 무전기에 달린 긴 안테나에 위에(정확히 말하면 꼭대기에) 잠자리 한 마리가 앉아 있었습니다. 만약에 아버지였다면 멋있게 사진으로 한 방 남기셨겠지만 저는 제 가슴속에 여운으로 간직하고 있습니다.

그 잠자리를 보니 가을이 한발 더 성큼 다가온 게 느껴집니다. 물론 아직도 해만 뜨면 매미들이 신나게 울어대지만 산속에 돌아다니다 보면 매미들이 나무에서 떨어진 시체들이 보입니다. '매미도 한철이다'는 말이 생각납니다. 이제 아침저녁으로는 날씨가 지속돼서 그렇기도 하지만 강원도의 겨울이 다가오는 것이 느껴집니다.

저희 중대장이 의욕이 넘쳐서 문제입니다. 저희 중대에 온 지 6개월 정도 되었는데 아직은 무언가를 해 보겠다는 의기가 차고 넘칩니다. 위에서 시키는 것은 물론이고 본인 욕심에 작업을 많이 합니다.

중대에 와 보니 없는 것도 많고, 준비(전시를 대비한 준비)가 많이 부족했다고 합니다. 그리고 이분이 옛날에 특전사 부대에서 근무를 해서 그런지 일개 박격포 중대인 저희에게 보병으로서의 전투 능력을 강하게 요구하십니다.

비유하자면 현대판 이순신을 보는 것 같습니다. 이순신도 몇 백년간 전쟁이 없던 조선 수군에서 엄청난 전쟁 준비를 했습니다. 배들을 만들고 식량을 비축해 두고 하는 작업이 얼마나 힘들었으면 난중일기에 탈영한 병사들에 대한 얘기도 종종 나옵니다. 아마 이순신의 부하들도 저희와 비슷한 불평불만을 했으리라 생각됩니다.

전쟁도 없는데 진지는 왜 이렇게 만들고, 주특기를 훈련하고, 공포탄까지 쏴가면서 실제 상황에 근접한 훈련을 하는지. 옆 부대 애들은 저렇게 놀고 있는데 우리는 왜 땡볕에 작업하고 훈련을 하는지…. 물론 이런 지휘관이 있기에 우리의 국방이 튼튼하게 유지되고 있긴 하겠지만 휘하 부하들이 조금 힘든 건 사실입니다.

양구에 만약 무장공비가 나타나거나 전쟁이 나도 주민들이 신고하거나 알아채지 못할 것 같습니다. 중무장한 군인들이 트럭에 타고 우르르 이동해도 포사격 소리가 우르릉거려도 손 하나 꿈쩍 안 합니다.

저번 주에 훈련을 하다가 중무장한 상태로 등산로가 아닌 산길로 열 명가량이 갑자기 튀어나갔는데도 농사짓던 주민들이 쳐다보지도 않습니다. 물론 공포탄 쏘고 훈련하면 경찰서에 너무 시끄럽다고 신고하는 건 똑같습니다.

아참, 이번 주부터 저도 위병소 근무를 들어가기 시작했습니다. 연대 정문 위병소에서 출입 인원을 통제합니다. 주간에는 연대 경비분대가 담당하는데 야간에는 저희 중대가 담당합니다. 부대가 커서 출입 인원이 많긴 하지만 근무 끝나고 돌아오는 길에 구름 사이로 떠 있는 달을 한 번씩 감상하는 운치도 있고, 별 한 번씩 바라보는 맛도 꽤 괜찮습니다. 그리고 돌아와서 아무도 없는 샤워실에서 근무자만 특별히 샤워하는 맛도 있습니다. 시간이 되면 또 쓰겠습니다.

2012. 8. 26. 아침점호 직전에 운해가 일품인 양구에서
전투지원중대 이등병 최고참 육군 이병 김영준 올림

2012. 8. 30. 목요일 도착

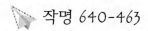

老覺歲時輕 늙고 보니 세시에도 덤덤해져서
戚歡兩無有 근심 기쁨 둘 다 아예 없구나.

쓸쓸한 일이로고. 아니, 쓸쓸한 일이로고.
다산이 귀향가서 세모歲暮를 맞아 쓴 글이다.

『삶을 바꾼 만남, 스승 정약용과 제자 황상』 여기에 나오는 말
이다.
황상, 이 책을 대하면서 처음 듣는 이름이다.

젊은이는 젊음을 모르고, 늙은이도 예전에 젊었었단다.

이 책은 591쪽 밖에 안 되고 『1Q84』는 겨우 Ⅰ 650쪽, Ⅱ 597
쪽, Ⅲ 744쪽 총 3권이다.

엊저녁부터 계속 비가 오는구나.
오늘 비는 올지라도, 아직 닷새는 되지 않았지만.

아직 저녁이 멀었는데 배가 고프구나.

2012. 8. 30. 16:24 아버지 씀

PS. 엄마와 통화, 네 편지가 도착했다는구나.

거두절미去頭截尾란다. 역시 우리 아들이다.

배가 고파 팀장을 꼬드겨서 샌드위치를 먹고 왔다고 말하려
다 이는 국가기밀로 절대 전할 수 없어서 이만 줄인다.

잠시 출장을 다녀온 사이에 내가 살폈던 맥문동 화단을 속된 표현으로 작살을 냈구나.

원래 청사관리야 책임자가 따로 있고 그가 지시해서 했을 터이니 내가 관여할 바가 아니기는 하다.

그동안 풀도 뽑아주고 이제 막 꽃이 피고 있었는데 산소 벌초하듯 밑동부터 완전하게 밀어놨구나.

오호, 애재라. 차라리 잘 된 일이로고. 이제 더 이상 더운데 나가서 풀 뽑을 일이 없어졌으니 말이다.

참초斬草된 맥문동이여, 그대의 허리를 벤 그들을 대신하여 용서를 구하며 삼가 조문하노라.

2012. 9월 초이틀 애자哀者 김씨金氏

2012년 9월 8일

영준이 면회. 6시 45분 아파트 출발, 10시 반경 영준이 부대 도착. '이삭펜션'으로 이동.

2012년 9월 9일

먹고 쉬고 잠자고…. 11시 양구감리교회서 예배. 12시 영빈이 도착. 16시까지 펜션. 양자강에서 저녁 먹고 17시 30분 귀대. 영빈이 춘천 역에 내려주고 집에 도착하니 22시 반경 도착.

작명 640-444

　방금 4층 보험관리사 사무실 팀장에게서 인터폰이 왔다. 과장님, 결재좀 해주세요. 무슨 내용인지 말하지도 않는다. 급하기는 하지만 따로 대면對面 보고報告가 필요하지 않은 사항이니 그러하겠지.

　내가 우체국에 들어왔던 1970년대만 해도 필경사란 공무원 직종이 있었다. 아직 타자기가 널리 보급되어있지 않은 시절이라 대개의 문서는 손으로 작성되었고 상사에게 보고될 중요한 문서는 필경사에 의해 작성되었다. 물론 타자수란 직종도 있었다. 기안문서는 손으로 작성되었지만 예하 관서에 보내는 문서는 타자원지에 타이핑되어 손으로 밀어 등사謄寫를 해서 보냈던 호랭이 담배 먹던 시절의 이야기가 있었던 것이다. 그래서 타자수나 필경사의 비위를 거스르면 고의 태업을 해서 골탕을 먹이는 경우도 있어서 상사 아닌 상사 노릇을 했다.

　비서실 또는 부속실이라 해서 지금도 있지만 그 부속실 아가씨와 잘 지내놔야 결재 받는데 수월할 수가 있었다. 장長의 기분이 어떤지, 자리에는 언제 있는지 등을 수시로 파악해서 결재 타이밍을 맞춰야 했기 때문이다. 그런데 작금昨今은 전자결재라는 작자가 나타나서는 인터폰해서 결재하라고 윽박지르게 만들었단다.

40년 전 군에는 당번병이란게 있었는데 지금은 어떠한지 모르겠으나 군사기밀이니 굳이 알려줄 필요는 없다고 생각한다. 부대장이 대령이면 그의 부인은 별 하나, 운전병은 중령이란 말도 있었지. 자가용이 없던 시절이라 부대장의 운전병 또한 비서 비슷한 역할을 했었기 때문에 거기도 상전 역할을 하려고 했다. 아버지 친구인 태경이가 부대장 운전병이었다.

감기란 고마운 놈이다. 아니, 고마운 분이다. 몸이 필요 이상으로 나대면 쉬라고 신호를 보내준다. 피로는 감기의 근원이고, 감기는 만병의 근본원인이다. 감기처방이 다른 게 있더냐. 병원에 가면 일주일, 안 가면 7일 지나면 낫는 거지. 감기가 그렇게 하도록 명령을 한단다.

2012. 9. 14. 오후 아버지 씀

면회갔을 때 볼펜을 사려다 못 산 것이 생각나서 문방구에
가는 팀장에게 볼펜 좀 하나 사 오랬더니 용도를 묻길래 아들
생일 선물로 보내 줄 거라고 했더니 사 왔는데 너무 그럴듯한
케이스에 포장되어서 가격을 물어보니 11만원짜리인데 단골이
라 8만원에 사 왔다 했다. 무슨 볼펜이 8만원이란 말이냐! 이런,
이 사실을 엄마에게 보고했더니 엄마는 대로大怒하며 반품시키
라는데 엄마의 명령 일명 어명御命이라 어쩌지 못하고 있다가 오
늘 내가 직접 문방구에 가서 반품을 요구했다. 너에게 보내지
못함은 안타깝게 또는 다행스럽게 생각하며 보내는 볼펜은 그
문방구에서 그래도 비싼 2천원짜리로 2개 보낸다. 엄마의 걱정
을 안다. 공연히 구설수에 올리는 것이 엄마는 걱정되는 것이
다. 느꼈겠지만 지시를 할 때는 정확하게 해야 하는데 그러지
못했고 그깟 볼펜 하나쯤이야 어떠랴 하는 공사분리 정신이 전
혀 결여된 행동으로 심히 분개하며 반성해본다. 1987년 9월 22
일 21시 32분 음성순천향병원, 벌써 25년 전이구나. 어린 것들하
고 노구를 이끌고 군 생활하는 것을 어여삐 여겨 내가 사탕 몇
개 보내니 싸우지 말고 잘 노나 먹도록 하거라. 아들아, 생일 축
하한다.

2012. 9. 19. 아버지 씀

<u>2012년 9월 22일</u>

영준이 25번째 생일이다. 아침 일찍 영준이한테서 전화가 왔다.

일등병의 편지

군대 요령을 알아간다

부모님께

　상투적인 날씨 얘기로 편지를 시작해 볼까 합니다. 한마디로 요약하면 춥고 덥습니다. 낮에는 가마솥처럼 뜨거운 반면 새벽에는 늦가을의 추위가 느껴집니다. 습도가 낮아서 매우 청명한 날씨이긴 하나 아직까지는 햇볕이 뜨겁습니다.

　하지만 이 햇볕 덕분에 들판(들판이라기보다는 산골짜기 사이에 끼인 자투리 논에 가깝습니다)의 벼는 누렇게 익어갑니다. 밤도 제법 익어서 바닥에 떨어지는데 취사병 동기가 한 번 삶아 와서 먹었는데 맛이 제법 먹을 만합니다. 산 중간중간에는 한 그루씩 단풍이 물든 나무가 보이기도 합니다. 한마디로 공포의 겨울이 다가옵니다. 양구는 안개가 일품입니다. 일교차가 심해지면서 아침마다 안개가 한 치 앞을 분간할 수 없을 정도로 자욱하게 낍니다. 안개인지 구름인지 모를 수증기 떼가 해가 떠오를 때까지 지속됩니다.

　아마 편지가 가기 전에 전화로 들으실 수도 있겠지만 행정병으로 보직이 변경되지는 않았습니다. 인사계원은 저를 마음에 두고 있었지만 중대장이 거부권을 행사했습니다. 이유가 뭔고 하니 제가 소대에서 빠져버리면 소대의 핵이 빠져버린다는 이유였습니다.

　자기 자랑 측면에서 과장을 하고 있는 게 아닙니다. 그리고 저를 무선장비 운용병으로만 쓰기에는 아깝다고 하시며 앞으로 OP(관측병)로 쓰는 게 최종적 계획이라고 저를 앞에 두고 말씀하셨습니다.

뭐 인사계원을 하는 게 분명히 장단점이 있을 거라고 생각합니다. 어떤 행정적인 측면에 있어서 많은 것을 배울 수 있을 것입니다. 그나마 이 군대 생활에서 조금이라도 유용한 기술을 남겨갈 수 있었을 것입니다. 그 뭐 행정병으로는 안 뽑혔지만 새로운 도전의 길이 열렸다고 볼 수 있습니다. 관측병은 박격포 사격의 눈을 담당하는 분야로 무전기로 말만 하는 무전병보다 공부할 것도 많고 흥미가 넘치는 분야입니다.

결정적으로 기분이 좀 좋았던 것은 중대장이 저의 가치를 인정해 줬다는 점입니다. '그래, 그냥 가.' 이랬으면 중대에서 있어도 그만 없어도 그만인 느낌이었을 텐데 너는 꼭 필요하기 때문에 가서는 안 된다고 하니 기분은 좋았습니다.

남자는 자신의 가치를 알아주는 남자에게, 아니 남녀 평등적 입장에서 '사람'이라고 정정하겠습니다, 목숨을 바친다고 했으니 군 생활을 열심히 해야겠습니다. 소대를 옮겼을 때 소대 선임들과 또 서먹해질 수도 있었는데 그런 문제도 없게 되었습니다. 물론 이제 한겨울에 위병소를 나가야 하겠고, 땡볕에서 작업을 해야 하겠지만 길이 정해졌으니 최고가 되어야겠습니다.

오늘은 중대장님 지시로 예초기를 돌렸습니다. 무전병이 주특기 시간에 워낙 할 일이 없다 보니 다른 일을 시키는 것 같습니다. 어찌 됐든 또 새로운 경험을 하게 됐습니다. 처음에는 엔진 소리와 날이 도는 느낌이 좀 무서웠는데 해 보니까 할 만했습니다. 물론 요새 예초기는 쇠로 된 날이 아니라 플라스틱으로 되어 소모되는 날이라 덜 위험하기도 합니다. 쇠로 된 날은 조금 더 위험하긴 하겠지만 제대하면 할아버지 산소 벌초할 때 큰 힘이 될 수 있을 것 같습니다.

이제 추석이 얼마 남지 않았습니다. 군대에 있으니 추석 때 가족끼리 모여 있는 게 더 간절하지만 국방의 의무를 다하는 몸인지라 다음 명절을 기약해야겠습니다. 포상 휴가가 있다면 다음 설날 정도를 기대해 봐야겠습니다. 시간 되면 또 쓰겠습니다.

2012. 9. 25. 22:30 가을의 문턱에서
지금 이 시간에도 아버지 어머니를 비롯한 수많은 국민을 지키기 위해
이곳에 있는 대한민국 육군 일병 김영준 올림

2012. 9. 29. 토요일 도착(추석 전날)

내가 세상을 살펴보니, 발이 빠른 자라고 해서 경주에서 이기는 것이 아니며, 강한 자라고 해서 전쟁에서 이기는 것도 아니다. 지혜자라고 해서 음식이 생기는 것도 아니고, 슬기롭다고 해서 재물이 더해지는 것도 아니며, 재주가 있다고 해서 은총을 얻는 것도 아니다. 이는 모든 이에게 때와 기회가 동일하게 찾아오기 때문이다.

전도서 9장 11절 말씀이다. 부끄럽게도 교회를 다닌 지 30년이나 되었지만 전도한 사람이 과연 몇 명이나 될까? 그래도 혹 전도의 기회가 주어지면 그에게 전도서를 읽어보기를 권했다. 올 추석에도 전도서 9장을 읽는 것으로 말씀을 대신하려고 생각하고 있단다.

내년 사병 월급이 대폭 오른다는 기사가 있구나. 일병은 101,400원, 상병은 112,100원으로 오르니 내년 3월부터는 112,100원을 받겠구나.

물론 특별 진급을 해서 2월부터 상병 월급을 받고, 7월부터는 병장으로 124,200원을 받기 바란다. 영현이는 10월 15일 육군훈련소로 입대를 한단다.

영상장비 운용병이란다. 한 명은 나오고 한 명을 들어가는구나. 형은 급기야 카톡 사진에 '여자친구님'이란 눈물겨운 내지는 아니꼬운 표현이 등장하기 시작했다. 10월말에 여친과 같이 10km 달리기를 감행한단다. 푼수로고. 김씨 집안에는 이 같은 황망한 사례가 전혀 없었거늘…

벌써 월동 준비를 한다니… 가을도 가기 전에 겨울이 오는구나.

2012. 9. 27. 아버지 씀

2012년 10월 14일

영준이가 첫 정기 휴가를 왔다. 23일까지 열흘간. 동기 중에는 나이가 제일 많아 먼저 휴가를 받았단다. 입대한 지 7개월 만이다.

2012년 10월 15일

일찍 퇴근해서 휴가 나온 영준이와 데굴거리며 놀았다. 영현이가 논산훈련소에 입대했다.

2012년 10월 23일

영준이가 10일간의 휴가를 마치고 귀대했다. 귀대 스트레스 탓인지 아침을 제대로 못 먹는다. 그 심정 이해가 간다. 저녁에 잘 도착했다고 전화가 왔다.

'좋아하는 일을 할 수 없다면 하는 일을 좋아하라' 요즈음 읽고 있는 『맛있다, 내 인생』에 나오는 말이다. 이 책이 아니더라도 이 말이야 여러 곳에 있는 이야기다. 좋은 말이야 얼마든지 있지만 나에게 적용하기는 쉬운 일이 아니다.

자제하려고 애쓰기는 하지만 나이가 들어가면서 말이 많아지고, 무엇인가 가르치고 깨우쳐야겠다는 생각이 늘 잠재되어 있는 것 같다. 내가 잔소리 또는 관여를 안 하면 안 될 것 같은 강박관념 같은 것 말이다.

하지만 내가 알고 있는 것의 대부분은 너도 알고 있는 것이다. 그런데 그걸 관심이라고 표현하기도 한단다. 엊그제 월요일 청에서 현장개선 테마과제 심사보고회가 있었다. 주로 젊은 친구들이 추진을 하고 평가는 상대적으로 우리 같이 나이든 사람들이 하는데 잘한 점도 격려를 하지만 실제로는 그 반대의 경우가 많아서 평가가 끝나고 과장님이 해보시지요 등등의 항의 전화 내지는 메일을 받고는 한단다.

그 말이 맞다. 내가 추진한다고 해서 그보다 잘할 가능성은 많아 보이지 않는다. 피하지 못하면 즐기라는 등의 얘기도 들었을 게다. 누가 말했든 그 사람조차도 그걸 그리하기는 쉽지 않은 일이겠지.

그러함에도 나도 그 말을 너에게 할 수밖에 없단다. 희망을 이야기해야지만 살아온 기억으로 보면 스물여섯보다 좋았던 스물여덟 살은 드문 거란다. 잔소리. 그래서 오늘이, 지금이 제일 좋은 날이란다. 잘 있거라.

2012. 10. 24. 아버지 씀

『세상의 모든 전략은 전쟁에서 탄생했다』는 올해 81권째 나에게 읽혀진 책이다. 제목에서 이미 이 책의 내용을 짐작은 했겠지만 동서양(우리나라 포함)의 어떤 전기轉機가 되었던 상징적인 전투 25개에 대한 죽고 죽여야 하는 이야기다. 반대편에서 바라보면 살고 살리는 전쟁이라 표현해야 맞겠지. 네가 가지고 있는 『십자군 이야기』 첫 장에 기록되어 있듯 많은 복잡한 문제를 단칼에 해결할 수 있는 것이 전쟁이라는데, 돌이켜 생각하면 총칼을 든 전쟁이야 말로 가장 많고 큰 상처와 피해를 남기고 문제를 해결하는 방법이 아닐까?

40년 전 정보라 신선함이 전혀 없기는 하지만 왕년에 내가 군생활 할 때는 모든 편지가 당연하게 검열되었고 더구나 내용에는 아라비아 숫자를 써서는 안 된다는 지침도 있었단다. 지금 보면 우습기도 한 지침이었지만 그만큼 보안이 비정상적으로 강조된 사례라고 할 수 있지.

그때는 우체국에 우정연구소라는 것이 있어서 일부이기는 하지만 사신私信에 대한 검열이 있었던 적도 있었다. 암울하고 아팠던 시절의 이야기다. 전에도 너에게 이야기했지만 계룡에서 정형외과에 치료받으러 갔다가 별 두 개 계급장을 단 장성將星을 보는 순간 몸이 굳더라는 얘기 말이다. 그 시절의 기억이 아직도 남아 있어서 너와 전화 통화 할 때도 습관적으로 말을 조심하고 또 너에게 조심하라는 이야기를 하는 게다. 노파심老婆心이다.

이 편지가 도착될 즈음 국적 불명의 빼빼로 데이가 도래하겠지만 나는 전혀 동참을 거부하니 섭섭하게 생각지 말거라. 단 네 여자 친구가 보낸다면 알고도 모른 척 하도록 하겠다. 11월 11일이 내가 우체국에 입사한 날이라 거부하는 것이 아니란 걸 확실히 해두는 바이다. 38년 전이구나. 군대 가기 전에 심심하기도 해서 잠시 다녀 볼 요량이었는데 우체국 다니면서 엄마도 만나서 결혼했으니 이 얼마나 땡잡은 것이란 말이냐! 다음 전화 때 엄마에게 필히 전하기 바란다.

2012. 11. 6. 아버지 씀

오늘은 특별히 3,000원을 보낸다. 우편업무취급세칙 제29조에 의거 현금은 편지에 넣어 보낼 수 없지만 국군 장병을 위한 위문의 성격이 강하므로 이를 제지하는 것은 혹한에 보초 서는 국군의 사기와 법 위의 법, 국민정서법에 현저히 위반되므로 받아들일 수는 없는 것으로 사료된다.

부모님께

정말 오랜만에 편지를 쓰는 것 같습니다. 10월에는 휴가도 있었고 국군 최대의 훈련인 호국 훈련도 진행되어서 편지 쓸 여력이 없었습니다. 전화로 이미 많은 내용을 들으셨겠지만 이곳은 이제 그냥 겨울입니다. 제가 휴가 복귀할 때만 해도 온 산에 은은하게 단풍이 물들어 있었는데 단풍도 잠시였고, 찬 서리와 함께 낙엽도 떨어지고 1년을 마무리하고 있습니다.

이곳은 이미 9월 달에 월동 준비를 시작하기 때문에 각종 피복류는 물론이고 제설 장비도 완벽하게 준비되어 있는 상태입니다. 겨울에는 새벽에 근무 나가는 병사들을 위해 방한화와 방상외피(속칭 깔깔이)가 준비되는데 호국 훈련이 끝나자마자 중대 입구에 비치되어 겨울을 실감하게 합니다.

11월부터 위병소 근무가 기존의 18시~24시 근무에서 24시~6시 근무로 변경되었습니다. 야간 근무의 경우 출입 차량은 거의 없지만 추위와 지루함이 문제가 됩니다. 근무 시 출입 차량이 없으면 가만히 서 있다 보니 발끝 손끝이 매우 춥습니다. 그리고 같이 근무 나가는 선임과 계속 얘기를 하는데도 시간이 가지를 않습니다. 그나마 친한 선임과 나가면 재미있기라도 한데 어려운 선임과 나가면 그 시간이 더 길게 느껴집니다.

생각해 보면 여기에 꽤 오래 있었던 것 같습니다. 입대할 때

산꼭대기에 눈이 쌓여 있었고, 3월 말까지도 폭설이 내리곤 했었는데, 5월에 자대에 올 때는 화창한 봄 날씨가 되었고, 또 거기서 유난히 뜨거웠던 여름을 지나 다시 겨울이 오고 있습니다. 이 겨울이 지나고 다시 겨울이 올 때쯤이면 집으로 돌아갈 준비를 하게 될 것입니다. 정말이지 내년 이맘때는 전역이 한 달 남은 말년 병장입니다. 호국 훈련 기간 중에 소위 말하는 400일이 깨졌습니다. 집에 갈 날이 400일도 안 남았습니다.

또 얼마 전에 끝난 호국 훈련 얘기를 안 하고 넘어갈 수가 없습니다. 그동안 1박 2일 혹은 무박 2일 철야 작전은 가끔 해 봤지만 일주일짜리 훈련은 처음이었습니다. 사실 그동안 안 해 봤던 전면전에 대비한 훈련이라 조금은 긴장도 되었지만 기대도 되는 게 사실이었습니다.

훈련은 기대했던 만큼 재미있었습니다. 때마침 단풍이 절정인 시기여서 풍경이 아름답기 그지없었고, 3일 동안 주둔했던 곳에는 맑은 시냇물도 흐르고 있어 운치를 더했습니다. 압권이었던 것은 하늘 높이 둥그렇게 떠오른 보름달이었습니다. 굳이 LED를 켜지 않아도 될 정도로 밝은 달은 말 그대로 숨 막히게 아름다웠습니다. 사실 개활지에서 보는 달보다는 산속에서 나무 사이로 보이는 달이 더 아름다웠습니다.

그런데 문제는 밤이 되면 찾아오는(정확히 오후 4시쯤 되면 불기 시작하는 찬바람) 추위였습니다. 입을 수 있는 건 다 입어 봐도 옷 사이로 파고 드는 한기를 막을 수가 없었습니다. 잘 때도 텐트라도 치고 잤으면 따뜻했을 텐데, 소대장이 트럭 위에서 자기를 고집해서 트럭에서 자다 보니 바람을 완벽히 막을 수가 없어 꽤나 추위에 시달려야 했습니다. 그래도 총평은 재미있었습니다. 계곡물에서 머리도 감고 반합에 라면도 끓여 먹고…. 또 언제 이래보겠습니까?

　내일부터 비가 온다는데 날씨가 흐려지고 추워지고 있습니다. 다음에 또 편지하겠습니다.

2012. 11. 4. 16:27

대한민국에서 겨울이 가장 빨리 오는 양구에서

육군 일병 김영준 올림

2012. 11. 15. 목요일 도착

방금 지식경제공무원 교육원 도서실에서 전화가 왔다. 독후
감이 선정되어서 5만원짜리 온누리 상품권을 보내준다는구나.
그러하나 최우수는 30만원, 우수상은 10만원인데 장려상은 수
많은 사람에게 참가상처럼 주는 것이라 선정해 주셔서 고맙다
는 인사치레(성의 없이 겉으로만 하는 인사)는 했지만 전혀 기쁘지 아
니하구나. 노구老軀를 이끌고 투자한 노고에 비하면 턱없이 약소
한 성과를 거두었으니 한없이 부끄럽구나. 너도 마찬가지겠지만
어떤 때는 편지나 글도 술술 풀리는 때가 있는가 하면 어떤 때
는 이렇게 써도 부족하고, 저렇게 고쳐도 마음에 들지 않는 경
우가 있는데 이 독후감의 경우가 썩 마음에 들지 않았으니 어쩌
면 당연한 결과인지도 모른다. 무릇 글이나 말은 스스로 확신
이 있을 때 다른 사람에게도 그 뜻이 잘 전달되는데 그게 부족
했던 것 같다.

어제는 28년 전 할아버님이 돌아가신 날이다. 홀아비 아래서
어렵게 남의 일을 해 주면서 자라서서인지 부지런하셨단다. 그
러하니 해방 전에 무슨 땅이 있었겠냐? 어제 우연히 라디오 프
로그램을 듣다 보니 우리 남한정부에서도 해방 직후 토지 분배
를 했다고 하더구나. 정확히 그 상황하고 일치하는지는 모르겠

으나 할아버지가 욕심을 내서 토지를 불하받으셔서 내가 초등학교 다닐 때에는 논밭이 각각 3,000평 정도 있었던 것으로 기억한다. 내가 중학교 때 할아버지와 같은 방을 썼는데 할아버지가 아침에 일어나는 것을 본 기억이 없다. 일찍 일어나셔서 일을 하신 게지. 참 부지런하셨단다. 주무실 때 옷을 전혀 안 입고 주무셨는데 그게 건강에 좋다는 말이 있더구나. 형이 태어나기 바로 전해에 돌아가셨다. 결혼하고서 엄마가 1984년 한남대학교 영어영문학과에(영어국문학과나 영어노문학과도 없는데 왜 학과이름을 이렇게 지었을까) 입학했다는 소식에 가장 기뻐해 주신 것도 할아버지셨단다. 짐질해서는 한 사람 먹고살기도 어렵지만, 공부 열심히 해서 (머릿속에 지식을) 넣어 두면 많은 사람을 먹여 살릴 수 있다면서 말이다. 할아버지 바람대로 엄마는 장학금을 받으셨지만 그해 초겨울 할아버지가 돌아가셨지.

다음 주에는 형이 학회가 있어 싱가포르에 다녀온다더구나. 네가 있었더라면 같이 다녀오면 좋았을 터인데 내년 이맘때 제대기념 여행을 기약해야겠구나. 나도 다음 주 제주도로 워크숍('참가자가 실습을 행하는'연수회, 공동 연구회)을 간단다. 워크숍 내용은 첫날 올레크루즈제트 체험, 둘째 날 우도탐방 라스베가스 매직쇼 공연관람 에코랜드 숲속의 기차여행, 셋째 날 삼굼부리 억새꽃 관람 검은 오름 탐방이 있단다. 워크숍 추진 목적을 읽어 보니 '금융사업의 알찬 마무리를 위한 총괄국 사업추진의 주역인

영업과장 워크숍을 실시하여 향후 추진 전략 공유 및 영업과장 사기 진작으로 금융사업 최우수 청 실현'으로 행사 내용과 행사 목적이 완전하고 온전하게 일치함을 보여준다. 잘 다녀오마. 제주도가 최전선 양구의 풍경과 야경보다야 훨씬 못하겠지만 꾹 참고서 충분히 즐기고 오련다.

2012. 11. 16. 아버지 씀

지난 일요일 저녁, 엄마는 내 제주여행에 필요한 것들을 챙기느라 바빴고 나는 가방에 뭐가 들어있는지도 모르는 상태에서 피곤함을 핑계로 일찍 잠들었는데, 글쎄 제주에 가서 양치를 하려고 칫솔을 찾으니 없어서 1,200원을 주고 칫솔을 사야 했다.

우체국 직원이 우체국에서 주는 선장품이 아닌 현금을 주고 칫솔을 샀음은 우체국 가문의 수치이며 묵과할 수 없는 일이다. 따라서 짐 챙기기를 제대로 못한 엄마를 엄히 훈계했단다.

그러면서 내 제주여행 복장을 보아하니, 바람막이 자켓은 2005년쯤인가 제주도 한라산 등반을 할 때 우체국에서 사 준 단체복이고, 내피는 2년 전 설악산 우편물소통대책회의 시 받은 유니폼이다. 여벌로 가져간 셔츠는 5급 승진자 교육시 단체로 구입한 것이고, 바지는 올 가을 체육행사 때 받은 것이다.

어찌 그뿐이면 이야기하랴. 잠옷 겸 활동복으로 챙겨 간 체육복 바지는 너무 오래되어서 기억이 가물가물하지만 유성우체국 탁구 선수로 나갈 때 받은 것으로 추정한다. 확실하지 않은 사실을 그 반대 증거가 제시될 때까지 진실한 것으로 인정해서 법적 효과를 발생시키는 일이 되며, 네가 2005년 한밭고등학교 수능시험 볼 때도 입고 갔던 것으로 기억된다. 두꺼운 양말도 아마 체육대회 때 받은 것이려니. 체육행사 때 받은 배낭을 준다는 것을 과감하게 거부하고, 유성 홈플러스에서 구입한 가방을 가지고 가서 우체국표스럽지 않게 위장(본디의 모습이나 속셈을 드러내지 않으려고 어떤 태도나 행동을 거짓으로 꾸밈)했음도 알리는 바이다.

물론 팬티와 러닝은 우체국표가 아니니 너무 걱정하지 말거라. 네가 입대할 때 썼던 메이저리그 모자를 이번 여행 때 썼단다. 미리 너에게 양해를 구하지 않은 사실이 있는데 너그러이 이해해 주기를 간곡하게 바란다. 네가 보초를 잘 서 준 덕분에 제주도도 잘 있고 나도 잘 다녀왔단다. 오늘 밤도 부탁한다. 엄마가 형님 싱가포르 보내려고 서울 가서서 혼자 자야 한단다. 혼자서 자면 아버지는 무섭단다.

2012. 11. 23. 아버지 씀

부끄러운 일이기는 하지만 말이다, 어른이 되어도 어린애처럼 사소한 것을 가지고 다투기도 한단다. 지난 금요일 아침, 엄마는 아침을 준비하고 있었고 나는 출근하려고 옷을 챙겨 입으면서 티셔츠가 어디 있느냐고 엄마에게 물으니 묵묵부답(【명사】 잠자코 대답이 없음.) 대답이 없어서 나 혼자 입고 있는데 바로 앞 옷걸이에서 여기 있는데 왜 못 찾느냐며 핀잔을 주는 고로 욱해서 안 보이니까 찾는 거지 보이면 왜 물어보겠느냐며 발끈했고 기어이 아침도 고의(【부사】 어떤 목적을 가지고 의도적으로. 일부러. 짐짓.)로 안 먹고 출근을 했단다.

안 먹고 출근해봐야 당사자인 나만 손해인 일이 분명하지만 말이다. 월말이고 스마트금융 특별 이벤트 마감 날이라 여러모로 바쁘고 그러지 않아도 신경이 곤두서는 날인데 기분이 팍 사그라지고 잡쳐서 일할 기분이 나지 않았단다.

나는 대답도 안 하고 핀잔주는 데 격분했고, 엄마는 전날 와이셔츠를 다려 놓지 않은 것이 못내 신경이 쓰였는데 둔전거리는 나를 보며 스스로 화가 났었다고 변명을 했지만 어찌 받아들일 나이더냐! 오후 3시경 엄마가 먼저 무조건 잘못했다고 전화가 왔지만 한번 흐트러진 마음은 내내 며칠이 가는구나. 그래도 너한테 전화 오고 형한테 전화 오면 상냥한 척, 화목한 척,

아무 일 없는 듯 통화를 하다 보면 푼수처럼 이내 종전의 상태로 돌아오곤 하니, 우리 가정의 평화에 아들들의 공로가 지대하다(【형용사】【여 불규칙】더없이 크다 할 수 있음) 함이로라. 어른이 되면 너그러운 마음이 늘어나는 게 아니고 쪼잔해지는 것이 느껴진단다. 사는 게 참 잡지의 표지처럼 통속하기만 하구나.

2012. 12. 3. 아버지 씀

형은 어제 밤 싱가포르 공항이라며 전화 와서는 오늘 새벽 6시경 인천공항에 도착하자마자 바로 연구실로 가야 한다고 하더라.

부모님께

　지금 편지를 쓰는 이 시간에도 양구에는 눈이 내리고 있습니다. 저녁에 잠깐 내리는 것 같더니 지금은 꽤나 많이 옵니다. 그냥 심심하면 눈이 오고, 눈이 오면 녹는 법이 별로 없습니다. 날씨가 춥다 보니 눈이 그대로 쌓여 버립니다. 부대 앞 나무에는 반짝이는 전구도 달아서 나름 크리스마스 분위기가 풍기려고 합니다. 부대 들어오는 현관 앞에도 꼬마 크리스마스트리도 설치해 놨습니다.

　어느덧 2012년이 저물어 갑니다. 2012년처럼 한마디로 정의하기 쉬운 해도 없을 것 같습니다. '군 생활'. 내년 이맘때면 말년 휴가를 나가 있어 반 이상 민간인이 돼 있을 것입니다. 즉, 군 생활이 365일도 안 남았습니다. 이 수치는 말년 휴가를 제외한 수치입니다. 아마 이 편지가 도착할 때쯤이면 정말 1년도 안 남아 있을 겁니다. 편지가 보통 목요일에 도착하니 12월 6일에 도착할건데, 제 전역 일자는 2013년 12월 5일입니다.

　여기까지는 금요일 저녁에 썼는데 이제 토요일 아침입니다. 어제 저녁에 싸락눈이 내렸는데 그게 바람 불면 날아갈 정도로 쌓여서 아침에 일어나자마자 눈을 쓸고 왔습니다. 제설 작전이라고 합니다. 눈을 쓰는 건 썩 유쾌하지 않은데 창밖으로 보이는 설경은 봐줄 만합니다. 저희 생활관이 남향인데다가 연병장 쪽이어서 탁 트인 전망도 괜찮고 아침에 햇살도 눈부시게 들어옵니다.

제설 작전을 나가면 눈삽, 빗자루를 챙겨야 되는데 예나 지금이나 이건 막내들의 몫입니다. 저는 이제 소위 말하는 일꺾(일병이 꺾였다는 뜻인데 일병 4호봉부터 별칭으로 불립니다)인 데다가 소대에서 밑으로 다섯 명이 있어서 막내라고 부르기는 애매한 상태지만 아침에 일어나자마자 빗자루를 챙기러 갔습니다. 각 소대 일병, 이등병들이 정신없이 빗자루를 챙겨 가는데 이게 웬일, 저희 소대가 아무도 없는 겁니다. 저도 막 엄청 일찍 나온 건 아니었는데…. 그래서 다른 소대 애들이 다 챙길 때까지 기다렸더니 그제야 한두 명 어슬렁어슬렁 기어 나오는 것이 아니겠습니까. 몇 명은 끝까지 나오지도 않았습니다. 이걸 그냥 두고 볼 제가 아닙니다. 눈 다 쓸자마자 군대에서 그 유명한 "내 밑으로 다 집합!"을 시켰습니다. 요새는 이런 게 거의 없어져서 집합은 잘 안 시키는데 제가 할 건 해야 된다고 생각하는 사람이기 때문에 애들 모아놓고 가볍게 훈계했습니다. 뭐 40년 전이었으면 기합을 줬겠지만 요새 그러다가 큰일 나기 때문에 많이 참았습니다.

그나저나 여기는 완연한 겨울입니다. 이제 아침에 밥 먹으러 갈 때 대충 온도를 느낄 수가 있습니다. '별로 안 춥네' 이러면 -5℃ ~ 0℃ 사이, '따뜻한데' 이러면 0℃ 이상, '오늘은 좀 춥네' 하면 -5℃ 이하입니다. 요새는 0℃ 이상의 아침 기온은 일주일에 한두 번이고, 아침 새벽에는 기본적으로 좀 춥습니다. 하지만 인간의 몸이 신기한 게 예전에는 영하로 조금만 내려가도 춥더니 요새는 -5℃까지는 그냥 별로 안 춥습니다. 추위 대처법도 점점 생겨갑니다. 춥고 발이 얼어붙을 때는 발을 동동 구르면서 폴짝폴짝 뛰면 몸에 열이 나서 별로 안 춥습니다.

선임들 말로는 이 정도는 별로 추운 것도 아니라고 합니다. 생각해 보면 아직 11월 말인데 이 정도니 1, 2월에는 상당히 추울 것 같습니다. 그래도 겨울을 한 번 나니 다행이고 겨울에 막내가 아니어서 다행입니다. 보통 취사장 청소를 할 때 막내들이 음식물 쓰레기, 소위 짬을 갖다 버립니다. 이 추운 겨울에 설거지하던 맨손으로 가니 얼마나 손이 시리겠습니까? 다행히도 설거지할 때 따뜻한 물이 아주 잘 나옵니다.

아참 어제, 그제 양구에 '1박 2일' 촬영을 나왔다고 합니다. 연말쯤 해서 방송 될 것 같으니 시간 나면 챙겨보시기 바랍니다. 촬영 나왔을 때 눈이 왔어야 되는데 눈이 왔을지 모르겠습니다. '1박 2일'이 촬영 중인 그 시간에 저는 페인트칠을 하고 있었습니다. 군대가 아니면 언제 이런 걸 해보겠습니까. 아마 평생 페인트만 바르는 게 아니라 페인트랑 '신나'를 섞어서 바른다는 걸 몰랐을 겁니다.

올해도 딱 한 달 남았습니다. 3월에 입대해서 언제 내년이 되나 했는데 벌써 연말입니다. 아버지 '만보백권' 하시려면 책 읽는 속도에 박차를 가하셔야 하는 게 아닌지 모르겠습니다. 다음에 또 편지하겠습니다.

2012. 12. 1. 09:36 대한민국 최전방에서 육군 일병 김영준 올림

PS. 요새 아버지 탁구채 가져온 게 입소문을 타고 인기가 많습니다. 중대 내에서 가장 좋은 탁구채 중 하나로 꼽히고 있습니다. 제가 써 봐도 좋은 데다가 남들이 쓰는 걸 봐도, 드라이브가 잘 걸려 들어가는 게 예사 물건이 아닌 것 같습니다. 잘 쓰겠습니다. 줄넘기도 잘 쓰고 있습니다.

2012. 12. 6. 목요일 도착

우리가 절망하는 것은 그 어려운 상황이 나아질 기미가 없다든가 계속된다는 데 있는 것이지. 지난 토요일 날씨가 다소 춥기는 했지만 놀러가는 것이고 이 상황은 하루 이내에 끝나는 것이기 때문에 춥지만 그 추위조차 즐기고 재미있어 하는 것 아니겠냐.

영월은 처음 가보는 곳이다. 웬 일인지 토요일 새벽 3시쯤 잠에서 깨었는데 다시 잠들지 않았다. 설레어서 그런 것은 아닌 것이 분명하고 혹 다른 때보다 일찍 일어나야 한다는 생각이 조금 섞여있었는지는 모르겠다.

6시 40분에 대전역에서 만나기로 되어있어 6시쯤 출발하면 너무 충분하리라는 기대에는 폭설로 얼어붙은 상황이 반영되지 못했다. 20여분 아파트 앞 거리에서 기다려도 택시를 잡을 수 없어 농도원 큰 거리까지 내려가서 그것도 길 건너편까지 무단횡단해서 잡은 택시가 '집에 들어가는 중'이라며 운행에 난색을 표했지만 내 상황이 다급했으므로 무조건 올라타야만 했단다. 오히려 길이 얼어서 차가 다니지 않아 겨우 시간을 맞출 수 있었다.

택시요금은 대전역까지 6,100원이 나왔지만 위험수당을 포함해서 10,000원 내고 거스름 돈을 받지 않았더니 기사님이 좋아하시는 것 같더구나.

일행은 20명이었는데 내가 19번째 도착해서 꼴찌가 아니라고 생각했는데 그 1명은 신탄진에서 타기로 되어 있었으니 내가 꼴찌를 한 셈이다. 직원들에게는 시간을 지키지 않는 자하고는 상종(【명사】【~하다 → 자동사】서로 따르며 친하게 사귐.)을 하지 말라고 잔소리를 했지만 결국 내가 시간을 제대로 지키지 못한 셈이다.

나도 분명 핑계가 엄연하게 존재하지만 그럼 19명에게는 그 핑계가 동일하게 적용되는 상황이었으므로 그 핑계는 부존재하는 것이다.

토요일에 놀러가자고 대상을 정하려니 간다는 자가 심히 적은지라 추진 팀장을 엄히 꾸짖었으나 실은 나도 그런 행사를 탐탁하게 여기지 않으면서, 내가 추진하는 행사는 예외가 되었으면 하는 생각 자체가 모순 아니겠는가. 20여 년 전만 하더라도 유능한 상사는 인원을 잘 확보하고 저녁을 잘 사주는 것이지만 요즈음은 그러하지 않은 것 같다. 점점 개인주의, 이기주의적인 시류가 지배하는 것 같다. 그리 표현하기보다는 실질적으로 변해간다고나 할까? 여행을 마치고 대전역에 도착해서 저녁을 먹자고 하니 이번에도 20명중 10명이 전사한다. 직장상사와의 회식은 근무의 연장이라고 한다. 연장근무를 결연히 거부한 셈이다. 성경 말씀에서처럼 잔치를 배설해서 초대했는데 밭 갈러 간다고, 결혼했다고 참예하는 자가 적으므로 화을 내셨던 예화가 생각나는 오늘이구나. 네가 지난 겨울에 다녀온 영월이므로 그

곳에서의 기타 등등은 생략하기로 한다. 올해 87번째 책『십자
군이야기 2』를 읽었다. 1187년 88년 만에 예루살렘이 함락되는
데 너도 이미 읽었겠지만 살라딘과 이벨린의 담판이 인상적이더
구나. 올해 100권 읽기 목표를 달성할 수 있을까?

2012. 12. 10. 아버지 씀

과로로 피곤해서 장기판에 앉으면 안 되는 상황임에도 불구하고 게임을 시작했다. 관전자가 관찰하면 결과가 뻔하게 보이는 상황이지만 정작 당사자는 보이지 않는 게 세상 이치가 아니겠느냐. 결과부터 이야기하자면 10시에 시작해서 새벽1시반까지 게임을 강행했고 이미 짐작했겠지만 게임머니는 다 털리고 간당간당 겨우 3급을 유지할 수 있는 게 오히려 불행 중 다행이라 하겠다.

집중력이 떨어지면 당연히 엉뚱한 수를 두고 지는 것이 당연한 이치. 병가상사(【명사】① 전쟁에서 이기고 지는 것은 흔히 있는 일임. ② 실패는 흔히 있는 일이니 낙심할 것 없다는 말.)로 질 수도 있지 하다가 나중에는 오기가 생겨서 한 판 한 판 더, 이 수만 이렇게 두었으면 이겼을 터인데 하다가 새벽 1시, 피곤한데도 잠이 오지 않는다. 엄마는 이미 도가 트셔서 시작했군 체념하시고는 전투에 몰두하시는 아바마마를 감히 말리지도 않고 주무신다. 그래도 마지막 판은 겨우 아닌 처절한 전투 끝에 장렬하게 이겨서 대미를 아름답게 장식하고 마무리했다는 게 큰 수확인 엊저녁이었다. 오늘 저녁 오기가 있지 아니 장부로서의 기개가 있지, 여기서 물러서면 어찌 대장부라 할 수 있으랴! 얼마 남지 않은 12척의 머니를 이끌고 한산대첩에 버금가는 전공을 세우리라 다짐한다.

2012. 12. 18. 비장한 각오로 아버지 씀

부모님께

아침에 눈을 쓰는데 온도계를 보니 -13℃였습니다. 자꾸 노출되어서 그런지 영하 10도 이하로 떨어지는데 막 엄청 춥다는 느낌은 안 들었습니다. 요새는 하루 일과가 그냥 제설입니다. 눈 오기 기다렸다가 쓸고, 쌓이면 또 쓸고, 정말 눈을 쓸고 나서 뒤돌아보면 다시 그대로 쌓였습니다. 그리고 눈의 무게 때문에 바닥에 얼어붙으면 긁어 내야 합니다.

여기까지 쓴 다음에 갑자기 눈을 쓸러 나오라고 하여 나간 후 약 2~3일간이 흘렀습니다.

사실 이 편지를 쓰게 된 최초의 동기는 새로 산 펜이 마음에 들어서입니다. 새로 산 펜이 너무 부드럽게 잘 써져서 글을 쓰지 않고는 견딜 수 없어 쓰게 되었습니다. 써 놓고 보니 무슨 유명 작가가 글을 쓰는 도입부 같습니다.

또 한편으로는 눈이 오는 풍경이 너무 고즈넉해서 이 풍경을 글로나마 전달하고자 씁니다. 도시에서 내리는 눈과 달리 강원도의 눈은 모든 것을 정지시킵니다. 눈이 정말 새하얗게 내리는데 온 세상이 파묻혀 버리는 느낌입니다. 보이는 것 중에 움직이는 것은 내리는 눈밖에 없습니다. 조용히 내리는 눈을 보고 있노라면 왜 수많은 시인들이 눈을 순수의 상징으로 삼아 시를 지었는지 알 수 있을 것만 같습니다.

도시의 경우 눈이 내리고 다음 날만 되어도 시커멓게 도로변에 쌓여 흉물스럽지만 여기는 몇 주가 지나도 하얗게 쌓여서 햇빛을 받아 반짝거립니다. 눈을 빗자루로 쓸어내도 더럽게 쓸리는 게 아니라 꼭 빵가루같이 - 진짜 빵가루랑 똑같이 생겼습니다. - 곱게 쓸립니다.

　그런데 이런 것도 실내에서 눈 내리는 광경을 바라보거나 한 시간 이내로 눈을 쓸었을 때의 느낌이고, 몇 시간 동안 밖에 있으면 얘기가 달라집니다. 영하 15도의 날씨에 서 있으면 눈이 이육사의 「광야」에 나오듯 - 혹은 그 외의 많은 시에서 상징하듯 - 시련과 암울한 현실을 상징하는 매개체가 된다는 것을 알 수 있습니다.

　11월까지는 몰랐는데 12월이 되니 정말 춥습니다. 진짜 동부전선 최전방의 군인들의 고통을 민간인들이 얼마나 이해할지 모르겠습니다. 그래도 실내온도가 17~18℃ 적정 온도 수준으로 유지되니 군대 많이 좋아졌습니다. 엊그제 사격 훈련을 간다고 다른 부대에 갔는데 거기는 아직도 한 생활관에서 30여 명이 붙어 자는 옛날 생활관이었습니다. 그런 데에 비하면 저희 중대는 개인 침상에 한 생활관에 10명인 쾌적한 환경입니다.

　결론은 군 생활 그냥저냥 할 만합니다. 전방으로 또 거기서 전투병과로 온 것을 행복하게 여기며 살아가고 있습니다.

　　　2012. 12 7. 눈 내리는 동부전선에서 대한민국 육군 일병 김영준 올림

　　　　　　　　　　　　　　2012. 12. 20. 목요일 도착

부모님께

강원 산간에는 금요일에 폭설이 내렸습니다. 함박눈이 두두둑 떨어지더니 한참을 내려 잔뜩 쌓였고, 그 위에 오후 3시경부터 내린 겨울비가 얼어붙으면서 삽으로 긁어내야 됩니다. 이건 제설차로도 어떻게 할 수가 없어서 사람의 손으로 일일이 긁어내야 되는데 이게 좀 힘듭니다. 오늘이 토요일인데 오늘도 조금 있다가 밤새 얼어버린 비를 긁어내러 가야 합니다.

거의 모든 육군이 동일할지 모르겠지만 저희 부대는 금요일과 토요일 밤에는 TV를 보게 허용해 줍니다. 군대 표현으로 '연등'이라고 하는데 어원은 알 수가 없습니다. 평일에는 10시에 취침 소등을 하면 그대로 취침하지만 주말에는 TV를 2~3시간 정도 보다가 잡니다. 이 시간에는 보통 영화 한 편을 보고 자는 경우가 많은데 저는 거의 끝까지 본 적이 없습니다. 누가 김성태 씨 아들 아니랄까 봐 영화만 틀면 잠이 쏟아집니다. 아무리 재밌는 영화를 틀어도 한 시간을 못 넘기고 잠이 드니 피는 못 속이는 것 같습니다.

요새는 날이 많이 풀렸습니다. 아침 기온이 영하 3~4도 정도밖에 안 됩니다. 영하 20도였던 날씨가 풀리니 따뜻하고 살 만합니다. 물론 밖에 오래 있으면 발끝이 어는 걸 보니 춥긴 추운 것 같습니다. 엊그제는 근무를 서다가 별똥별을 봤습니다. 추운 것만 빼고 군대라는 것 빼면 참 살기 좋은 동네인 것 같습니다.

오전 내내 얼음을 긁어내다가 점심시간에 들어와서 쉬고 있습니다. 오후에는 연병장 눈 퍼내러 가야 됩니다. 저녁 때 근무도 들어가야 됩니다. 내일은 취사장 청소도 해야 합니다. 바쁜 주말이 될 것 같습니다.

2012. 12. 15. 12:53
겨울이 깊어가는 양구에서 대한민국 육군 일병 김영준

PS. 저번에 쓴 편지를 못 부쳐서 두 통이 동시에 갔을 겁니다. 그리고 보내주신 편지도 잘 받았습니다.

2012. 12. 20. 목요일 도착

　비장한 각오만으로 모든 일이 해결되는 게 아니다. 비장한 각오라도 안 되는 일이 있겠고 아니면 말로만 비장했기 때문 또는 전략부재 때문에 좋지 않은 결론에 이르는 것이겠지. 18일 편지에서 말했던 것처럼 대통령 뽑히는 것보다 더 비장한 각오로 결전에 임했지만 역시나 게임머니(game money)는 다 털리고 3급에서 4급으로 강등되었을 뿐 아니라 4급으로 두었는데도 패배하는지라 눈물을 머금고 그날은 일단 작전상 후퇴를 하고야 말았던 것이었던 것이었다.

　그런데 웬 반전, 그 다음날 즉 대통령 선거가 있는 날 일찍 일어나서 단 1판만 지면 오늘 장기는 그만두리라, 운이 따라주지 않는 것으로 간주하리라 하고 아주 릴랙서블(relaxable)하게 한 판 두 판 두게 되는데 무려 8연승이라. 물론 3급하고 4급하고 수준차가 분명히 있기는 하지만 말이다. 상금이 걸린 것도 명예가 달린 것도 아닌데 지면 기분이 안 좋고 이기면 푼수처럼 기분이 업(up)된단다.

　대전에는 지금 눈이 제법 내리고 있다. 거기도 분명히 눈이 내리겠지. 영준이는 2012년 무얼 했느냐 묻는다면 '나는 혹한 전방에서 눈을 쓸고 또 쓸었노라' 대답하겠구나.

나에게 2012년 무엇을 했느냐 묻는다면 매일 기도하고 또 하고, 걷고 또 걷고, 읽고 또 읽고, 은퇴를 준비하고 또 하고 하겠다고 계획했으나 기도는 자기 전에 하고자 애썼으나 밤에는 졸려서, 아침에는 덜 깨서 진실되지 못했고, 걷고 또 걸어서 매일 만보를 채우고자 했으나 평균 5천 걸음이나 될까, 운동도 하반기에 들어서는 거의가 아니라 전혀 하지 않아서 스스로 이러면 안 되지 하는 자각공감현상(사전에 없는 말)이 나타났으며, 그나마 책은 읽고 또 읽은 것이 어느 정도 목표에 근접했으나 그 무리함으로 '안구가 짓눌리고 눈자위가 상하여서 핏발이 서고 눈물이 젖었다'에 이르렀고 올해 남은 10일 동안 10권을 읽어야 겨우 목표에 이를 수 있을 것이나 그래도 책을 제일 많이 읽었던 해가 아니었나 생각하며, 은퇴를 준비하려는데 벌써 2012년이 다가고 있고나! 오호라, 인정 없는 세월이여. 2013년 이즈음 영준이는 눈을 쓸고 또 쓸다 보니 어느새 민간인이 되었더라고 말하겠지만 그때 아버지는 무얼 말할꼬.

2012년 동짓날 아버지 씀

러시앤캐시 배구단이 이번 시즌 8연패 뒤 4승1패를 했다. 지난 토요일 1위인 삼성화재를 3대0으로 완파했다. 김호철 감독으로 바뀌었기 때문에 그렇다고 언론은 호들갑을 떨고 나도 그 견해에 전반적으로 동조를 한다. 사실 삼성 배구단이나 삼성라이온즈 야구단 감독을 내가 하더라도 우승을 하지 않을까 하는 생각을 하곤 했었다.

퍼거슨이 아닌 누가 맨유에 가더라도 한 시즌은 좋은 성적을 낼 수 있지 않을까라는 생각도 말이다. 훌륭한 조직은 어느 개인의 능력에 의해서 움직이는 조직이 아니라, 어느 누가 그 자리에 가더라도 일정 수준 이상의 성과를 나타내는 조직을 말하며 그런 것이 이상적인 조직이 아닐까? 리더뿐 아니라 조직원 또는 선수 하나가 없다고 해서 성과가 현저히 줄어든다면 바람직한 조직이 아닐 것 같다.

퍼거슨이나 김호철 감독을 폄훼해서는 안 되겠지. 또 하나, 이번 크리스마스 공연 때 6학년 아이들의 태도 변화에 대해서 말하고 싶구나. 요즈음은 성장 속도가 점점 빨라져서 이미 4학년이 되면 성징性徵을 보이게 되고 사춘기에 접어들어서 반항적이되고 주일학교 수업을 이끄는 데 많은 어려움이 있었단다.

그 수업에 비협조적이고 무관심한 행동은 장로의 자녀나 목사의 자녀나 다르지가 않다. 그런데 이번 성탄 공연을 준비하면서 그들, 6학년들의 단기간에 걸친 변화는 정말 놀랄 만했단다.

워십댄스를 준비하면서 밤 10시까지 연습을 했고 지난 22일 토요일에는 오전 10시부터 밤중 10시까지 연습을 했다. 여러 가지 안전문제로 달래서 집에 보내야 했단다. 무엇이 그들을 몰입하여 즐겁게 연습하고 공연할 수 있게 했을까? 그 아이들에게 물어보니 유치부부터 6학년까지 같이 수업을 하니 시시했다고 한다. 그 이유 외에 나름대로 분석해보면 분위기를 안 좋은 쪽으로 유도하던 한 아이가 여러 사정으로 참여를 못 했던 요인을 들 수 있겠다.

악화는 양화를 구축한다는 거창한 이론을 대입하지 않더라도 소수가 부정적인 쪽으로 유도를 하면 대다수의 어린이들이 그 쪽으로 몰려간다는 점이다. 이는 아이 어른을 구분해서 나타나는 현상은 아니다. 연습시키는 선생님이 젊은 대학생으로 바뀌었다는 점도 이유가 될 수 있을 것 같다. 그나마 그 애들하고 연령 격차가 가장 적은 편이니까 아이들에 대한 이해도가 높아졌기 때문이리라.

대통령 선거를 하면서도 그 사람이 그 사람이지 생각을 했는데 그것은 아닌 것 같다. 그 대통령의 역량이나 선택에 따라 우리 모두의 운명이 달라질 수도 있다는 공자왈 맹자왈 생각을 했단다. 6학년을 맡고 있는 엄마도 아이들의 태도 변화에 많은 충격을 받았다고 했다. 미안하다고도 했다. 그렇게 좋아서 열중

하는 아이들을 늘 소극적이니 삐딱하니 하는 생각으로만 봤으니 말이다. 총체적으로는 주일학교를 담당하고 있는 김성태가 문제리라.

그러고 보니 내 성향 중의 하나, 모든 게 내 책임이라며 짐을 다 짊어지는 척하면서 그 책임에서 벗어나려는 내가 보이는 듯해서 씁쓸하구나. 배구 얘기로 돌아와서 KBS 스포츠는 실황을 보았고 MBC 스포츠는 녹화로 보았는데 그 중계 태도가 확연하게 달랐다. KBS는 캐스터나 해설자가 많이 흥분해서 중계를 했는데 MBC는 맨유와 맨시티 경기를 중계하듯 했다. (두 팀에 우리나라 선수는 없다.) 왜인고 했더니 MBC 해설자가 러시앤캐시 전임 감독 박희상 씨라 그랬던 것 같다. 선수들과 불화로 물러나서 잘 나가는 그 팀을 바라보며 해설하는 심정의 꼬임이 어땠을까? 이번 성탄 공연을 하면서 목소리를 미리 녹음해서 립싱크로 성극을 한다고 하길래 되지도 않는 것을 한다며 반쯤 적극적으로 말렸는데 결과는 너무 자연스럽게 연극이 잘됐다. 내심 그 연극이 제대로 안 돼서 내 말이 참이었음을 증명했어야 했는데 내 처지가 박희상 씨와 동병상련. 춥구나.

2012년 성탄절 전날 아버지 씀

작명 640-339

형이 다녀갔다. 28일 오전에 도착해서 30일 오전 11시 차로 서울로 올라갔다. 나의 사주使嗾를 받고서 형이 싱가포르 다녀오면서 사온 가방도 가져왔는데 엄마는 기뻐하시면서도 형 여친이 골라줬다는 데 이름 모를 거부감이 있는지 소파 위에 얹어놓고만 있으신다.

형이 바로 결혼한다는 이야기는 아니지만 결혼식을 당연하게 서울서 해야 된다는 형의 말에 약간의 앙금을 얹은 대화가 저녁식탁에서 오갔단다. '당연히'란 말에 심정의 뒤틀림이 있었으리라. 일요일 아침 형에게 한 "지금 네 아들이 아프리카에 간다면 어쩌겠느냐?"는 내 질문에 머뭇거림도 없이 "안 보내야지요, 절대 못 보내지요." 그런다. 이러면 안 되는데 가시를 심어서 "그게 다 내림이란다." 그러면서 속으로는 '내가 그랬던 것처럼 너도 못 말릴 게다.' 그랬다.

25일은 엄마와 〈레미제라블〉을 보러 갔는데 예매를 못 하고 가서 이산가족처럼 떨어져서 보았고 뮤지컬이란 것을 영화가 시작되어서야 알았다. 29일은 형과 같이 〈타워〉를 봤다. 옛날 영화 〈타워링〉을 모방 발전시킨 듯한 영화였다. CG 전문가인 형이 그래픽은 훌륭하다고 했다.

2012년이 가는구나. 새해는 2013년, 아! 이 어김없는 위대한 진실이여. 네 군 생활 기간도 이 진실 앞에 겸손하리니.

2012년 끝자락에 아버지 씀

부모님께

역시나 아들은 혹한의 날씨에 눈을 쓸고 있습니다. 여기는 이제 본격적인 빙하기가 시작되고 있는 것 같습니다. 영하 20도의 추위가 심심치 않게 찾아오니 세상의 모든 것이 얼어붙고 있습니다. 이 날씨에 구보하면 눈썹과 머리카락이 하얗게 백발이 되어 버립니다.

2012년 크리스마스에는 영하 20도의 날씨에 구보하고 하루 종일 눈을 쓸며 지냈습니다. 잊지 못할, 아마 평생 잊지 못할 크리스마스가 될 것입니다. 이 얘기를 자자손손 전해내릴 생각입니다. 누군가 2012년 겨울에 무엇을 했는가 묻노라면 전방에서 혹한의 추위 속에서 아침에 구보하고 저녁에 눈을 쓸었노라고 대답해야겠습니다.

정말 2012년이 끝나고 있습니다. 아버지는 100권은 못 읽으셨지만 거의 근접하게 읽으셨으니 경하드립니다. 어머니도 신년의 목표를 다 이루셨는지 모르겠습니다. 저는 무탈하게 군 생활 잘하고 있으니 2012년은 잘 보냈다고 말할 수도 있겠습니다. 작정했던 만큼 공부를 열심히 하거나 체력 단련을 매우 열심히 했던 건 아니지만 그래도 나름 노력은 해 왔으니 내년에는 더 열심히 해야겠습니다. 아버지의 '만보백권萬步百卷'에 버금가는 거창한 문구를 아직 생각해 내지 못했으나 1월 내로 금년의 목표를 잡아야겠습니다. 지금 현재로서는 자격증 2~3개 정도를 생각해 놓고 있는데 생각대로 될는지는 모르겠습니다.

2012년 12월 29일 오전에 위에 내용을 썼고 18시 30분 현재 함박눈이 쏟아지고 있습니다. 하루 종일 내리던 눈은 눈송이가 굵지는 않았는데 이제 눈송이가 제법 굵어서 고요한 밤 거룩한 밤입니다. 나중에 전역하면 양구로 눈 내리는 거 구경하러 와도 좋을 것 같지만 지금은 그저 쌓이기 전에 쓸어내야 될 대상입니다.

요새는 연말에다가 눈도 많이 오고 연병장이 얼어버린 탓에 별다른 훈련을 하지는 않고 매일 체력 단련을 하거나 제설을 하거나 청소를 하며 보내고 있습니다. 이제 혹한기 훈련까지는 이런 식으로 별일 없이 지낼 듯합니다. 혹한기 훈련도 뭐 아무리 껴입어도 추우니 마음의 준비가 필요하다는 중대장의 말이 있었으니 그냥 마음의 준비나 하려고 합니다.

이 시간에도 눈은 계속 내리고 곧 제설 작전을 나갈 것 같습니다. 사락사락 쌓이는 눈만큼 전방의 겨울도 깊어가고 있습니다. 12년 마무리 잘하시고 새해 복 많이 받으세요.

2012. 12. 29. 18:48 양구에서 육군 일병 김영준 올림

2013. 1. 4. 금요일 도착

어머니께서 결연한 표정으로 말씀하셨다. 아들들이 결혼해도 '며느리'가 오라고 하기 전에는 절대로 아들네 집에 가지 않는다는 말씀이셨다.

사연인즉 엊저녁 요즈음 많이 추워져서 이왕이면 하루라도 빨리 가서 문풍지도 발라주고 해야겠다며 이 또한 결연한 표정으로 내일 10시차를 타고 서울 집에 가야겠다며 이것저것 준비를 마치신 후 밤 10시가 지나서 형과 겨우 전화가 연결되었으나 큰아드님 또한 결연하게 교수님하고 약속도 있고 어쩌니 하면서 오시는 것을 말리는 사태가 발생하니 엄마는 돌연 한숨을 쉬시면서 위의 말씀을 하신 것을 전하는 바이다.

추우면 형이 추운 건데 왜 엄마가 올라가셔서 문풍지를 붙여야 하는지 알 수가 없는 일이로라. 나? 돌아가신 할아버지는 통보도 없이 아들 집이며 내가 옮겨 다녔던 모든 직장을 하나 빠짐없이 방문하셨기 때문에 전에 말했던 것처럼 이는 내림이란다. 나는 방문이나 출입에 대하여 아들이나 며느리의 동의를 얻을 생각이 전혀 없음을 결연하게 맑게 밝히는 바이다.

사병월급 20% 인상을 진심으로 축하한다. 아버지는 2.8% 오른다니 20 나누기 2.8은 7.142 즉 네가 아버지보다 714% 인상된다니 이는 공정사회를 추구하는 사회정의와도 전혀 상충됨을 알 수 있는 고로 향후 일체의 물질적 지원을 거부하는 바이며 월급 타면 집으로 송금하기 바란다. 춥다는 것 외에는 다른 인사가 필요 없는 추운 겨울이구나.

2013. 1. 4. 아버지 씀

평균기온	1976년 서울	1976년 인제	2012년 인제	2012년 대전
12월 26일	-14.5	-13.3	-13.5	-10.0
12월 27일	-14.7	-14.5	-9.2	-6.3
12월 28일	-12.5	-13.2	-2.4	-2.0
12월 29일	-9.9	-13.1	+0.2	-0.7
12월 30일	-7.8	-8.4	-6.0	-4.9
12월 31일	-9.3	-12.1	-10.2	-3.0

　군이 1976년의 날씨 통계를 표시함의 저의底意를 이미 파악하고 있겠지만 그해 12월 나는 육군종합행정학교에서 부관한글타자병으로서 후반기 교육을 받고 있었다.

　이 얘기도 여러 번 해서 쬐끔 식상하겠지만 그 해가 49년 만에 제일 추운 겨울이라고 했다. 이미 해제된 군사기밀을 이야기하면 육군종합행정학교는 경기도 성남 지금의 서울에 있었기 때문에 서울 기상을 이야기하는 거다. 일견 보더라도 1976년이 훨얼씬 아주 몹시 추웠음을 누구나, 물론 너도 알 수 있겠지.

　아버지가 그런 혹한에서 훈련받았다는 것을 일목요연一目瞭然, 한눈에 알아볼 수 있을 만큼 분명하고 뚜렷하게 보여주기 위하여 부득이하게 표를 인용했음이다.

더구나 12월 29일 인제의 날씨는 영상 +0.2임이 보이지 않느냐! 완전 봄날의 날씨였음도 누구나 삼척동자도 알 수 있는 일이다.

그래서 아버지가 거듭 이야기하고자 하는 것은 너도 물론 고생하고 있지만 아버지가 훨얼씬은 아니고 조금 더 추웠을 때 군대생활을 했다는 것을 밝히는 바이다.

이런 통계자료는 의미가 없는 것이지만 참고 삼아 얘기하면 1976년 서울의 12월 평균기온이 영상 0.4도였고 작년 즉 2012년 인제의 12월 평균기온은 뭐라구 -5.6도라구, 아니 누가 이런 엉터리 통계표를 기상청 데이터로 등록을 했단 말이냐! 그럼 2012년이 1976년보다 추웠다는 말이 되는데 위 표를 보면 어찌 그런 엉터리 방터리 말씀을 할 수 있다는 말이냐.

도저히 12월 평균 기온은 자료로서 가치가 없는 가비지 데이터(Garbage Data)임을 알 수 있다. 그리고 네가 근무하는 데는 양구인데 인제 기상대도 아니고 관측소의 자료를 어찌 인정하란 말이냐. 각설하고(할 말이 없어서 그러는 것이 아니다) 조금 춥더라도 더 추운 때 근무하시던 부친을 생각하며 보초 잘 서거라. 총총

2013. 1. 9. 아버지 씀

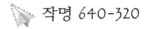
작명 640-320

    진퍼리버들 선버들 버드나무 능수버들 용버들 수양버들 양버
들 쪽버들 제주산버들 닥장버들
    여우버들 호랑버들 키버들 갯버들 분버들 육지꽃버들 눈산버
들 참오글버들 반짝버들 채양버들

『한국의 나무』에 나오는 버들의 종류다. 20종이나 되는구나.
하나 하나 봄에 싹트는 모습, 여름의 무성한 모습, 씨앗까지 일
일이 사진을 찍어서 올린 그 두 저자의 정성 아니 열정이 느껴
지더구나.

    흰뺨검둥오리 아프리카물소 누 코끼리 기린 사자 표범 리카
온 하이에나 사슴 가젤 학 백노 물떼새 타조 에뮤 레아 키위 북
부물꿩 호사도요 황제펭귄 참새 개개비사촌 노란개코원숭이 타
마린 덤불어치 검은등재칼 난쟁이몽구스 마모셋원숭이 뿔호반
새 딱정벌레 흰개미 노래기 벌거숭이뻐드렁니쥐 뱀 제비갈매기
괭이갈매기 바다쇠오리 재갈매기 톰슨가젤 매 산비둘기 아프리
카물소 사향소 이리 붉은부리갈매기 까마귀 참새 고양이 매 치
타 몽구스 물총새

『이기적 본능』에 등장하는 동물들이다. 하나 하나의 특성을 인간사회와 연관시킨 책이다. 문제라면 전혀 성경聖經적이지 못하다는 점이다. 얼마 전 『이기적 유전자』도 읽었는데 진화론적 관점의 책으로 이기적 본능과 궤를 같이 했고 역시 비성서적이다.

지난 토요일 엄마와 심각하게 언쟁을 벌였단다. 서류 스캔한 게 아주 쪼끔 삐뚤어진 것을 나는 이 정도는 어떠냐 그랬고 엄마는 이게 뭐냐며 설전雪戰 후 여성의 치명적 무기인 눈물로 나를 공격하고 코너에 몰아서 곤경에 빠트리셨다. 큰놈은 여자친구한테 빠져서 엄마한테는 전화도 안 하고, 작은놈은 아버지하고만 편지하고 그런다면서 말이다. 여자 하나를 왕따시킨다고 하시는데 지극히, 지독히 억울한 모함임을 같은 남자인 너도 분명히 알 것으로 그리고 지지할 것으로 아버지는 믿어 의심하지 않는다.

혹한기 훈련은 잘 견뎠겠지? 딱 절반, 벌써 절반, 아니 절반, 겨우 절반, 이제 절반, 아! 절반, 야호! 절반 남았구나. 지나온 절반을 잘 견뎌 왔구나, 내 아들아.

2013. 1. 18. 아버지 씀

<u>2013년 1월 20일</u>

영빈이와 영준이한테 전화가 왔다. 둘 다 활달한 목소리.

81932009 한남대학교 내 학번이다. 1981년 26살이던 나는 한남대학교 야간 경영학과에 입학했고 그해 4월 대전우체국에 같이 근무하던 엄마를 대학 축제에 가자고 꼬드겨서 결국 1982년 결혼을 했단다. 그 대전우체국에 내가 와 있구나. 벌써 오래전이라 건물도 그때 건물이 아니지만 그래도 추억이 있는 대전우체국이구나. 영준이가 올 26살이 되는데 스물여섯 살 그때 아버지는 뭘 했을까 하는 생각이 문득 들었단다.

방금 우표를 사 오는데 규격 외는 얼마냐고 물으니 360원이라고 한다. 즉, 큰 봉투는 50g 이하는 요금이 똑같단다. 그럼 290원은 무슨 요금이냐 하니 규격우편물(편지봉투)로서 25g이 넘는 우편물은 50g까지가 290원이란다.

무슨 얘기를 하려는 것이냐 하면 자기가 취급하는 업무가 아니면 같은 우체국에서 하는 일도 우체국 직원인 아버지도 잘 모른단다. 변명임을 부인하지 않는다. 안철수 씨의 글을 읽어보면 관리자도 세세한 것을 잘 알아야 관리를 잘 할 수 있다고 쓴 대목이 있다. 그래서 안 됐나? 엊그제가 대한大寒, 2월 4일이 입춘이니 봄도 머지않았구나.

2013. 1. 22. 아버지 씀

부모님께

날씨가 많이 풀려서 초봄이라고 해도 믿을 정도의 날씨가 지속되고 있습니다. 12월의 추위를 보고 겁을 먹었지만 이제는 추위에 적응이 된 느낌입니다. 인간이란 망각의 동물입니다. 밖에 나가 있으면 추워서 못 해먹겠다는 소리를 입에 달고 사는데 지금 실내에서 따뜻하니까 살 만하다고 이런 소리를 하고 있습니다.

이번 주는 그냥 훈련 준비 때문에 하는 것도 없이 바쁜 일상을 지내고 있습니다. 여행 준비를 할 때도 마찬가지겠지만 일주일도 안 나가는데 챙길 건 왜 이리 많고 준비할 건 왜 이리 많은지 모르겠습니다. 아마 이 편지가 정상적으로 도착한다면(목요일. 1. 24.) 저는 그때 양구의 모처에 텐트를 치고 있을 겁니다. 그래도 다행히 다음 주에 날씨가 좀 따뜻하다고 합니다. 뭐 여기는 날씨가 풀려도 영하 10도이긴 하지만 영하 30도에 육박하는 맹추위보단 나을 것 같습니다. 내심으로는 날씨가 좀 추웠으면(이왕 한 번 하는 훈련 빡세게 하는 게 기억에 남을 것 같아서) 좋겠지만 이건 저만의 생각이고 31연대 장병들이 아무 사고 없이 훈련을 마치려면 날씨가 따뜻해야 할 것 같습니다. 원래는 이번 행군에 40km 행군도 계획되어 있었지만 행군은 다음 달로 연기되었습니다. 이번 연대장은(연대장이 바뀐 국가 기밀이 새어 나갑니다) 훈련을 좀 FM대로 하는 걸 좋아하는 것 같습니다. 50km 행군을 하려고 했는데 사단장이

만류했다고 하는 후문입니다.

얼마 전에 아버지가 보내주셨던 핸드크림을 다 썼습니다. 신교대 때 비누랑 같이 왔던 걸로 기억하는데 아버지께서 사무실에서 쓰시던 것 그냥 보내셨다고 들었던 '첫물녹차' 핸드크림입니다.

이제 1월 21일이 되면 군 생활 딱 절반이 되고 기념비적인 날에 저는 눈 덮인 양구의 산속 참호 어딘가에서 추위와 싸우고 있을 겁니다.

제가 만약에 훈련 포상을 받는다고 해도 설날에 나가기는 어려울 듯합니다. 다음 달(2월) 중대 정기 휴가 명단을 보니 이미 설날에 중대 출타율을 꽉 채워서 휴가 일정이 잡혀 있었습니다. 명절에 집에 가고 싶은 마음은 누구나 다 같은 것 같습니다.

양구의 겨울도 이렇게 지나가고 있습니다. 추운 날씨에 건강 조심하십쇼.

2012. 1. 19. 10:30
혹한기 훈련을 앞둔 양구에서 대한민국 육군 일병 김영준

PS. 이 편지가 24일에 들어갔을지 모르겠습니다. 훈련 주간이라 우편 시스템이 작동할지 의문입니다. 전쟁 중에도 편지 왕래는 되겠지만 기우입니다.

2013. 1. 25. 금요일 도착

<u>2013년 1월 30일</u>

이번 주 토요일, 영준이 면회 갈 예정이다.

부모님께

　군대에서 가장 힘든 훈련의 하나로 꼽는 혹한기 훈련이 무사
무탈하게 지나갔습니다. 날씨가 지나치게 따뜻해서 이게 혹한기
인지 그냥 평범한 야외 기동 훈련인지 가늠이 안 될 지경이었다
는 게 문제라면 문제인 것 같습니다. 이미 유선상으로 말씀드려
서 아시다시피 처음 이틀은 40cm의 강설량을 기록한 폭설로
인해서 하루 종일 눈만 쓸다가 끝나버렸습니다. 수요일부터 출
동을 하기는 했으나 영상을 상회하는 따뜻한 날씨로 혹한기라
는 이름이 무색했습니다. 물론 그래도 혹한기의 맛을 한번 보여
주려고 마지막 날에는 기온이 영하 20도까지 떨어지면서 여기
가 양구라는 사실을 새삼 느끼게 했습니다.

　원래 혹한기 훈련이 끝나면 수많은 동상, 동창 환자가 속출해
야 하는 게 정상이지만 날이 워낙 따뜻했던 데다가 저희 중대
에는 차량이 배치돼서 교대로 차 안에 들어가서 발을 녹이고
나오기 때문에 아무런 환자 없이(약간의 감기 환자를 제외하고는) 훈
련이 끝났습니다. 이렇게 양구의 겨울이 지나갑니다.

　벌써 군 생활의 절반이 지나갔는데 속절없이 세월이 흐른다
는 느낌이 들 때가 많습니다. 계획했던 것만큼 공부에 매진하지
도 못했고 체력 단련에 집중해서 특급 전사를 달성한 것도 아닙
니다. 연초에 계획했던 시험도 영길이 형 결혼식 일정에 맞춰 휴

가를 나가게 되면 어그러지게 될 것 같습니다. 또, 훈련 나가고 훈련 준비하느라 정신이 없다 보니 공부도 목표치만큼 하지 못해 아쉽습니다. 사회에서도 항상 이런 것 때문에 스트레스를 받았었는데 욕심이 너무 많은 성격이 탈인 것 같습니다. 버리고 비우는 법을 배워야 되는데 쉽지가 않습니다.

군 생활을 하면서 눈 구경은 정말 원 없이 하는 것 같습니다. 하루 종일 내리는 폭설, 앞이 안 보이게 내리는 폭설, 무릎까지 쌓이는 눈, 얼굴이 따갑도록 몰아치는 눈보라, 함박눈, 싸락눈, 진눈깨비 등 이루 셀 수도 없고, 돈 주고 구경해야 할 것들입니다. 하지만 겨울을 한 번 더 지내라고 하면 그건 다시 못 할 것 같습니다.

얼마 전에 영현이가 있는 사단에서 무장 탈영병이 발생했다고 합니다. 위병소 근무를 서다가 공포탄까지 휴대하고 탈영했다고 합니다. 전방이나 후방이나 군 생활은 괴롭기는 마찬가지인가 봅니다. 하지만 한 가지 다른 점은 여기서 이 날씨에 탈영하면 하룻밤을 못 넘기고 얼어 죽기 때문에 감히 탈영을 꿈꾸지도 못한다는 점일 겁니다. 혹한기 내내 병사들은 "집에 가고 싶다"는 말보다 "빨리 막사에 복귀하고 싶다"는 말을 더 자주 합니다. 옛날에는 훈련 나가면 사회가 그립더니 요새는 훈련 나가면 막사제 침상이 그립습니다. 이렇게 군인이 되어가고 한 달 뒤면 상병입니다.

추운 날씨에 몸 건강하시고 주말에 오시는 길 조심하시기 바랍니다. 새벽에 영하 20도까지 내려갔다가 낮에는 영상이 되곤 해서 길이 미끄러울 수 있습니다.

2012. 1. 26. 17:18 양구 김영준

PS. 같이 들어 있는 편지는 설날에 가족들 근황을 나누는 시 간에 대독해 주시기 바랍니다.

한우물 가족들께

충성! 대한민국 육군 일병 김영준이 설날 인사드립니다. 제가 입대한 게 2012년 3월 6일이니까 이제 어느덧 이 편지가 읽힐 때쯤이면 입대한 지도 1년이 다 되어 갑니다. 진눈깨비 아니 비가 내리던 춘천 102보충대에 입대해서 4월까지 눈이 내리는 강원도 양구에 자대 배치를 받은 게 엊그제 같은데 군 생활을 절반 넘게 했고 내일모레면 상병입니다. 군대 기간이 또 매우 짧아진 관계로 올해 12월이면 전역입니다.

감상에 젖어 서설이 좀 길었습니다. 앞서 말씀드렸다시피 저는 현재 강원도 양구에 있는 제2보병사단에 근무하고 있습니다. 강원도 양구는 국토의 정중앙이라는 점과 금강산 가는 길 - 분단되기 이전에는 양구에서 하룻길이면 금강산에 갈 수 있었다고 합니다. - 이라는 점 외에는 크게 유명할 것 없는 동부전선 최전방의 작은 군사도시입니다. 덧붙이자면 이곳은 38도선보다 북쪽에 있고, 큰아버지께서 훈련받으신 오음리에서 동쪽으로 얼마 떨어지지 않은 곳에 있습니다.

뭐 생각해 보니 양구에 유명한 게 또 있습니다. 말도 안 되게 추운 날씨입니다. 추울 때는 영하 30도까지 떨어지기도 한다는데 올겨울 가장 추울 때는 영하 27도였습니다. 이렇게 내려가는 경우는 많지 않고 영하 15도에서 20도 사이까지는 자주 내려갑니다. 영하 15도가 되면 코털이 얼어붙는데 자주 얼어붙습니다. 여기서는 그래서 날씨를 겨울과 빙하기로 구분하기도 합니다.

이런 추운 날씨에도 불구하고 저는 잘 지내고 있습니다. 얼마 전에 있었던 혹한기 훈련도 다친 곳 없이 무사히 마쳤습니다. 처음에 군대올 때 나이가 좀 많은 것도 걱정했지만 중대 사람들이 나름 배려해 주고 그런 면이 있어서 별 무리 없이 나이 어린 선임들과 잘 지내고 있습니다. 또, 요새는 학교 잘 다닌다고 갈구고 그런 것도 없고 오히려 더 잘 대해주기도 합니다.

나이 많고 학력 좋아서 행정병이라도 할 줄 알았는데 - 물론 제가 행정병 제의를 한 번 고사하긴 했지만 - 무전병 보직을 받아서 훈련 때 무전기를 메고 다닙니다. 아마 무전기가 옛날 무전기보다 무거울 거라고 생각됩니다. 예비 배터리, 수통, 기타 장비를 결속하면 20kg에 육박합니다. 물론 핸드폰 기술의 발달로 무전이 안 된다고 무전병이 고생하는 일은 조금 적긴 해도 이놈의 무전기는 맨날 먹통이 되고 감도 안 좋습니다. 제 주특기 번호 1721인데 큰아버지 때와 같은지 모르겠습니다.

요새 군대가 하도 좋아져서 먹을 것도 잘 나오고 구타, 욕설도 많이 없어져서 옛날에 비해서는 엄청나게 편한 군 생활을 하고 있습니다. 다른 부대에 비해서 전방 지역인지라 휴가가 좀 적다는 것이 흠이지만 옛날에 비하면 천국입니다. 요새는 내무반도 침대형으로 되어 있고 막사도 2층 3층짜리 신식 건물입니다. 지은 지 5년 된 새 건물이라 생활하기 매우 편합니다.

그리고 제 보직이 무전병이긴 하지만 부대 자체가 박격포 중대여서 소총 중대처럼 엄청 많이 걷고 그러지는 않습니다. 대신에 저희 중대는 작업 - 소위 말하는 삽질 - 을 좀 많이 해서 조금 힘들기는 하지만 군대 아니면 제가 또 언제 그런 거 해보겠습니까. 인생에 대한 좋은 공부라 생각하고 군 생활 하고 있습니다. 군대 와서 체력도 많이 좋아졌고 몸도 좋아졌습니다. 사회에서는 알레르기성 비염으로 고생했는데 공기가 좋아서인지 코가 뻥 뚫렸습니다. 또 여기가 경치가 기가 막힙니다. 산 위에 올라가면 저 멀리 소양강 물빛이 반짝거리는데 그게 그렇게 예쁩니다. 설경은 대한민국에서 둘째가라면 서럽습니다. 남들은 비싼 돈 주고 시간 내서 눈꽃축제를 가는데 저는 그걸 공짜로 즐기고 있으니 신선놀음이 따로 없습니다.

이번 설에는 휴가를 잡아서 나가고 싶었지만 이미 설날에 중대 휴가 일정이 꽉 차 있는데다가 원론적으로 휴가가 없습니다. 대한민국의 모든 군인이 설날에 휴가를 나가 가족과 함께 지내고 싶겠지만 그러면 대한민국은 누가 지키겠습니까? 50만 장병이 대한민국의 국방을 튼튼히 지켜야 5천만 국민이 마음 놓고 명절을 지낼 수 있다고 생각하고 있습니다. 가족들이 다 같이 모여 있는 이 시간에도 국군은 철통 경계 태세를 다하고 있을 겁니다.

다음 추석에는 가족들과 함께 보내길 바라며 계사년 새해 가족들 하는 일 모두 잘 되었으면 좋겠습니다. 특히 할머니 더욱 더 건강하셨으면 좋겠습니다. 영길이 형 결혼 애기가 나오던데 그때 맞춰서 휴가를 나가보도록 노력하겠습니다. 영빈이 형이 요새 말라간다는 소문이 있으니 먹을 걸 특별히 신경 써서 많이 먹게 해 주시기 바랍니다. 군대 가 있는 영현이 관심 많이 가져 주시고, 교우가 된 영훈이는 앞으로 군기 좀 잡아야겠습니다. 그리고 다섯째 작은아버지, 영광이 군대를 빨리 잘 보내려면 기도를 많이 하셔야 됩니다.

아무쪼록 저는 잘 지내고 있으니 가족 여러분 모두 걱정하지 마시고 즐거운 명절 보내시기 바랍니다.

2012. 1. 26. 동부전선 최전방 양구에서
대한민국 육군 일병 김영준 올림

'한우물'에서 형 김영빈이 설 예배시 읽었음.

2013. 2. 1. 비오는 금요일 도착

2013년 2월 3일

양구감리교회서 예배

2013년 2월 4일

영준이 면회를 다녀왔다. 세 번째. 수료식을 포함하면 네 번째다. 어제 눈도 오고 길이 너무 미끄러워 무리하지 않기 위해 중간에 홍천 가리산 휴양림 모텔에서 자고 왔다. 어제 신남을 지나서 고갯길에서 올라가면서 한번, 내리막에서 또 한 번, 두 번이나 차가 빙판길에서 갈지자로 심하게 미끄러져서 큰 사고를 낼 뻔했다. 영빈이가 올 1학기 고려대학교에서 강의를 맡게 되었단다. 잘 된 일이다.

계획대로 모든 일이 되지 않듯, 2번의 비교적 심각한 미끄럼에 김 서방답지 않게 간이 쪼그라져 앞뒤 가리지 않고 토정비결에도 없는 1박을 강원도 홍천군 두촌면 가리산 휴양림 언덕의 모텔에서 할 줄을 짐작이나 했겠느냐. 상황에도 불구하고 눈 내린 풍경은 끝내주더구나.

너에게 갈 때는 신남으로 갔지만 돌아오는 길은 늘 춘천을 경유했는데 그날은 신남 쪽으로 마음이 쏠리더니 결국 그리되었구나. 다음날 대전으로 오는데도 그 미끄럼 잔상이 마음에 남아있음인지 공연히 핸들이 흔들리는 것 같아 사알~살 운전을 하고 왔단다. 두촌에서 홍천까지는 언덕 일부만 제설이 되어있었는데 그 다음부터는 길이 말짱했고 대전은 길이 뽀송하더구나.

어머니의 전언에 의하면 네가 아버지 지갑의 천 원짜리를 몹시 탐냈다는 말이 전해지기로 지난 번 말했듯 연봉 인상률이 높은 대한민국 육군으로서, 동방예의지국 백성으로서, 향후 대한민국 지도자로서 올바른 도리나 태도로 볼 수 없으나 오늘도 제설과 적보다 무서운 동장군과의 혈투 상황을 감안하여 금회 한 용서하기로 한다.

영길이 형은 결혼 날짜가 5월 11일 토요일로 정해졌다는구나. 네 마음대로 휴가를 올 수 있는 것은 아니겠지만 참고하거라.

설날을 맞이하여 몽쉘 몇 봉지, 하사(중사 상사가 아니다) 하노니, 꼭 후임들에게만 나눠주도록 할 것이며, 맞후임에게는 특별히 1박스를 주도록 하거라. 어머니 명령이다.

2013년 2월 5일 아버지 씀

작명 640-295

북쪽 폭죽놀이에 신경이 쓰이는구나. 참 난해한 문제로고. '레밀리터리블'에서처럼 눈 또한 문제로고. 너도 이미 영상을 보았겠지.

설 명절은 여느 때와 별반 다르지 않았다. 참석인원이 조금 줄었을 뿐이다. 영진이는 몸살을 이유로, 영은이는 지금 섬기는 교회 반주로, 너와 영현이는 군인이라 참석을 못 했구나. 몇이 빠지니 사진을 찍는데 왠지 휑한 느낌이 들었단다.

이번 설에는 장작 패는 일을 했단다. 이 일로 아버지가 뭇 가족의 비아냥 섞인 칭송을 많이 들었는데 평소 얼마나 뺀질(요령을 피우며 일을 충실히 하지 않는 모양)거렸으면 그랬으랴 하면서 대오 각성 즉, 진실을 깊이 깨닫고 올바르게 정신을 가다듬는 계기로 삼았단다.

이번 설에는 영훈이가 무사히 대학에 합격해서 분위기가 비교적 좋았단다. 순태는 울먹이며 그간의 일들을 간략하게 알렸고 68%의 가족이 소금 농도 0.1%의 눈물을 흘려서 그날 떡국에 간을 할 필요가 없었단다. 순태 자신도 다시 박사과정을 밟아서 회갑 전에는 학위를 따겠다는 각오도 밝혔단다.

큰아버지의 제안에 따라 명절 때마다 군대 간 아들들에게 형제 모임회비에서 10만 원씩 위로금을 보내기로 합의를 해서 영준이와 영현이에게 보내려고 한다. 영준이를 생각해서 지난해 추석 것도 소급적용하여 보내고 싶은 마음은 아주 간절하나, 법치주의의 안정성을 고려하여 적극 주장하지 못한 점은 심각하게 아쉬운 일이로라.

2013. 2. 13. 아버지 씀

2013년 2월 17일

영준이가 군에서 채취한 잣을 세 시간 넘게 걸려서 깠다. 펜치를 이용해서 했는데 두어 군데 손가락에 상처를 입었다. 작업을 하면서 '그을린 사랑'을 아내와 내용을 확인하면서 두 번째 봤다. 전쟁, 종교, 이념….

부모님께

요새 부대는 편안하기 그지없는 일상을 보내고 있습니다. 중대장 교체 시기가 다가오면서 중대장이 중대에 있기보다는 승진해서 갈 보직 인수인계를 받느라 중대에 신경 쓸 틈이 없는 것 같습니다. 그리고 가는 마당에 애들을 빡세게 굴릴 필요를 못 느끼는 것 같습니다. 아무래도 떠나는 마당에 안 좋은 이미지로 남고 싶지는 않을 것입니다.

요새 그래서 자투리 시간에 많이 쉬고 포상도 이것저것 많이 주고 있습니다. 물론 이상하게도 저한테 포상은 없습니다. 이 평화도 아마 중대장이 바뀌는 순간 없어지지 않을까 싶습니다. 새로운 중대장이 오면 이것저것 의욕적으로 추진하면서 또 병사들만 고생하지 않을까 싶습니다.

새로 들어온 후임 중에 이름이 이성태인 애가 한 명 있습니다. 처음에 들었을 때 어디서 많이 들은 이름이라고 생각했는데 어이쿠, 아바마마의 성함이 아니겠습니까? 이거 뭐 후임 이름을 함부로 부를 수가 없게 되었습니다. 아버지를 아버지라 부르지 못하는 홍길동도 아니고, 후임을 부를 수가 없다니요.

겨울이라 훈련, 작업이 별로 없으니 잡생각만 듭니다. 이래서 군대에서는 병사들을 쉴 새 없이 굴리는 것 같습니다. 몸이 피곤하면 그냥 자기 바쁘고 하사관들도 터치를 안 하는데, 괜히 군대는 전역이 답이라는 말이 나오는 게 아닌 것 같습니다.

　강원도에 봄이 오는 것 같습니다. 이제 빙하기 정도는 아니고 그냥 겨울이 된 것 같습니다. 여기저기 만년설이 쌓여 있긴 하지만 낮이 되면 눈이 녹아 시냇물이 흐릅니다. 해빙기가 도래한 것 같습니다. 쌓여 있는 눈이 녹고 꽃이 피기 시작하면(여기는 4월 말이 되어야 새순이 돋고 꽃도 피기 시작합니다) 휴가를 나갈 것이고, 다시 눈이 오면 군 생활도 끝날 것입니다. 군 생활이 300일도 안 남았습니다.

2012. 2. 16. 입춘도 한참이 지난 양구에서
상병이 얼마 남지 않은 대한민국 육군 일병 김영준

2012. 2. 21. 목요일 도착

작명 640-286

아버지가 군 생활하는 동안 중대장이 두 번인가 바뀌기는 했지만 지금 이름과 얼굴이 기억나는 중대장은 박상윤 대위다. 예산이 고향이었는데 삼사관학교 나와서 소령 진급도 잘 안되니까 전역지원서를 낸다고 했는데 그때는 자원이 부족해서인지 전역도 받아주지 않는 분위기였다.

아버지도 포상휴가를 딱 한번 나왔다. 여름이 되면 동원예비군 훈련이 우리 부대에서 있었는데 부식 나르느라 고생했다고 훈련이 끝나면 부식계에게 의례 포상휴가를 보내주고는 했다. 천 명이 넘는 예비군에다 육사생도들도 훈련을 우리 부대로 왔다. 40년이나 지났으니 이제 군사비밀에서 해제된 것으로 판단한다.

그때 내가 포상휴가 신청서를 중대장에게 올렸는데 장난을 하다가 중대장이 피던 담뱃불로 신청서가 빵구가 나자 약간 당황해 하던 중대장의 표정이 생각나려고 한다. 지금껏 그 상황을 기억하는 것은 그만큼 포상휴가가 대단했기 때문이리라. 그때만 해도 사무실에서 담배를 피는 것이 당연하던 시절이었고 고참들은 내무반에서도 담배를 피던 시절이었다.

이미 여러 번 이야기해서 식상하기도 하지만 돌아가신 할아버지를 원망하는 마음이 있어서가 절대 아니라는 것을 맹세하며 말하자면 나의 군 생활 33개월 동안 부모님은 원주 부대근 처 100㎞ 이내에는 절대 얼씬도 않으신 강직한 분들이셨단다. 알겠느냐?

어쨌거나 운동 잘하는 유전자를 못 물려줘서 포상휴가를 못 받는 우리 아들을 생각하니 이건 완전히 운동유전 포상휴가요, 지능유전 야전삽질이라니, 흐르는 분노의 빗물을 주체할 수가 없구나. 동시에 창조주의 공평하심을 느끼게 하는구나.

수요일마다 보험관리사 분들 조회가 있는데 우리 팀장은 나더러 이런저런 교훈이 되는 좋은 말을 전하라고 하지만 스스로도 모범이 되지도, 완전하지도 못하면서 이러한 저러한 이야기를 하는 것이 맞지 않다고 생각해서 수고하신다, 열심히 해 주셔서 고맙다는 이야기를 15초 하고는 조회가 끝이란다. 보험관리사 분들이 나를 좋아한다는데(이것 또한 착각이라 생각한다) 그게 다 조회를 아주 짧게 한 덕분이란다.

이런 말을 뜬금없이 하는 것이 네가 편지에 중*장은 *사관은 어쩌니 해서 하는 말이라거나, 너나 잘하세요라고 충고하려고 하는 것이 절대 아님을 알아주기 바라며 낮말은 행정병이 듣고, 밤말은 통신병이 듣고 있음도 명심하거라.

봄을 재촉하는 비가 이곳 대전에는 내리는구나.

2013. 2. 22. 아버지 씀

우체국 다니는 나도 모르는 이런 날도 있었구나. '매월 말일은 편지 쓰는 날' 이런 중요한 날이 있었다니, 더구나 40년 가까이 우체국 다녔으면서도 모르고 있었다니 내 스스로 생각하기에도 아버지가 우체국 직원이 맞는지 모르겠다.

그나저나 알랑가 모르겠지만 우리 우체국은 국민의 세금으로 월급을 타는 것이 아니고 '통신사업 특별회계'라고 해서 우리가 우표도 팔고 소포도 보내주고 예금보험도 모집해서 이익을 남겨서 월급을 타는데 일반 국민들이 혈세를 어쩌구 하는 것은 우리 우체국 속사정을 몰라도 너~무 모르고 하는 무지의 무책임한 무자비한 발언이라는 것을 상기시키고자 한다.

그나저나 우리 아들들은 이런 사정을 알고 있는 것으로 알겠으며, 너희 중대원에게도 하나하나 정신훈화를 시켜주기 바란다.

말했듯 우체국에서는 사업을, 즉 영업을 해야 하는데 그게 적성에 맞는 사람이야 약간의 실적수당도 받고 럴럴 거리지만 최소한의 실적도 못하는 사람은 이 스트레스를 감당하기가 쉽지 않단다. 이런 열악하고 스트레스 받는 직장에서 38년 3개월을 버틴 아버지의 노고를 이 편지를 읽고 상기하기 바란다.

요즈음은 스마트뱅킹 목표가 내려와서 매일 실적표와 순위가 공개되어 우리 직원들 스트레스를 받게 하고 있다. 얼른 제대해서 너도 우체국 스마트뱅킹 가입하기 바란다.

오늘은 대전이 15도까지 올라갔다더니 바람결이 봄 같구나. 아직 몇 번 더 추위가 있어야 봄이 오겠지만.

2013년 2월 편지 쓰는 날에 아버지 씀

PS. 상병 진급을 무지하게 축하한다.

작명 640-274

네가 비오는 날 긴장하며 102보충대로 들어가던 3월 6일이 바로 엊그제 같은데 벌써 1년이 지났구나. '벌써'라는 표현이 적합치 않지만 '벌써'란 말처럼 이런 상황을 표현할 적합한 말이 없는 것 같구나. 이제 꼭 9개월이 남았구나. 노인네들이 항상 하시는 말씀이라 식상하기는 하지만 그래도 그때가 좋았다고들 나중에는 아주 나중에는 그렇게들 말을 하게 된단다.

오늘 형과의 카톡 내용을 공개한다. 상대방의 동의 없이 통화 내용을 공개하는 것은 통신비밀보호법 제3조에 의해서 엄격하게 제한하고는 있지만 말이다.

10:31   아들아
10:41   네 아버지
10:42   수업은 퍼펙트했겠지 물론
11:12   가뿐하죠
11:17   역시 김영빈

형의 수업 첫 시간에 미리 강의실 학생 의자에 앉았다가 옆에 앉은 신입생들과 서로 나이도 물어보고 첫 시간부터 3시간동안 뭐하냐는 등 불평도 같이 하다가 빨간 운동화를 신고 짠 하고 강사로 나타나서는 불평했던 그 학생에게 다가가서 그럼 오늘은 수업하지 말까요 하며 황당무계荒唐無稽하게 수업을 시작했단다. 역시 김영빈이 아니냐? 엄마에게 전해들은 이야기일 뿐이다. 엊그제 군대에서 그 유명하다는 '푸른거탑'에서도 이런 상황을 만들었더구나. 소위가 신병으로 위장해서 내무반의 신병놀이 등등의 부조리를 파헤치는 내용; 너도 봤겠지?

어제 오후 시장조사 및 마케팅을 한다는 구실로 옆에 있는 대전천을 산책하고 왔단다. 날씨가 많이 풀렸더구나. 겨우내 방안을 지키시던 노인네들이 천변의 벤치를 차지하고서 장기를 두며 봄빛 사냥을 하시더구나. 오늘도 마케팅을 다녀올 예정이다. 지난 토요일 일요일 연이어 오랜만에 도솔산 산책을 다녀왔단다. 도안뜰은 어느새 아파트 숲이 되었더구나.

엄마는 다음 주부터 강의를 시작하신단다. 영현이는 심심해서 미안하다 했다는데 왜 미안한지 누구에게 미안한지 모르겠다. 영광이는 동반입대를 추진하고 있단다. 영훈이는 기숙사에 들어간다고 했는데 그 다음은 확인이 안 되었고, 환웅이는 인천 학교 근처에서 하숙을 한단다.

꼭 한 달 뒤 군선교 가서 너를 보겠구나라고 쓰고 보니 네가 2주 후면 휴가를 나오는구나, 이런.

2013. 3. 6. 김영준 상병의 입대 1주년을 거탑적으로 축하하며
아버지 씀

끔찍한 이야기지만 월남전에 참전한 큰형의 말을 빌리자면 전쟁이 일어나면 상대적으로 군인이 제일 안전하다고 하는데 그건 외적으로 보이는 통계일 뿐이다.

전쟁으로 인한 이런 엄청난 피해를 막고 억지하기 위해 군인이 있는 것이고 우리 아들이 그 임무를 수행 중에 있는 것이지. 말로는 초연한 척 이야기하지만 늘 북쪽의 소식들에 긴장을 하게 된단다.

이런 역할을 잘 수행하는 우리 아들 및 육군 백호부대 전투지원중대 상등병 생활관 소대원에게 과자를 보내니 잘 노나 먹고 탁구 열심히 쳐서 건강할 것이며 머리카락을 청결히 해서 좋은 생각을 하거라.

보내는 물건은 국가물품임을 명심하거라. 과자는 오늘 MDRT(보험모집해서 억대 이상 수당을 타는 사람을 말한다) 축하행사시 행사품이며 샴푸는 노동조합행사시 기념품이고 탁구공은 동호회 물품이다.

따라서 국가공무원인 아버지가 국가의 부름에 따라 국가를 지키는 군인 아들에게 이런 물품을 편취해서 보낸다고 해서 나무라는 사람이 있다면 이는 대한민국 국민의 자격을 의심해 봐야 하지 않겠는가!

예산 집행시 합목적성을 강조할 것인지 합법성을 강조할 것인지를 생각해보면 이런 아버지의 몰지각한 행위는 합법에는 문제가 아주 쪼끔 있지만 합목적성은 필요충분조건을 필요충분한 만큼 갖추고 있다고 해도 과언 즉 지나친 말이 아니라는 것이다.

이 소포는 다른 때에는 내 개인 돈을 내고 부쳤지만 이번만은 통신사무용 우편물 즉 우체국에서 공적인 일로 보내는 우편물을 무료로 보내는 것으로 처리할 것이다. 단 국가물품인고로 수불관리를 철저히 해서 김 일병 초코볼 2개 등 사인을 분명히 받고 교부하기 바란다.

아버지를 위한 변명, 이 물품은 전에 너에게 편지 보냈던 팀장이 억지로 보내라고 강요해서 어쩔 수 없이 보내며, 주소기표지까지 출력해와서 통신사무로 보낼 것을 협박해서 그런 것임을 PS로 알린다. 꺼이꺼이 흑흑, 요즈음은 졸병이 더 무서워.

2013. 3. 8. 아버지 씀

<u>2013년 3월 10일</u>

저녁에 영준이한테서 전화. 대기 중이란다.

상병의 편지

이제 꿈도 군대 꿈을 꾼다

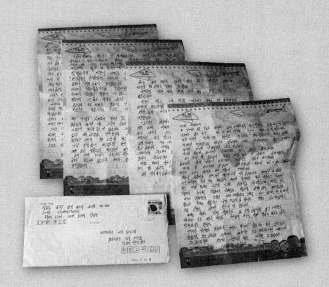

부모님께

시국이 매우 불안정합니다. 사회도 북한의 깡패 같은 위협에 뒤숭숭하겠지만 북한과 가장 가까운 전방은 심란하기 그지없습니다. 연일 중대장이 병사들을 모아 놓고 현 시국에 대해 설명하고 어떻게 대비해야 되는지 설명해 줍니다. 오늘은 주말인데도 간부들이 전부 비상 소집되었고, 수송부의 차량들이 부대 앞에 올라오면서 병사들이 바짝 긴장하기도 했습니다. 게다가 양구에 외박 나가 있던 병사들도 복귀시키면서는 진짜 무슨 일 있나 했지만 별일은 없었습니다.

하지만 긴장 상태는 여전합니다. 북한의 움직임이 심상치 않은 데다(민간 뉴스에는 나오지 않지만 이런 상황입니다.) 저들의 언론플레이도 연일 수위를 높이면서 현재 간부(하사관, 장교)들에게는 음주 금지와 함께 비상사태에 대비하라는 지시가 내려진 상태입니다. 3월 11일에 북한이 정전협정을 폐기한다는 얘기도 있어 긴장하고 있습니다. 물론 매일 있는 북한의 협박이라고 생각하지만(이런 게 안보 불감증입니다.) 아무래도 최전방지대에 있는 만큼 그냥 가볍게 넘길 수가 없습니다. 생각해 보면 그동안 사회에 있으니 몰랐던 거지 북한이 저런 태도를 보일 때마다 군대는 비상이 걸렸을 것입니다. 휴전 이래로 수도 없이 반복됐을 겁니다. 분단의 현실이 낳은 비극일 것입니다. 최근에 전화를 자주 드리는 것도 이런 시국과 무관하지 않습니다.

이런 얼어붙은 정국에도 불구하고 양구에도 봄은 옵니다. 서울도 따뜻하다고 들었지만 양구도 이제 개구리가 깨어 뛰어나올 만한 날씨가 됐습니다. 절대 안 녹을 것 같던 눈들이 녹고 선선한 바람이 붑니다. 지금 밖에 바람이 매우 심하게 부는데도 춥지가 않고 가을 날씨 수준입니다. 창문을 열어놔도 춥지가 않고, 벌, 나방이 생활관에 들어와 날아다닙니다. 뉴스를 보니 대전 기온이 26℃랍니다. 물론 내일부터는 다시 추워진답니다. 꽃샘추위도 한두 번 오고 그러겠지만 정말 봄입니다. 지옥 같은 양구의 겨울이 지나갑니다.

눈 오는 아니 비 오는 춘천 102보충대대에 입대한 지 1년이 넘었습니다. 세월 참 빠릅니다. 이제 군 생활도 270일이 안 남았습니다. 고참층이라고 불리는 상병입니다. 물론 군 생활은 상병부터가 시작이라고는 하지만 1년 잘해왔던 만큼 남은 기간도 잘 해내야겠습니다. 이 편지가 도착할 때쯤이면 휴가가 정말 얼마 안 남을 것 같습니다. 곧 뵙겠습니다.

2013. 3. 10. 기상하자마자 이른 아침에
대한민국 육군 상병 김영준

2013. 3. 15. 금요일 도착

싸이에 올린 작년 일기를 보니 입대한 지 일주일 만에 네가 집에 전화를 했는데 마침 수요예배 중이라 못 받았더구나. 그때는 많이 아쉬웠지. 일 년 전 일이구나.

올해도 전년에 이어서 걷고 책 읽는 일에 열중하고 있다. 올 들어 20여권의 책을 읽었고 만보계는 고장수리를 맡긴 지 너무 오래되었다고 새것으로 바꿔줘서 엊그제부터 허리에 매달고 다니고 있다. 스포츠 상회에 간 김에 만보계를 엄마에게도 하나 선물해 드렸다. 화이트데이 선물로.

엄마는 아버지가 독서를 핑계로 엄마와의 대화를 많이 안 해준다고 불평 중이며 철학책을 많이 읽더니 똑똑해졌다며 비꼬고 계신단다. 만보를 이유로 일주일에 두세 번은 탁구를 치고 늦게 들어가는 것도 엄마가 탐탁해하지는(【형용사】【여 불규칙】'주로 부정의 말과 함께 쓰여'모양이나 태도 따위가 마음에 들어 흡족하다.) 아니하겠으나 명분이 그럴듯하니 어쩌지 못하고 있는 것 같다.

어제는 대전우체국 근처에 있는 헌책방에 가서 한자 2급 교재를 샀단다. 원래는 3급을 사려고 했는데 헌책방인지라 2급밖에 없다 해서 그것도 다 예비하신 것이라 생각하고 5천원에 구입했단다. 표지 안쪽에 보니 검토 도장이 찍혀있는데 장교의 것으로 군대 갔다 나온 책이더구나. 이야기인 즉 올해 상반기 중 한자

2급을 딸 계획을 세우고 있다는 것이다.

　가만 생각해보니 편지를 가장해서 교묘하게 아버지가 너에게 잔소리를 해대고 있단다. 취미활동으로 판단해서 검토필 도장을 찍어주기 바란다.

　일주일 뒤면 네가 휴가를 나오는구나. 엄마는 네가 휴가 나오기 전에 서울 집을 청소한다며 오늘 올라가서 청소를 하려 했으나 형의 꺼진 휴대폰이 어머님 오시는 것을 거부하는구나. 어쩌겠니, 네가 군에서 배운 청소 실력을 발휘하는 수밖에.

　이 편지를 휴가 전에 받아볼 수 있을까?

2013. 3. 15. 아버지 씀

2013년 3월 22일

영준이가 1주일 휴가 나왔다.

2013년 3월 23일

영준이의 제의로 양정 산소에 갔다. 군에서 작업을 많이 해 본 솜씨로 할아버지 할머니 산소의 사태가 예상되는 곳을 비교적 능숙하게 보수했다. 구측 부근에서 묵밥을 먹고 유성온천에 갔다. '한우골'에 가서 어머님, 영광이, 인숙이, 재원이랑 추어탕을 먹었다.

2013년 3월 24일

금요일 휴가를 왔던 영준이가 서울로 올라갔다. 대전에는 친구가 없는지 집에 같이 있었다.

2013년 3월 28일

영준이가 귀대하는 날, 오전 반일 연가를 내고 가는 것을 지켜봤다. 들어가기 싫다고 한다. 그 느낌이 전해져서 마음이 아프다.

작명 640-244

형이 아주 가끔 전화하는 날은 기분이 몹시 좋은 날이다. 어제도 먼저 전화가 왔단다. 그리하야 엄마하고는 25분 15초를 하고는 할 이야기를 다해서인지 아버지와는 25.15초를 하는데 그칠 수밖에 없었다. 엄마의 핑계야 통화하는 동안 내가 샤워를 했기 때문에 나오기를 기다려서라고 하지만 인정하기는 어렵단다. 형이 선배로부터 모 연구소 특채를 제안 받아서 물어볼 겸이라고 했지만 어쨌거나 주가가 올라가니 전화통화 시간과 상관없이 그냥 나도 기분이 좋아짐은 부인하기가 어렵구나.

오늘도 오전까지는 날씨가 좋았는데 오후가 되면서 꾸물꾸물해지는구나. 오전에 교회 봄철 심방이 있어서 집에 다녀오는데 대전천 벚꽃이 활짝 피었더구나. 목련이야 벌써 피어서 지금이 아주 보기가 좋구. 참고로 엄마는 목련을 싫어하신단다. 왜냐면 지저분하게 진다는 이유에서인데 뭐 꽃들이 낙화하면 다 그런 것 아니겠냐? 꽃은 아니지만 엄마는 은행나무 잎을 좋아하시는데 그 이유가 어느 날 갑자기 일제히 확 떨어진다는 말도 안 되는 이유에서란다. 너도 알고 있다고? 물론 알고 있어야겠지.

3D TV로 바꾸기는 했지만 마땅하게 볼 영화를 아직 찾지는 못했단다. 형이 전화 와서 영준이 네가 다음 달 휴가 오면 좋은 프로 하나 골라서 3D 영화를 보자더구나.

한화이글스 이야기도 빼 놓을 수가 없구나. 그래도 대전 시티즌은 인천FC를 맞아서 4패 뒤에던가 1승을 올렸는데 한화는 개막 2연전을 5:6으로 그것도 역전을 당해서 지더니 대전에서 기아와의 3연전도 눈뜨고 볼 수 없는 장면을 연출하며 5연속 패배하야 내 장기 전적에도 지대한 영향을 미쳐서 드디어 아버지도 2급에서 4급으로 떨어지는 누구도 알아주지 않는 수모를 스스로 느끼고 있는 중이란다. 류현진의 데뷔전도 사무실에서 몰래 몰래 보았는데 1회 첫 2타자에게 연속 안타를 맞는 것으로 시작으로 10개씩이나 맞았지만 1자책에 그친 것이 다행이라면 다행이라 하겠다. 뭐 이런 이야기야 너도 '싸지방'에 가서 다 알고 있는 내용이겠지.

내일 아침 6시 반에 교회를 출발해서 오후에 행사를 한다하니 오후쯤에는 너를 볼 수 있겠구나. 오전까지도 엄청 날씨가 좋았는데 내일은 눈비가 온다 하니 그러하기는 하지만 비 온 땅이 굳는 거라고 전혀 어울리지 않는 비유를 억지로 쓰려니 역시 어울리지 않는구나. 아들아, 내일 오후에 보자꾸나.

2013년 4월 5일 18:51 아버지가 써서 내일 오후에 전달할 예정인 편지

PS. 여기에 동봉하는 장효조 최동원 우표는 우편요금 표시가 안 돼 있어서 '영원'히 지금 요금으로 보낼 수 있단다.

2013년 4월 6일

영준이 부대 교회에 군 선교 차 다녀왔다. 서서문 교회에서 주로 청년을 중심으로 24명이 가서 찬양도 하고, 예배도 드리고, 선물과 햄버거도 나눠줬다.

아침 7시쯤 출발해서 밤 9시쯤 대전에 도착했다. 비가 왔지만 행사에 큰 영향을 주지는 않았다. 영준이 중대장이 독실하신 분이라 졸지에 끌려온 여럿도 눈에 띄었지만 은혜가 어떻게 임할지 아무도 모르는 일.

영준이만 휴가증을 준다고 해서 아내가 완곡하게 사양하는 메시지를 중대장님께 보냈는데 어떻게 처리될지 모르겠다. 영준이야 지난 주에도 포상 휴가를 왔는데, 하면서도 나는 내심 사양 안 했으면 했지만 아내 의지대로 그냥 됐다.

2013년 4월 7일

영준이한테서 저녁 9시경 전화가 왔다. 모두 다 집에 전화하라는 지시가 떨어졌단다. 시국이 뒤숭숭하지만 대비를 잘하고 있으니 걱정 말라는 내용. 늦게 전화 와서 오히려 가족들이 놀랐겠다.

아들은 '뺑이'치며 눈 쓸고 두 눈 부릅뜨고 전선을 지키는 동안 아버지는 따뜻한 남쪽나라에 다녀왔다. 여행을 하면서 일정을 너무 이르게 잡아서 쌀쌀하다는 등 불평을 했지만 양구에 비하면 아니 양구 중에서도 군대 내에 비하면 조족지혈이겠지.

관광지는 여는 때보다 한가하기는 했다. 날씨 탓인지 정은이 탓인지는 판단하기 어려웠다. 담양에 있는 죽녹원에 가서 대나무 밭을 구경했다. 지나가는데 할머니들 일행이 멈추더니 사진을 찍어서 보내달라셔서 어머니 보듯하여 여러 장 찍었고 주소도 받았으니 인화해서 보내드릴 예정이다.

여행지를 다니다보니 주중이어서인지 대부분 어르신들이었다. 그중에서도 여성 어르신들. 계단을 한걸음에 오르지도 내리지도 못하시니 할머니를 생각하는 게 아니고 이제 멀지 않아 아버지도 저리 되겠지 하니 남의 일처럼 보이지 않는다.

이 할머님들은 일제 강점기 배고픔과 시아버지를 징용에 보내는 시절도 이겨냈고 남편이 한국전에 끌려가고 이념대립으로 어려운 시절도 이기고 아들을 월남전에 보내놓고 정안수 떠놓고 무사히 살려 보내달라며 아들이 무사귀환하기만을 바라는 기다림도 견뎌냈는데 이놈의 세월에게는 당할 재간이 없어 허리는 굽고 무릎은 상해서 이제는 걷기조차 어려워하시는 어머님들이 렌즈를 통해서 보였다. 웃음에 익숙하지 않으셔 웃으시라는 재촉에 오히려 얼굴만 일그러지신다.

이튿날 윤선도 선생이 머물던 완도 보길도에 가서 그 자취들을 더듬는데 윤선도 선생이 그 당시 조선에서 제일 갑부셨다는구나. 그곳에 머물면서도 노비가 무려 500여 명이나 되었다니 지금으로 치면 재벌이 아니더냐. 어찌 어부들의 진한 아픔을 알았겠냐마는 다시 읽어 보는 어부사시사는 곱기만 하고나. 아파하는 자, 그 아픔을 노래하는 사람 따로 있고, 가진 자들이 빈자의 정책을 입안하는 것이 세상의 이치 아니겠느냐.

아버지의 어깨 통증은 적당한 운동과 세월이 약임을 오른쪽 어깨 때 경험했음에도 불구하고 건양대병원에 가서 초음파를 찍고, 신통한 한의원에 가서 대침을 맞고, 윤재활의학과의원에 가서 진통제를 투여받는 데까지 이르렀다. 22일에 건양대병원에 예약이 되었는데 결국에 50만 원 내고 MRI 찍자고 하면 그리 할 수밖에 없고 의사 선생님은 아주 친절하게 특별한 소견이 없다고 말씀하실 게고 아마도 8월쯤에는 거의 정상이 되지 않을까 예상된다.

며칠만 지나면 덥다고 벌레가 나댄다고 곧 불평하겠지, 이 또한 세상의 이치리니.

2013. 4. 12. 갑자기 세상을 달관한 도사가 되어가는 아버지 씀

PS. 춘천에 CGV가 있더구나. 우체국 사은품이니 선물로 적절히 활용하거라.

작명 640-227

일요일 오후 한우물에 다녀왔단다. 네이버 검색결과 8.44㎞에 불과한데도 기록에 의하면 네가 지난번 휴가 왔다가 들렀던 3월 24일 이후 거의 한 달 만에 방문을 한 것이다. 그것도 공주 작은 형 가게에 갔다가 청첩장을 받아와서 어찌할 수 없이 방문해야만 했던 것이었다.

마침 참나물 어린 것들을 한 비료포대 캐서 밭에 심을 계획을 했던 할머니는 내가 어깨가 엄청 아프다는 셋째 아들의 간절 간곡한 호소에도 불구하고 꾀병을 한다시면서 어서 심으라는 엄명을 내리시니 어깨도 아픈 데다가 마음까지 시렸으며 어둑해질 때까지 눈물을 머금고 참나물 모종을 밭에 심어야 했다. 그래서 옛말에 눈물 흘리며 참나물을 심어보지 않은 자하고는 인생을 논하지 말라는 말이 다 있었지 않겠냐!

어제 때맞춰 비까지 내려주시니 할머니의 기쁨이 배로 되셨다는 엄마의 전언이 있었다. 아마 큰형이 그랬으면 할머니는 뜨끈한 방에 가서 어깨나 지지라고 했을 것이라며 엄마도 할머니의 폭정을 성토하며 오랜만에 내 편을 들어주셨단다. 아, 차자次子의 압박과 설움이라니.

동봉하는 '나만의 우표'는 14장에 가격은 15,700원으로 다소 비싼 듯 보이지만 내 얼굴이 확연하게 인쇄된 우표가 세상에 어디 있단 말이냐. 거기에다가 우체국으로 보면 막대한 부가가치를 창출하고 있음을 알 수 있으며 이게 다 아버지의 월급의 일부가 되는 것이니 지식경제부에서 미래창조과학부로 소속이 바뀐 우체국의 창조적 마케팅이라 이해하기 바란다.

물론 이미지를 이렇게 여러 종류로 아니하고 한두 종으로 하면 조금 깎아 준다고 한다. 참고하기 바란다. 당연하게 편지에도 붙일 수 있는 우표이므로 실제 사용이 가능하다. 이 또한 참고하기 바라며 홍보하기 위하여 몇 장 정도는 아버지의 직권남용으로 만들어 줄 수 있음도 참고로 말한다.

오늘은 날씨가 비교적 포근한데 내일 또 비가 온다니 5월이나 돼야 아주 짧은 봄을 보내게 될 것 같구나.

2013. 4. 24. 아버지 씀

부모님께

행군을 마쳤으니 간단히 후기를 적어 올리지 않을 수 없습니다. 행군은 전화로 말씀드렸다시피 물집 하나 안 잡히고 무사히 마쳤습니다. 봄치고는 추운 날씨와 비와 눈보라가 몰아치는 날씨였지만 기왕 할 거면 이런 날씨에 해야 운치가 있다고 생각합니다.

눈보라가 몰아치는 날씨에 완전군장을 메고 줄줄이 행군하는 보병의 모습은 장관이었습니다. 그 모습을 보셨다면 아마 모든 국민들이 최근 북한의 도발에 대해 전혀 걱정하지 않으셨을 겁니다. 군장의 무게도 만만치 않고 40km의 거리도, 양구의 오르막도, 매서운 눈보라도 행군을 하기에 좋은 상황은 아니었지만 단 한 사람의 낙오도 없이 400명이 넘는 병사들이 모두 위병소를 걸어서 통과했습니다. 대한민국의 국방은 튼튼합니다.

양구의 날씨는 도저히 종잡을 수 없습니다. 3월 말까지만 해도 이제 봄은 오고 여름이 오는 게 아닐까 싶을 정도로 날이 더웠는데 요새는 그냥 겨울입니다. 얼마 전에는 눈이 밤새 엄청나게 내려 온 세상이 하얗게 변하기도 했습니다. 이러다가 진짜 '화이트 어린이날'을 볼 것만 같습니다.

여기에서 처음 3, 4월을 보낸 애들은 지금 충격을 금치 못하고 있습니다. 4월에 이렇게 춥다니. 강원도는 강원도인 것 같습니다. 저 멀리 높은 산 위에는 아직도 반 만년설이 하얗게 쌓여 있습니다. 하지만 그 와중에도 양구楊口를 상징하는 버드나무에 연두색 순이 올라와 봄을 재촉합니다.

여기까지는 4월 12일까지 쓴 내용이고 4월 20일에 편지를 속개합니다.

일주일이 지났지만 아침저녁으로는 여전히 영하에 근접한 낮은 기온을 보입니다. 물론 태양이 뜨거워지는 게 여름이 오긴 오는 것 같습니다.

어제(4월 19일 금요일)는 오전에 작업을 하고 오후에 청소나 하고 평화로운 주말을 맞이할 참이었는데 사건이 하나 발생했습니다. 다른 대대가 전술 훈련 중이었는데 탈영병이 발생했습니다. 화장실을 간다며 나가서는 돌아오지 않은 것입니다.

몇 시간 후에 연대의 전 병력이 출동해서 탈영병 수색을 시작했습니다. 저희는 최초 탈영지부터 도로를 따라 민가 일대를 수색했습니다.

모두들 내가 탈영병이라면 벌써 버스 타고 양구를 벗어났을 거라고 투덜거리면서도 혹시나 잡으면 포상 휴가증이라도 기대하면서 세 시간을 돌아다녔습니다. 결국 탈영병은 최초 지점에서 2km 정도 떨어진 휴게소에서 잡혔습니다. 탈영 7시간 만이었습니다. 자세한 탈영의 내막은 모르겠지만 다른 대대로 전출 간 병사라고 합니다.

어느덧 휴가가 또 2주 남았습니다. 아무리 자주 나가도 좋은 게 휴가인 것 같습니다. 또 기다려집니다. 곧 뵈러 가겠습니다. 환절기에 건강 조심하십쇼.

2013. 4. 20. 아직 늦겨울인 양구에서
대한민국 육군 상병 김영준

2013. 4. 29. 월요일 도착

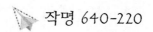

MBC 스포츠 플러스 오늘의 편성표

11:00-14:00	류현진 선발경기 생중계
14:00-15:00	류현진 선발경기 Review
15:00-17:00	류현진 선발경기 재방송
17:00-18:00	류현진 선발경기 Review
18:00-18:30	류현진 선발경기 하이라이트
18:30-22:00	프로야구 롯데:한화
22:00-23:00	프로야구 야!
23:00-01:00	류현진 선발경기 재방송

류현진이 본전을 뽑아주는구나.

　일요일과 월요일에 걸쳐서 서울 자취방에 다녀왔다. 방 정리 상태가 내가 보기에는 전에 비해서 매우 양호한 편이더구나. 그런데도 엄마가 보시기에는 아직도 많이 부족한 듯, 나는 2시쯤은 출발할 수 있겠구나 생각했는데 결국은 엄마는 출발하는 순간까지 정리하시느라 마주 앉아서 커피 한 잔 할 여유조차 없었는데도 불구하고 5시가 다 돼서야 출발할 수 있었단다.

나는 오전에 몇 가지 큰 빨랫감을 가지고 빨래방에 두어 시간 다녀온 후로는 지루하게 하품을 하고 조~용히 지냈는데 엄마는 그게 얼굴에 짜증을 잔뜩 내는 표정이었다며 다음부터는 절대로 같이 서울에 안 간다고 하셔서 오늘 아침 내내 삭삭 빌어서 '한번 생각해 보겠다'는 지극히 정치적인 발언을 유도하는 데 만족해야만 했단다. 나는 엄마의 노동시간을 경감시켜줄 목적이었지만 엄마는 아버지 때문에 스트레스 받아서 혈압이 높아졌다며 공격을 하시니 누명에도 불구하고 정말 유구무언이었단다.

서울 간 김에 형이 강의하는 것을 청강하기를 원했으나 단호한 거절로 내 심정이 쬐끔 상했단다. 아버지가 초등학교 중학교 때 일일교사 한 것 등을 되새기며 회유 협박했으나 전혀 마음을 돌이키지 않아 쩝쩝 해야만 했단다.

요즈음 엄마와 내가 동시에 왼쪽 어깨가 아픈데 나는 병원도 다니고 운동도 열심히 하는데 엄마는 나보다 상태가 좋지 않은데도 병원에 잘 가시지 않는구나.

이 편지와 네가 역경주를 하게 될 것 같은데 누가 이길까?

2013년 5월 첫날 아버지 씀

2013년 5월 8일

영준이가 두 번째 정기 휴가를 나왔다. 이제 군 생활이 7개월여 남았다. '청양식당'에서 점심을 같이 먹었다.

2013년 5월 10일

휴가 나온 영준이와 아내도 같이 태안 튤립 축제를 보고 왔다. 튤립만으로 장식되어서 단조로웠다. 오는 길에 세종시 호수공원에도 들렀다. 점심은 간월도에서 해물 칼국수로, 저녁은 흑석 '금평식당'에서 추어탕을 먹었다. 영빈이가 오랜만에 내려왔다.

2013년 5월 11일

저녁에 아이들과 같이 문화동 처가에 들렀다.

2013년 5월 12일

영빈이 영준이가 서울로 올라갔다.

2013년 5월 16일

영준이가 귀대했다. 서울에 지난 일요일 올라가서 거기서 그냥 귀대했다. 내려온다는 것을 아내가 만류.

부모님께

　기온이 30도에 육박하는 더운 날씨가 지속되고 있습니다. 무시무시한 여름이 다가오고 있습니다. 사회도 물론 덥겠지만 군대는 조금 더 덥습니다. 아직 휴가 다녀와서 별다른 야외활동이 없어 땀을 줄줄 흘리는 일은 없지만 잠깐 나갈 때도 다가올 여름이 걱정됩니다. 뭐, 여름 한 번만 잘 넘기면 되니까 한 번 눈 딱 감고 여름 지내보겠습니다. 지난 화, 수요일에는 현재 북한의 핵 위협과 관련되어 핵전쟁 상황에 대한 교육이 진행되었습니다. 원래는 제가 가는 게 아닌데 똘똘하다는 이유로 뽑혀서 교육을 받으러 다녀왔습니다.

　가기 전부터 또 대한민국에서 빠질 수 없는 선행 학습을 하루 이틀 정도 했습니다. 생전 처음 본 화학장비들에 대해 배우고 화생방보호의(우주복 같이 생긴 두꺼운 방호복이 있습니다)도 입어보고, 핵공격에 대한 이론적 공부도 했습니다. 제가 가서 배운 건 핵공격 시 기본적인 생존요령과 전문적인 방사능 측정 절차에 대한 것이었습니다. 제가 이 교육을 받고 중대에서 할 역할이 정찰조이기 때문에 지휘관의 명령에 따라 방사능량을 측정하고 부대의 활동 가능 여부를 판단할 수 있게 해주는 각종 교육을 받습니다. 과연 핵무기가 터지고 낙진이 떨어지는 상황에서 어느 정도나 생존율이 올라갈지 모르겠지만 또 후방 국민의 안전을 위해 교육받은 기본적인 사항을 좀 알려드리겠습니다.

북한이 최근 핵실험을 한 핵의 위력은 6~7 KT으로 소형 핵입니다. 물론 북한이 보유한 핵의 총 규모가 40KT이 넘는 것으로 추정되니 위험성은 상존합니다. 20KT 정도의 핵무기가 폭발하면 중심으로부터 1.2㎞가 완파되고 2.5㎞가 반파되며 초속 3.2㎞의 폭풍이 순간적으로 몰아치게 됩니다. 그리고 낙진(방사능을 포함한 먼지, 핵폭발 지점으로부터 40㎞까지 날아갑니다)에 의해 방사능 피해를 입게 됩니다.

일단 핵이 폭발하는 반짝하는 섬광을 보게 되면 군인은 그 방향으로 엎드려야 하나 일반인은 방탄이 없기 때문에 폭발의 반대방향으로 복부와 무릎을 지면으로부터 이격시키고 발과 팔꿈치만 지면에 붙이고 손가락으로 귀와 코, 눈을 막고 입으로는 아~ 소리를 내며 엎드려 있어야 합니다. 입을 벌리고 소리를 내야 내장을 보호할 수 있습니다. 초속 3.2㎞로 날아오는 핵폭풍을 피하려면 매우 빠른 동작이 필요합니다. 하지만 이는 개활지에서 만났을 때 얘기고, 가장 좋은 방법은 콘크리트 지하 건물에 숨는 것입니다. 일본 히로시마에 원폭이 떨어졌을 때도 콘크리트 건물들은 제법 멀쩡했고 폭발지점 170m 거리에서 콘크리트 건물 지하에서 생존한 사람도 있습니다. 지하의 경우 건물 가장자리에 숨는 게 좋고 1층의 경우는 중앙이 좋습니다. 폭발 시 파편이 튈 수 있습니다. 방사능의 경우 40㎝ 이상의 두꺼운 흙, 콘크리트를 뚫지 못합니다. 40㎝의 흙으로 덮힌 지하로 들어가면 방사능 피해의 98% 이상을 줄일 수 있습니다.

표면에서 폭발한 핵의 위력으로 공중에 퍼진 방사능을 포함한 먼지들이 다시 땅으로 떨어지는 게 낙진입니다. 낙진이 피부에 닿을 경우 방사능 피해를 입기 때문에 피부, 호흡기 접촉을 피해야 합니다. 개활지에서 낙진을 만날 경우 비닐 등으로 몸을 신속히 가려야 합니다. 그리고 핵폭발 이후 생존했더라도 함부로 바깥으로 나오면 안 됩니다. 잔류방사선이 대기 중에 있기 때문에 위험합니다. 정확히 언제까지 나오면 안 되는지 기준은 없지만 방사선은 초기 24시간까지 급격히 감소합니다.

이 정도의 내용이면 핵폭발 시 생존가능성이 높아지긴 하지만 현재로서는 북한이 핵을 발사할 가능성이 낮습니다. 핵실험을 하긴 했지만 핵탄두를 소형화해서 발사할 기술이 없을 뿐더러 한·미의 정보력이 핵 발사 이전에 탐지해서 핵 발사 원점을 타격하는 것이 가능하기 때문에 안심하고 생업에 종사하셔도 됩니다.

이제 군 생활이 200일정도 남았습니다. 매일 전역 날짜만 세는 것 같기도 하지만 셀 수밖에 없습니다. 부대에서 청소가 보름에 한 번씩 바뀌는데 계산해보니 화장실 청소를 3번만 더하면 집에 갈 수 있습니다.

휴가에서 복귀하자마자 다음날에 위병소 근무를 들어갔습니다. 휴일에는 주로 면회객들이 많이 들어와서 위병소가 시끌벅적합니다. 보면 계급 낮은 이등병, 일병 부모님들이 많이 오시는데 조금 짠합니다. 이등병 때 면회외박 나가면 그렇게 좋을 수가 없는데 그 기분이 느껴지는 것만 같았습니다. 정말 분단의 비극이 아닐 수 없습니다. 지금까지 분단 이래로 얼마나 많은 대한민국 군인과 그 가족들이 재회의 기쁨과 이별의 아쉬움을 느껴야 했겠습니까.

우리의 중조부모가 조국 독립을 이루었고 조부모가 경제성장을 이루어냈으며 부모세대는 민주화를 이루어냈습니다. 이제 그렇다면 저희 세대가 해야 할 일은 통일인 것 같습니다. 얘기가 '범세계시민적'으로 흐른 것 같습니다.

벌써 개구리가 개굴개굴 울어대더니 지금은 뻐꾸기가 아주 청아한 목소리로 울고 있습니다. 양구 산속에서 들으니 소리가 아주 맑습니다.

더운 여름에 건강 조심하십쇼.

2013. 5. 25. 여름은 문턱이라고 하기엔 너무 더운 강원도 산속에서
대한민국 육군상병 김영준

2013. 5. 27. 목요일 도착

50년 넘게 나는 남자들 팬티의 앞트임의 용도를 알지 못했다. 남들도 다 나처럼 허리띠를 풀고 소변을 보는 줄 알았는데 그게 아니고 84.3%가 바지 지퍼만 내리고 앞트임에서 물건을 꺼내서 소변을 배출한다는 사실을 2006년에야 비로소 알았다. 내가 하는 특정행동을 일반화하는 오류를 범한 것이다.

아버지의 올해 목표 '만보백권' 외에도 또 실천하는 게 있다면 소변을 양변기에 앉아서 보는 것이다. 집에서만 그러는 게 아니고 뭐라는 사람도 없는 사무실에서도 실천한단다.

주지하는 바와 같이 서서 양변기에 소변을 보면 파편이 튀기 마련이고 청소하는 사람(집에서는 엄마가 되겠지)은 그 지린내를 고스란히 감내해야 된다고 수없이 잔소리를 했지만 간 큰 사나이 대장부가 어찌 여편네들처럼 앉아서 일을 보느냐며 비록 작은 일이라지만 그리 할 수는 없다는 강한 신념을 가지고 버텼는데 이제 그 잔소리 융단폭격에 무릎을 꿇고 만 것이란다.

예전에 여성들을 비하할 때 '앉아 작은 일을 보는 인간들'이라며 싹 무시하기도 했는데… 아, 옛날이여! 그런 잔소리를 하면 며칠 동안 작은 일을 치른 후에 샤워기를 이용해서 변기 주변에 물을 뿌리면서 거칠게 대항을 하곤 했단다.

사람들은 흔히 젊은 사람의 오줌 줄기가 강해서 더 튈 것이라 생각하지만 실제는 줄기가 약한 50대 이후가 오히려 약해서 파편이 튄단다. 서서쏴의 자세에서 또 발생하는 것은 그 파편 내지는 잔뇨가 지퍼 부근에 묻어서 다림질을 할 때 지린내가 난다는 사실도 최근에야 알았단다. 이것도 앉아쏴를 하게 된 동기 중 하나라 할 수 있다.

올 초 중앙일보던가 남자가 앉아서 소변을 보면 전립선이 좋아진다는데 남성을 우롱하고 조소하고 꾀이는 못된 신문기사로 전혀 동의할 수 없단다. 이 기사 때문에 그런 것은 아니고 최근에 경향신문으로 바꿨단다. 술을 먹고도 젊은 사람이 트림을 하면 술 성분 중 좋은 성분만 밖으로 나오는데 나이가 들면 그 향기가 부패되어서 나오듯 요성분 또한 그리 되는 게 슬픈 노옹들의 현실이란다.

이왕에 하는 것, 요즈음은 발전을 해서 여성들처럼 쏴 후 화장지를 이용하여 잔뇨를 완벽하게 제거하는 주도면밀함을 더하게 했단다. 우스갯소리로 너도 아는 이야기이겠지만 당황은 남자가 트럭 옆에서 일을 보는데 차가 출발하는 것이며, 황당은 소변기에 서서 힘을 주었는데 분뇨가 배출되는 것이라는데 당황내지는 황당 상황이 발생되지 않는다는 결정적인 장점도 있단다.

앉아쏴를 하는 시행 초기에는 50여 년 동안 변기에 앉으면 뒤에 힘을 줬는데 이제는 앞에 힘을 모아야 하는 상황에 적응이 안 돼서 약간의 적응기간과 애로가 있었지만 은근과 끈기로 극복했단다. 쓰고 보니 어색한 표현이다. 이런 아버지를 갸륵하다 거나 불쌍하다거나 어여쁘다는 생각은 하지 말 것이며 저는 아버지와 달라서 저~얼대로 그리 아니 할 것이라는 허황된 결심을 하지도 말지어다.

아버지가 그저 요즈음 그렇다는 것을 단순히 간단하게 전하는 것뿐이란다. 류현진이 완봉승을 했다는 것은 너도 알 것이고 1987년 3월 25일 태어났더구나. 같은 87년 생이라고 어찌 우리 아들과 연봉과 몸무게를 비교하랴! 결정적으로 걔는 군대도 안 갔고 너는 현역 육군 상등병이라는 것이 엄연한 사실이다. 그리고, 다만 그렇다는 것이다.

2013. 5. 29. 소사에 슬퍼하거나 노여워하지 않는 대범한 아버지 씀

오늘 한화의 선발투수는 송창현이다. 이게 한화의 현주소다. 장성호를 롯데에 주고 데려온 선수다. 올스타전 투표가 시작됐는데 전 포지션에서 꼴찌를 기록하고 있다. 실수 - 의도적인 실수, 김태균 선수는 4등 꼴찌가 아니고 다행히 3등이다. 11포지션 중 10명이 꼴찌다. 그나마 류현진이 연봉 값을 하는 것이 기다려지는 이즈음이다. 트레이드를 하더라도 글쎄 김태균 하나 정도가 관심의 대상이나 될까? 그러함에도 한밭야구장의 관중은 역대 최고를 기록하고 있다니 아이러니하다.

그런데 진짜 문제는 이런 얘기를 내가 너에게 알려주기도 전에 너도 이미 안다는 사실이다. 전화도 비교적 자유롭게 되어 사회에서 지내는 아버지와 육군 상병과 정보의 속도가 똑같다니 참을 수 없는 존재의 가벼움이라니. 따라서 아버지는 절규하며 호소하건대 군대에서 인터넷을 차단하고 전화를 막아야 된다고 강력하게 주장하는 바이다. 단, 2013년 12월 5일부로 시행할 것을 권고한다. 사회나 군대나 똑같다면 누가 사회에 있으려고 하겠냐? 먹여주고 재워주는 군대로 가지.

형은 갈수록 기고만장(① 일이 뜻대로 잘되어 뽐내는 기세가 대단함. 함이 하늘을 찌를듯하다.)하고 시험을 잘 봤다고 해서 가르치는 학생들이 시험을 잘 본 줄 알았더니 자신이 시험을 너~무 잘 봤다는 것이다. 개구리 적 생각은 하는지 모르겠다. 그래도 아버지가 참는 것은 회사를 창업해서 돈을 얼른 많이 벌어서 15년 전의 약속을 다시 상기하며 페라리를 사준다고 재차 약속하니 그냥 넘어갈 수밖에 없다. 이쯤해서 영준이와도 약속하고 싶은 굴뚝같은 나의 심정을 잘 알리라고 본다. 고대하고 있겠다.

지난 6월 6일 엄마와 〈전국노래자랑〉 영화를 봤다. 이 영화를 보려고 간 것이 아니라 〈은밀하게 위대하게〉를 보러 갔는데 표가 매진되어 은 대신 전이라고, 전을 봤다. 창피한 얘기지만 영화를 보면서 눈물이 났다. 전에도 여러 번 얘기했지만 나이가 들면 안구가 건조해져서 눈물이 자주 난다는 게 의학적 해석이다. 영화 내용은 그저 그런 수준이었지만 아버지는 '꿈'에 대해 생각했단다. 아버지의 꿈은 무엇이었을까? 도대체 꿈을 꾼 적이라도 있었는가 생각하니 공연히 눈물이 났다.

성공과 실패를 떠나, 생의 의미 여부를 묻기 전에 어쩌다 이 자리에 있음이 나를 슬프게 했다. 그리고 일기에 썼다. '내 아들들아 꿈을 꾸거라' 토요일 예매를 해서 보고 온 '은밀하게 위대하게'의 마지막 부분에서 돌아가고 싶다는 스파이의 독백을 보면서 꿈을 생각했고, 일요일 저녁 월드컵 경기장에서 있었던 조용필 콘서트를 보면서도 조용필은 꿈을 이룬 것일까 생각했다.

내 아들 영준아, 꿈을 꾸거라.

2013. 6. 11. 아버지 씀

거시기(말하다가 말이 막힐 때나 바로 말하기가 곤란할 때 나오는 소리.)하다만 지난번 얘기한 영화나 콘서트는 무료로 관람했단다. 이 얘기를 굳이 꺼내는 이유는 뭐든지 적당한 대가를 지불해야 그에 맞는 느낌도 받을 수 있다는 거다. 그날 콘서트 입장권 10만원을 지불한 사람은 10만원어치 느낌이나 흥을 받았을 것이고 나처럼 무임승차한 사람은 전철과 버스요금 1,100원 만큼 받았겠지. 작년에 읽은 100여 권의 책은 대부분 도서관에서 빌려서 읽었는데 그 또한 마찬가지가 아니었을까? 올해도 30여 권의 책을 읽었는데 진도도 감흥도 떨어져 이제는 사서 읽을까 생각 중이다.

하기는 공짜가 어디 있겠냐? 내가 열심히 마케팅을 해서 상품으로 받은 영화 관람권이고 콘서트도 보험 모집인들 행사의 일환이었지만 내가 열심히 노력해서 실적을 올리게 만든 결과물이라 생각되기도 한다. 책 또한 내가 이 미래창조과학부에 기여한 대가로 우체국이 나에게 주는 혜택이지 절대 공짜는 아니지 않겠느냐! 이리 생각하니 마음이 조금은 편해지는구나.

말 나온 김에 네가 공짜로 나에게 양여한 스마트폰은 방수처리가 안 되는 품질 미달로 고장이 나서 수명을 다했단다. 어항 물고기를 사가지고 오면서 물이 고여 있는 줄도 모르고 차에서 내리면서 전화기를 검은 봉다리 속에 넣었는데 글쎄 폰이 익사하였구나. HTC 대리점에 가서 분연히 이런 방수도 안 되는 제품을 팔았다고 강력 항의 했으나 현재 스마트폰 중 방수가 되는 제품은 없다더구나.

수리비가 15,000원까지는 참을 수 있으나 부품 값이 35만 원이라고 해서 당분간 스마트폰 없는 세상에서 살기로 결심했는데, 이를 눈치 챈 지원과장이 오래전 자기가 쓰던 폰을 무상으로 양여하여 카드 2개만 옮기니 이게 내 폰이 되더구나. 신기하기도 하고 무섭기도 하더구나. 몸은 죽었는데 뇌는 살아있는 것이 아니냐. 구형이고 비교적 작은 폰이고 문자 입력방식이 달라서 요즈음 고전을 면치 못하고 있다. SD카드 오류로 폰을 고치러 가니 고쳐줄 생각보다는 어떻게든 신형 폰을 공짜로 준다고 나를 유혹하지만 올 연말 기계 값이 다 정산되는 네가 제대하기 전까지 이 구형 폰을 쓸 계획이다.

2013. 6. 14. 세상에 공짜는 없음을 강력히 주장하고 싶은 아버지 씀

오늘 새벽 3시에 일어나 류현진 경기를 봤다. 일어나라는 표현은 적합하지 않다. 자다가 우연하게 눈이 떠졌고 그 길로 4시 20분까지 시청을 하고 새벽기도회를 다녀왔다. 6월 10일부터 말일까지 특별새벽기도회가 있다.

'우연하게'라고 표현은 했지만 류현진 경기를 보고 싶다는 강한 욕망이 나를 눈뜨게 하지 않았을까? 어제 한화는 전 한화선수 지금은 기아선수 이범호의 연타석 홈런으로 초토화가 된 데다가 류현진까지 지고 잠까지 못 자서 심정적으로 육체적으로나 피곤하단다.

하기야 한화경기는 늦은 저녁에 하이라이트만 조금 봤고 새벽예배 다녀와서 9시경까지 취침했기 때문에 그리 피곤한 것은 아니다. 오늘 충청지방우정청에 6시그마 발표가 있어 10시 반에 일과를 시작했기에 가능한 일이다.

요즈음 선생 노릇에 대해서 생각이 많다. 주일학교 설교를 맡은 지가 몇 개월 지났는데 처음에는 그냥저냥 했는데 요즈음 내가 정말 말씀을 전할 자격이 있는지 고민을 하곤 한단다.

아이들에게 본보기가 되는지 돌아보곤 하는데 나는 자격이 많이 부족하다고 생각한단다. 그래서 엄마에게 자문을 구하면 엄마는 그냥 교사용 공과에 나와있는 대로 읽기만 해도 은혜받을 어린이는 다 받는다고 하는데 나는 그 의견을 받아들이기 어렵단다. 내가 그저 공과만 읽으면 아무리 어린아이라도 금방 그런 사실을 알아차리고 그런 내 설교에 은혜받기 어려우리라는 게 내 생각이다. 어렵다. 오늘도 6시그마 발표시 지도를 하러 간 건데 나보고 추진하라면, 나도 그리 못 하면서 이리하라 저리하라 하면 그게 더 웃기는 얘기가 아니겠냐. 그래도 임무에 충실하느라 이런 소리 저런 소리를 했는데 하고 나면 대개는 가만 있을 걸 하는 생각이 들고는 한단다. 그러면서도 나에게 이 비슷한 공격을 하는 사람이 있으면 나는 주저 없이 내 변호를 한단다. 그럼 국가대표 감독을 박지성이 해야지라고 자기변명을 하곤 한단다. 가르치는 게 어렵다는 한마디만 하면 되는데 이리 말이 길어졌구나. 덥구나. 이런 원래는 내 생일이 다음 월요일이라는 것을 강조하려고 편지를 시작했는데 엉뚱한 방향으로 흘렀구나.

아버지 생일이 6월 24일이다. 음력 5월 16일. 형한테 생일축하 사절을 의논하자고 카톡을 보냈더니 기꺼운 마음으로 토요일 부산에서 세미나가 끝나면 대전에 내려서 사절 노릇을 한다는구나. 그런데 형 생일이 토요일 6월 22일이 아니더냐. 사진만 보내려다 몇 자 적는다는 게 길어졌구나.

2013. 6. 20. 올 들어 에어컨을 처음 튼 추운 사무실에서
덜덜 떨며 아버지 씀

부모님께

날씨가 매우 덥습니다. 그늘은 아직 시원한데 햇빛에 나가면 익어버릴 것 같습니다. 시원한 계곡물에 발 담그고, 나무 그늘에 앉아 물에 넣어 놨던 수박 쪼개먹기엔 좋은 날씨지만 햇빛 아래 있기에는 영 좋은 날씨가 아닙니다.

요즈음 월, 수, 금 아침에 1종 계원 역할을 하고 다닙니다. 아침에 트럭 타고 보수대(보급수송대)에 가서 닭, 돼지, 김치, 두부, 야채 등 부식을 받아서 부대 근처 고지에 있는 다른 부대에 보내주는 일을 합니다. 그 부대가 너무 높은 고지에 있어 케이블카에 부식을 넣어 올려줍니다. 쌀, 가스통도 올려주고 거기서 나오는 쓰레기(음식물 쓰레기 포함)는 다시 내려옵니다. 원래 이 일은 제 후임이 하던 건데 휴가를 가게 되면서 제가 6월에만 하게 되었습니다.

요새 이거 말고도 다양한 일을 합니다. 남들이 하던 일을, 그 사람이 휴가를 가거나 일이 생기면 제가 대타를 들어갑니다. 부식 수령도 그렇고 월, 화, 수요일에는 위병조장도 들어갔습니다. 앞에 총 들고 서 있는 두 명 말고 뒤에 컴퓨터 앞에 앉아 있는 사람입니다. 면회 오셨을 때 신분증 받고 컴퓨터로 입력하던 그 사람 역할을 제가 하고 있습니다. 컴퓨터로 누가 들어오고 누가 나갔는지를 입력하고 전체적인 위병소 통제의 역할을 합니다.

제가 하는 부식 수령은 고작 42명분입니다. 사실 옮길 게 별로 없습니다. 그런데 오늘 연대 1종 계원이 대략 1,500명 정도의 부식을 수령하는 걸 보니 장난이 아니었습니다. 부식 수령할 게 너무 많다고 해서 그중 일부를 저희 트럭에 옮겨 담는데 날씨 탓도 있었겠지만 땀이 비 오듯 흘렀습니다. 고추장, 된장 같은 기본 조미료만 해도 양이 어마어마했습니다. 어쩐지 가끔 연대 1종 계원을 보면 팔뚝이 굵다고 생각했는데 일로 다져진 몸인 듯합니다.

어제는 근무를 서는데 반딧불이 사방에서 반짝거렸습니다. 겨울에는 좀처럼 볼 수 없었던 풍경이었습니다. 근무 중이지만 반딧불을 잡아서 손바닥 안에서 반짝거리는 걸 보기도 하고 그랬습니다. 군 생활만 아니었으면 더 낭만적이었겠지만 군 생활을 하고 있으니까 그런 사소한 것도 눈에 보이고 근무시간 내내 볼 수도 있고 그런 것 아니겠습니까?

날씨가 이제 정말 한여름 무더위로 넘어가는 것 같습니다. 그래도 앞으로 두 달만 더우면 8월 중순부터는 아침저녁으로 쌀쌀해지기 시작할 테니 금방입니다. 유격 훈련은 7월 8일~12일로 잡혔습니다. 유격이 이제 한 달도 안 남았습니다.

아무쪼록 더운 날씨에 건강 조심하시기 바랍니다.

2013. 6. 14. 19:25 샤워를 마치고
무더위가 기승을 부리기 시작한 양구에서 육군 상병 김영준

2013. 6. 26. 수요일 도착

상병의 편지

2013년 6월 26일

영광이가 훈련을 마치는 날인데 '한우골'로 외출 나와서 가 봤다.
점심을 같이 먹었다. 간 김에 영광이를 보러 온 친구들에게도 카드
모집했다. 오, 투철한 직업정신이여!

작명 640-5.7

　수요일 영광이가 훈련소를 수료하고 면회외출을 한우물로 와서 아버지가 가서 위로 격려하고 왔단다. 얼굴이 그을리고 몸무게가 약간 줄었다고 하더구나. 군사□□이지만 전하는 바에 의하면 대전에 있는 육□종□군□학교에서 후반기 교육을 받는다는구나. 그리하야 영광이가 계룡대로 배치를 받으면 영광이의 군대구도가 완성된다는 작은아버지 표현이다.

　방학이라 영은이도 와 있더구나. 영광이가 네 편지를 잘 받았다고 하더구나. 그런데 그 편지가 30㎞ 행군이 끝난 바로 다음 날 들어와서 이미 영광이 발에는 물집이 생긴 후였는데 네가 신지 말라는 양말을 공교롭게도 신었다는구나.

　다 아버지 책임이다. 편지가 제때 배달되었으면 그런 일이 없었을 텐데 말이다. 전 우체국 직원을 대표해서 영광이 및 우리 작은아들에게 심심한 위로의 말씀을 전하는 바이다. 아버지는 그럴 생각이 전혀 없었는데, 작은아버지 내외와 영광이 영은이 그리고 영광이를 보러온 친구 2명에게 스마트뱅킹 및 체크카드를 모집했다. 전혀 의도적으로 할 의사가 없었지만, 작은아버지가 자발적으로 강권해서 했다는 것을 전하는 바이다.

　오늘 네 체크카드도 임의로 만들었는데 이는 실명제법을 위반한 소행이며 아버지가 아무리 친권자라지만(아니다 너는 성인이라

내가 친권자가 아니구나) 대신 사인을 했기 때문에 공문서를 위조한 것이며 크게 바라보면 국기를 문란하게 한 행위라 할 수도 있을 것이나, 우체국 예금사업의 무궁한 발전을 위한 불가피한 조치로 이해해 줄 것으로 굳게 믿는다.

이런, 이야기가 엉뚱한 곳으로 전개되었구나. 영광이 군대구도를 들으신 엄마는 '양구로 아들을 군대 보내봐야 알지' 그러면서 질투 노여움을 보이시더구나. 그렇지만 군대 안 간 형을 생각해서 참으시라 했건만 영빈이는 그렇게 큰 상처가 있는데 면제되어야 함에도 공익으로 복무함이 부당하다는 말씀을 해서 나도 그리 넘어가기로 한다.

네가 부식수령을 며칠 하고 그랬다는데 수없이 이야기했듯이 보통 2,000명 여름 동원훈련 인원이 들어오거나 육사생도가 들어오면 3,000여명의 부식을 날랐다는 아버지의 전설을 기억하거라. 지난 일요일 한화의 경기를 도저히 눈뜨고 볼 수가 없어서 '진짜 사나이'에서 유격하는 것을 보았는데 아, 저런 어렵고 힘든 일을 내가 버텼다는 게 스스로 대견하기도 하고 알 수 없는 슬픔과 분노가 동시에 느껴지더구나.

네가 다음 주면 유격을 간다는데 너는 한 번이지만 이 '아바이'는 세 번이나 그 유격을 견뎠단다. 또 라면을 주고 유격을 어쨌다는 둥 그런 허무맹랑하게 날조된 유언비어를 너는 정녕코 믿지 아니할 것으로 아버지는 확신한다. 오늘 또 거시기한 이야기를 하면 사무실에 냉방이 되니 오십견이 찾아온 왼쪽 어깨가 쑤시는구나. 그래도 더운 것보다는 조금 낫지만 더운 곳에서 군 생활하는 아들을 생각하니 영 편치 못한 에어컨 바람이구나. 형은 여자친구로부터 최신식 요리도 가능한 압력밥솥을 생일선 물로 받았다는구나. 신기하기는 하다. 언제 공부하고 데이트하 고 요리하고 영화는 뭐 560편을 봤다고! 놀랍고 신기한 현상이 다. 아버지가 추운 곳에서 떨며 편지를 쓰려니 횡설수설이로고. 어쨌거나, 유격 파이팅! 맞다.

한화가 이번 주중 경기를 '스윕' 했단다. 1승무패. 너도 알다시 피 2경기는 하늘의 협조로 취소되었기 때문에 달성한 대단히 경이로운 기록이다. 잘 지내거라. 다시 한 번 대한민국 육군 그 리고 유격훈련 파이팅이다.

2013. 6. 28. 아버지 씀

그래서 직원 여러분이 보시기에 제 사업추진 방식이 다소 무리하게 비쳐질 수도 있었겠습니다. 물론 직원 여러분의 전폭적인 협조가 우선되긴 했지만 제 사업추진방식이 잘못되었다고 생각지는 않습니다. 감히 공자님의 말씀을 빌리자면, 하루는 제자가 공자님께 '모든 사람이 좋아하는 사람이 좋은 사람입니까?' 이렇게 물었습니다. 공자님은 아니라고 말씀하셨습니다.

2005년 가을 유쾌하지 못하게 다른 국으로 가시는 국장의 이임사를 내가 대필하게 되었는데 그때 그 이임사의 일부다. 최근에 그 국장을 만날 기회가 있었는데 그때 내가 써준 그 이임사를 그대로 읽어줘서 참 고맙다고 했다.

우리 충청지방우정청 즉 충청도 우체국이 요즈음 고민하고 있는 것은 내부고객 즉 직원 만족도가 매년 꼴찌를 하고 있다는 거다. 여러 가지 사업평가에서는 전국 최고를 기록하는데 만족도는 꼴찌라 여러 분석도 해보고 대책도 세워보지만 뾰족한 대안이 없는 모양이다. 어제 퇴직한 옛 동료를 만나니 나에 대한 안 좋은 평가가 있었다는 것을 전해 주는데 공자의 말씀을 남의 이임사로 써준 나이지만 그 평가에 대한 감정의 흔들림이 있었다. 젊었을 때는 나를 지지하는 20%만 있으면 나는 내 길을 가겠다고 호기를 부렸지만 이제는 그럴 기운이 남아있지 않은 모양이다.

올 상반기 약간은 무리를 해서 내가 담당한 분야의 성적이 양호한 편이다. 가만 생각해보니 사업성적은 좋을지 모르지만 나에 대한 평가, 우리 직원들의 만족도는 어땠을까? 사업실적도 좋고 평판도 좋다면 물론 최상이지만 그것은 어쩌면 세상의 이치에도 배치되는 일은 아닐까 스스로 위안거리를 찾아본다.

5 곱하기 5, 누구나 행과 불행, 선과 악이 반반씩 구성되는 것이 세상의 이치이고 행불행선악들도 각각의 역할이 있지 않을까 하는 생각을 하곤 한단다. 이렇게 생각하다 보면 행불행은 그렇다 치더라도 선과 악은 그 경계가 어디일까?

다시 돌아가서 청(상급기관)에서 직원만족도에 대한 여러 평가를 해보다가 결국은 이런 결론을 내렸단다. 충청도 기질이라고. 앞에서는 '예예' 하지만 그 '예'가 충청도 사람에게는 동의나 실천의 의미가 아니라 그 의견이 존재하는 것을 인정한다는 의미로 쓰이는 것 같구나.

군에서도 여러 지역 사람들이 모여서 생활하게 되니 여러 빛깔들이 모여서 때로는 무지개를 만들기도 하고, 흙탕물이 되기도 하겠지.

오늘은 마치 아버지가 공자님처럼 말씀하시는구나.

2013. 7. 2. 아버지 씀

작명 640-5.2

2000년 8월 4일 8시 30분 서부터미널에서 서천행 무정차를 타고 서천우체국에서 10시 45분에 출정을 알리는 엽서에 각자의 사인을 해서 집으로 보내고 서천 하구둑에 내려서 이틀을 걸어서 방동다리를 건너니 20시 45분, 그리 도보여행이 끝났었지.

영준아, 네가 8월초에 휴가가 예정되어 있다니 그 기간 중 3부자三父子 금강종주 13주년을 기념하여 다시 한 번 그 코스로 도보여행을 하면 어떨까하는 생각이 드는구나. 머릿속으로 구체적인 계획은 형도 포함시켜서 도마동 집에서 하구둑까지는 승용차로 가서, 거기서 사나이 셋은 걸어서 가고, 엄마야 승용차로 집으로 가시는 것으로 하면 좋을 것 같다. 강경쯤에 가서 1박을 하고 다시 걸어서 공주까지 가서 강변분식에서 저녁을 먹고 집으로 오는 그런 계획 말이다. 지금은 자전거 도로가 잘 되어있으니 자전거 전용도로를 따라서 걸으면 자전거족들에게는 걷는 우리가 장애물이 되겠지만 걷는 데는 차가 다니는 도로보다는 안전하겠지.

아버지, 군대에서 행군은 충분하게 했습니다. 휴가까지 나와서 걷는다는 건, 아버지 아무리 생각해도 너무합니다라고 할 것 같기는 하구나. 차라리 휴가 안 나가고 유격훈련 가는 게 낫겠습니다 이러면 군 전체의 사기에 지대한 문제가 되니 심사숙고 삼고초려하마. 문제는 아버지의 체력이 문제가 될 것으로 예상된다. 13년 전 40대 중반에도 힘이 들었는데 이제 나도 내일 모레 글피가 환갑이구나. 끔찍하다. 어쨌거나 오늘부터 당장 체력훈련을 시작해서 금강종주에 대비하마.

엊그제 보낸 소포의 내용물 중 라면은 우체국 체크카드를 만든 사람들에게 선장품으로 주는 것으로 네가 카드를 만들었기 (정확히는 아버지가 친자를 대리해서) 때문에 정당하게 보낸 것이니 염려하지 않아도 된단다. 탁구공은 탁구모임 회장에게 간청 및 협박하여 군대 위문품으로 협찬을 받은 것이며, 볼펜은 작년에 산 것이라 아니, 의제(성질이 전연 다른 것을 법률상 동일한 것으로 간주하여, 동일한 법률상의 효과를 주는 일)로 너에게 보낸다고 기증받은 것이라 거시기하지만 공소시효가 이미 소멸된 것으로 알고 보냈다. 잘 쓰거라. 커피는 1+1 행사시 본 제품 뒤에 달랑달랑 붙어 있는 것을 떼어서 보냈다. 미안하다. 다음엔 정품으로 보내마. 부채는 꺾어진 상병 고참으로서 품위유지를 위해서 사용이 가능할 것으로 임의 판단하여 보냈으니 에너지 절약에 동참함을 강조하며 요령껏 사용하기 바란다.

이상 끝.

2013. 7. 3. 정년이 꼭 3년 남은 아버지 씀

<u>2013년 7월 9일</u>

군에 있는 영준이가 '아내와 함께 떠나는 국토 여행'을 보내왔다.
결혼기념일 선물로. 7월 17일, 결혼 31주년이다.

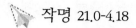

　월요일, 제기 공화국(아들 자취방)에서 갑자기 비자발급을 거부하는 바람에 할 수 없이 부여 궁남지에 다녀왔다. 군대말로 표현을 하자면 '요즈음 사회 아니 부자유친 관계가 많이 좋아졌다'라는 것 아니겠느냐. 어찌 감히, 부왕마마의 행차를 감히, 그것도 출발 전날 감히, 그것도 카톡으로 달랑 '너무 정신이 없는 관계로 다음에 오시기를 간청합니다'라고 함이 동방예의지국에서 어찌 됨이뇨. 사무실에는 서울 아들 집에 간다고 휴가까지 받아놨는데, 카풀하는 옆 통로 인쇄소 사장님께는 카풀 못 한다고 죄송합니다란 양해까지 구해놨있는데 정말 감히다. '감히'의 사전적 의미를 파악하건대

① 두려움이나 송구함을 무릅쓰고. (ex) ~ 아뢰다.
② 말이나 행동이 주제넘게. (ex) 뉘 앞이라고 ~ 그런 말을 하느냐.
③ (주로 '못하다'와 함께 쓰여) 함부로. 만만하게. (ex) 선생님이 어려워서 ~ 얼굴도 못 들다.

　너는 위 1, 2, 3번 중 형이 자행한 소행 아니 만행이 어디에 해당된다고 판단하느냐?

기왕에 늦게까지 취침을 한 후 11시경 부여로 출발해서 아직 연꽃축제가 시작 전인 궁남지를 휘이 돌면서 연꽃을 구경했단다. 오히려 축제기간 전이라 깨끗하기도 하고 사람도 적어 한산해서 좋더구나. 부소산 아래서 냉면을 먹고 정림사지 석탑을 보러갔더니 여기서도 비자발급을 거부하는구나. 이유인즉 그게 단지 월요일이란 이유에서다. 이런 뭔가 일이 자알 풀리는 날이다. 당연히 백제재현단지와 국립부여박물관도 마찬가지.

오는 길에 양정산소에 들러서 산소를 돌보러 갔는데 어마마마를 산山모기가 너무 반겨서 참을 수가 없다며 철수를 지시하셔서 나는 다만 어마마마의 뜻을 존중하는 의미에서 눈물을 머금고 할아버지 할머니 아버지께 조기 철수함을 고告해야 했단다. 엄마에게 책임을 돌리려는 의도는 전혀 없으며 다만 사실을 사실 그대로 전달하려 함이니 한 치의 오해도 없기를 바란다. 그리고 네가 8월에 휴가 나오면 산소를 들러본다고 했는데 그때 너무 깨끗하면 네가 뽑을 풀이 없다면 얼마나 실망이 크겠냐. 덕분에 네 작업량은 충분히 확보된 것으로 판단된다. 마무리는 교회 청년이 단독 알바 운영하는 모모카페(가게 이름이 모모)에서 팥빙수와 팬케이크를 먹는 것으로 앞당겨서 결혼 31주년 자가발전 자축행사로 이름을 지었단다.

또 분노하건대 아들들에게 금강도보 종주를 제의했건만 한 아들은 휴가가 짧다는 이유로 다른 한 아들은 자전거로 하면 어떻겠냐며 이 또한 기피권을 행사하는데 이게 어디 기강이 서 있고 뼈대 있는 집안 자손들이 할 행위더냐. 성경에 나와 있는 혼인잔치의 비유를 기억하고 있으렷다. 그럼 소는 누가 키우란 말이냐.

우체국에서 만든 '고객의 풍요를 지키는 생활금융 우체국예금' 우표를 몇 장 보내니 너도 쓰고 전우들에게도 나눠주기 바라며 제대하면 꼭 우체국 예금을 이용해달라는 홍보도 잊지 말기 바란다.

2013. 7. 17. 제헌절이기 전에 결혼 기념일인 날,
태극기를 달고 나온 아버지 씀

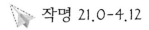

작명 21.0-4.12

카톡(형의 동의 없이 임의 공개하는 것이니 발설 공유 배포 유포하지 말거라)

0722 1512	잘 다녀오거라	0722 1529	네 아버지
0723 0639	잘 도착했느냐	0723 0714	아직 샌프란시스코 입니다
		0723 1000	이제 베가스에 도착했습니다

꼭 네바다 사막 모래 같이 말랐으되 깔끔하구나. 무색무취한 DMZ 표 생수 같은 맑디맑은 대화로고. 아버지는 8월 24일부터 4일간 대만여행이 계획되어 있단다. 우리 대전우체국이 보험모집을 잘해서 포상으로 다녀오는 거란다. 거시기하게도 여행만 가라고하니 참말 거시기하구나. 재주는 곰이 넘고 돈은 ××이 챙긴다더니. 국제 관례상, 차별금지법을 고려해서 ××으로 표기함을 양지하기 바란다.

양구 지역에 올 들어 강수량이 875mm 가 내렸는데 6월 들어서만 552mm가 내렸구나. 대전은 7월 들어서 비가 안 온 날이 12일, 온 날이 11일인데 그나마도 적게 내려서 166.9mm가 내렸단다. 양구지역은 6일간만 비가 안 오고 17일간은 비가 왔으니 그 지역 사는 사람(군인포함)들은 매일 비가 왔다고 느낄 만하겠구나. 내가 사랑하여 가꾸는 우체국 옆 맥문동의 울타리로 쓰인 회양목도 제대로 비가 안 와서인지 누렇게 변해가고 있다. 그런 이유도 있고 회양목에 나방이 생기면 그렇게 된다고도 하는데 어쨌거나 누렇게 변한 것은 사실이다. 오늘도 비가 오전에는 제법 내렸는데 점심시간을 기점으로 소강상태를 보이고 있단다.

지난주에는 여름성경학교 준비하고 치르느라 조금 바빴단다. 나야 부장으로서 주로 뒷짐을 지고 바라 보기로 했다. 엄마의 강력한 주문으로 부장님은 참견(잔소리)하지 마시고 가끔 나오셔서 격려해주시고 저녁, 간식이나 사라고 사주를 당했기 때문이란다. 그것도 힘들더구나. 물론 사진을 찍는 임무를 수행하기는 했지. 무엇보다도 믿음이 적은 고로 걱정했던 것이 잔치는 배설排設해 놨는데 참여하는 아이들이 적으면 어쩌나하는 것이었는데 의외로 아니다, 하나님 은혜로 평소 15명에서 20명이었는데 이번은 25명이나 참여를 해서 비교적 성황리에 마칠 수 있었단다. 아버지의 믿음 적음이 부끄럽구나.

네가 보내준 책은 거의 다 읽었단다. 유명세의 작가도 아니고 평범한 분이 쓴 책이라서 사실 처음에는 기대하지 않았단다.

또, 맨 처음 읽은 것이 양구여행기인데 다소 부실하다는 생각을 했지. 그런데 읽을수록 글 쓰는 전문가도 아닌 분이 이정도 썼다고 생각하니 대단하다로 평가를 바꾸게 되었단다. 감칠맛이나 재미가 있는 글은 아니로되 나름 좋은 책이더구나. 결정적으로는 영준이가 추천한 책을 무시하거나 혹평을 한다는 것은 자주 표현하는 대로 육군의 사기에 지대한 영향을 미치므로 있을 수 없는 일이겠지. 아버지는 올해는 작년보다 더뎌서 40여권을 읽었단다.

2013. 7. 23. 중복 날 아버지 씀

부모님께

  편지지와 새 펜을 받았으니 기념으로 편지를 아니 쓸 수가 없습니다. 엄청난 용량의 택배 박스는 잘 받았습니다. 라면은 개시 기념으로 저녁식사 때 먹어버렸습니다. 민간인의 입장에서는 잘 모르시겠지만 저녁식사 때 식당에서 라면을 먹는다는 건 일등병이나 이등병은 꿈도 꿀 수 없는 짬의 상징입니다. 원래는 취사장에서의 라면 취식이 금지되어 있지만 고참 되면 몰래몰래 먹습니다.
  요사이 날씨가 도저히 종잡을 수가 없습니다. 장마라고 비가 주룩주룩 내리고 폭우가 내리다가도 해가 쨍 하고 떠서 장마가 끝났나를 의심하게 하기도 합니다.
  요새 연대 대부분의 병력이 유격 훈련을 가서 대대가 서던 어딘가의 근무를 저희 중대가 대신 서고 있는데 하루에 두 시간씩 세 번 서고 있습니다. 산술적으로는 여섯 시간 근무 들어가고, 이동 시간과 준비 시간을 합치면 하루에 아홉 시간 정도 근무고, 근무 사이에 다섯 시간 정도 시간이 있으니 잠을 조금씩 쪼개서 자야 합니다. 그래서 이번 주는 자고 근무 들어가고만 반복해서 정신없이 지내고 있습니다. 근무가 새벽 3시에 끝나고 6시에 기상을 해야 하니 기상하기가 쉽지 않습니다. 오늘 아침 아침점호가 없어서 그냥 쭉 자고 있는데 후임들이 시리얼을 가져다 놨습니다. 군 생활을 못하진 않은 것 같습니다.

이 편지가 도착할 때는 이미 『아내와 함께한 국토 여행』이 도착했을 겁니다. 저번에 읽어봤는데 내용이 수수하니 참 예뻐서 결혼기념일 선물로 꼭 맞을 것 같아 보냈습니다. 마음에 드실지 모르겠습니다.

휴가는 8월 9일 금요일에 예정대로 나갈 것 같습니다. 금요일에 서울에서 머물고 토요일 아침에 시험 보고 대전에 내려갈 것 같습니다. 그리고 말복인 8월 12일 월요일에 다시 부대로 복귀하고. 그게 제 군 생활의(정확히는 말년 휴가 전의) 마지막 휴가가 될 듯합니다.

시간은 잘만 흘러갑니다. 7월도 절반이 지나가고 있으니 제 군 생활의 끝도 곧 보이리라 믿습니다. 정말 많은 사람들을 집에 보냈습니다. 이제 한 30명만 더 보내면 집에 갑니다.

양구에는 비가 계속 내립니다. 이 장마가 가면 무더위가 찾아오겠지요. 무더운 날씨에 건강 조심하십쇼.

2013. 7. 11. 비가 주룩주룩 내리는 양구에서
이제는 상병도 꺾인 영준 올림

PS. 양구에서 직접 따서 말린 네잎 클로버도 동봉합니다.

2013. 8. 6. 화요일 도착

작명 21.0-3.29

    지난 주말에 보령에 다녀왔단다. 대천해수욕장을 바라보면서 내가 보령으로 발령 났던 1993년이 생각났다. 벌써 20년 전의 일이구나. 물론 그때 영준이도 방년 7살로 꽃다운 나이였는데… 가끔 하는 얘기지만 그때는 대천해수욕장 4km 앞에 보이는 다보도에 헤엄쳐서 가볼 생각을 했고 실제 해수욕장을 가로지르며 연습을 했던 생각이 나더구나. 이번에는 바다에 들어가기는 했지만 어깨가 아파서 전혀 헤엄을 칠 수 없었단다. 서글픔이나 자기연민 그런 게 느껴지는 것이 아니고 그런 상황, 1m도 헤엄칠 수 없는 사실에 순응하려는 나를 바라보게 되었단다. 어찌 보면 좋은 일인지도 모르겠다. 거스를 수 없는 것을 거스르려 하면 맘도 그리고 몸도 피곤하고 스트레스 받을 게 아니겠냐.

    한동안은 퇴직하면 무엇을 할까 고민도 하고 준비도 했는데 요즈음은 잠시 잊은 것처럼 지내고 있단다. 이제 헤쳐 나가기보다는 순응하며 살아가는 게 어떨까 하는 무기력해 보이는 생각을 하기도 한단다. 옳고 그름, 선과 악의 구분이 반드시 있을 터이지만 왠지 그 구분조차 어떤 의미가 있을까 생각해보곤 한단다. 어렵구나. 이런 내 생각의 반작용으로 일주일 정도 전부터

상병의 편지

배재대 운동장을 아침저녁으로 산책도 하고 달리기도 하고 있 단다. 무기력해지지 않도록 반응 대응을 하는 사람도 바로 나구 나. 아이러니하지.

형은 미국에서 돌아오는 날도 연구실에 가서 새벽까지 일을 했다는데 오늘도 대전에 있는 중소기업청에 청년창업브리핑을 하러 와서는 집에 들를 새도 없이 서울로 다시 올라갔다는구 나. 젊어서는 바쁜 것도 고생을 하는 것도 다 필요한 일이지만 그러다 삶의 여유나 젊음을 누릴 수 있는 시절을 놓칠까 걱정이 되기는 하다만 열심히 하는 모습만은 좋아 보이는구나.

이제 다음 달 병장이 된다고 하니 네 선배들이 그랬던 것처럼 생각의 계절이 돌아오겠구나.

2013. 8. 6. 입추 전날 아버지 씀

2013년 8월 10일

　영준이가 3박 4일 휴가를 왔다. 서울서 하루 자고 한국사능력시험 보고 5시경 내려왔다. 아내는 며칠 전부터 아파서 힘들어했는데 아들이 오자 힘을 내 보지만 힘든 기색이 역력하다.

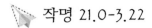

네 결심을 접수하고 나니 아버지 머릿속도 복잡해지는구나. 예상되었던 일이기는 하지만 아버지의 심사가 복잡함이 어쩐 일이뇨. 한 고개 넘고 나면 또 고개가 있는 것이 당연한 일이지만.

지난 주일 오후 목사님 설교 말씀은 이것이었단다.

첫째 목표를 높게 세울 것,
둘째 목표를 위해서 제일 하기 어려운 것부터 해결할 것,
셋째 목표를 위해서 당장의 즐거움을 멀리할 것.

다 아는 이야기다.

지금껏 그래왔듯 영준이의 결정을 지지하며 아니, 지지할 수밖에 없으며 또 응원할 수밖에 없고 또 응원해야 하는 것이 아버지, 부모의 역할이라 생각한다.

여러 생각보다 우선은 군대 생활 마무리에 집중하기 바란다.
유격 잘 다녀오거라.

칠석날 여행용 세트를 보내며 아버지 급히 씀

 부모님께

휴가 복귀한 지 일주일이 되어 갑니다. 휴가까지 앞으로 12주 정도 남았으니까 눈 감았다 뜨면 정도까지는 아니지만 순식간에 말년 휴가도 나가게 될 것 같습니다. 휴가 복귀 후에는 무더위가 계속되는 바람에 나름 편한 일과를 보내고 있습니다.

제가 휴가에서 복귀한 월요일에 인근 부대에서 열사병으로 병사 한 명이 쓰러졌고, 이 소식을 접한 군단장(쓰리스타, 별 세 개)이 분노해서 해가 뜨면 야외에서 아무것도 하지 말라고 지시를 내렸습니다. 그리하여 아침 7시에 일과를 시작해서 대략 오전 10시를 넘기면 철수합니다. 사실 안개가 걷히고 해가 살짝 뜨기만 해도 뜨겁긴 뜨겁습니다. 그렇게 일과를 끝내고 들어오면 밥 먹고 한 4시까지 잠을 잡니다. 4시 이후에 못 다한 작업을 하기도 하지만 기본적으로 편한 일과를 하고 있습니다.

이제 이곳 강원도의 아침저녁은 꽤 쌀쌀합니다. 아침저녁으로 긴팔 옷을 입어도 될 정도로 선선한 날씨를 보이고 있습니다. 아침점호를 받으러 나갈 때 '덥다'라는 느낌이 아니라 '어? 조금 쌀쌀한데'라는 느낌이 들 정도입니다. 더운 여름이 지나가고 있습니다. 그리고 매미가 30도가 넘어야 운다는 건 다시 확인해 봐야 될 것 같습니다. 30도가 안 되는데 마구 울고 있습니다.

다다음 주에 가기로 되어 있던 유격은 예정대로 가게 될 것 같습니다. 뭐 연기된다는 얘기도 있었는데 중대장이 강력히 추진해서 상병과 병장 층만 유격을 가게 되었습니다. 일등병, 이등병은 내년에도 갈 기회가 있다고 상병과 병장만 몇십 명 데리고 갑니다.

이제 진짜 1년 넘게 함께 군 생활 하던 사람들이 집에 가고 있습니다. 같이 이등병을 보낸 사람들이 말년 휴가를 떠나고 있습니다. 느낌이 묘합니다. 예전에는 선임이 전역을 해도 '갈 사람은 가는구나'라는 생각만 들었는데 이제는 남의 일 같지 않습니다. 진짜 전역 준비를 착실히 해야 되는 시점인 것 같습니다.

아직 날씨가 상당히 덥습니다. 사다 드린 홍삼, 아침저녁 꼬박꼬박 챙겨 드시고 밥도 삼시 세끼 잘 챙겨 드시기 바랍니다.

다음 편지는 유격 후기와 함께 찾아가겠습니다. 이다음 편지는 김영준 '병장'이 쓸 겁니다.

2013. 8. 18. 여름의 뒤안길에서 육군 상병 김영준

2013. 8. 21. 수요일 도착

한여름에 추위를 피하는 상황에 이르렀다. 나는 태로각 협곡 관광을 마치고 대만 화련에서 대북으로 가는 자강호 열차의 객차 연결부분에 기대어서 이 글을 쓰고 있단다. 대만 여행 3일째, 여행안내서에도 긴팔 옷을 준비하라고 했지만 어제 아류와 지우펀을 돌아다니면서 종일 한국보다 더 더웠음을 기억하면서 그 안내를 무시하기로 했고 결국은 냉방이 지나치게 된 열차 객차 내에서 쫓겨나오는 신세가 되고 말았다. 여행 첫날 인천공항서 중정공항으로 가는 비행기 안에서도 추위를 견디다 못 해 아녀자들이나 덮는 담요를 주문해서 뒤집어쓰는 대장부로서 안쓰러운 행동을 했는데 이 자강호 열차는 담요제공이 안 되니 어찌하겠느냐, 피할 수밖에.

대만여행 첫날, 먼저 국립고궁박물관을 관람했단다. 인파가 어찌 많은지 한 관람실을 통과할 때마다 20여분은 소요되는 것 같았다. 대부분 중국 사람들이라고 한다. 중국사람, 그러면 중국에 중국 사람이 많은 게 무슨 말. 여기는 중국이 아니고 대만이지. 서로 왕래가 가능해지면서 대만 관광객의 80% 이상이 중국 본토인이라 한다. 국립고궁박물관에 대한 기대가 지나쳤음인지 약간은 실망을 한다. 다음은 충렬사, 우리로 치면 현충사쯤 되는 거겠지. 위병의 교대식을 보고 있노라니 로봇처럼 움직이는 군인들을 보면서 네 생각이 났단다. 대만도 징병제라 한다. 용산사, 대만 최고의 사원이라는데 여러 신들을 향한 민초들의 진지하고 엄숙한 의식을 본다. 일본여행에서도 비슷한 풍경을 봤는데 섬이란 특수한 자연환경이 이들을 그렇게 진지하게 했는가 보다 생각했다. 근처의 야시장 관광, 내가 보기에는 각종 음식들이 정체불명이라 사진 몇 장 찍는 것으로 투어를 대신한다. 그렇지, 중간에 발 마사지 숍에 들리는 것도 빼놓지 않았다. 이것이 한국인 관광 필수 코스로 자리 잡은 모양이다. 수십 명이 들이닥쳐도 금방 수용이 된다. 물론 한국인이 안내도 하고 서비스도 해준다.

이번 여행이 내 공직생활 중 공식적인 해외여행의 마지막이 될 가능성이 높다. 2003년 유럽여행, 2010년 일본여행 그리고 이번 대만여행이 3번째다. 적은 편도 그렇다고 많은 편도 아닌 공직으로의 여행 경험이었다. 나이 탓일까, 아니면 여행지가 겨우 시차가 1시간밖에 나지 않는 대만이어서인지 여행을 떠나기 전 특별한 설레임도, 준비도 없었다. 엄마가 챙기는 여행 가방을 바라만 보고 들고 나왔단다. 엄마는 그래도 신경이 쓰이는지 (남에게 보여지는 나 말이다) 뉴발란스 운동화, 레드페이스 모자 2개, 여행용 면바지를 사주고도 모자라 여행용 가방을 못 사준 것을 몹시 안타까워 하셨단다. 이 여행용 가방으로 말할 것 같으면 네가 독일에도 들고 갔고, 내가 일본 갈 때도 동행했고, 형이 미국 갈 때 그리고 2011년 홍콩 우리 가족여행 때도 함께 한 유서 깊고 캐리어 있는 캐리어인데 말이다. 하긴 낡기는 했더구나.

이런, 가이드가 추위 공포에 떨고 있는 나를 발견했구나. 자기는 괜찮다고 긴팔 옷을 건네준다. 염치없이 받아서 한여름 밤의 추위를 피한다.

21:30, 열차가 타이베이 역에 도착하는구나.

2013. 8. 26. 쓴 글을 8. 29. 정리

PS. 이제 영준이 군 생활이 2자릿수로 줄어들었구나.

<u>2013년 9월 9일</u>

추석. 영준, 영현, 영광이 사촌 3명은 군대에 가 있다.

작전명령 640_ 아버지와 군대 간 아들, 편지를 주고받다

작명 21.0-2.24

　　지난 한 주 동안 '귀농귀촌교육'을 다녀왔단다. 수원에 있는 농식품공무원교육원에서 받았는데 3일은 강의를 들었고 이틀은 전남 장성에 가서 귀농귀촌 현장을 방문하는 식으로 교육이 진행되었다. 오래전부터 생각한 것이라 교육은 유익했다.

　　새로운 정보도 많이 얻을 수 있었다. 정책적인 지원도 많이 있고 귀농귀촌을 위한 프로그램, 길라잡이 사이트들이 상세하게 되어 있어서 많은 도움을 받을 수 있을 것 같았다.

　　그러나, 사실 지난 주말 내내 우울했단다. 막상 교육을 세밀하게 받고 보니 그 귀농은 고사하고 귀촌하는 것도 만만하지 않다는 것을 실질적으로 파악하게 되었고 심지어는 귀촌이 현실적으로 어려울 수도 있겠구나 생각하니 두렵고 또 답답했다.

　　퇴직과 맞물려서 은퇴 후가 막막하다는 생각을 하니 그냥 우울했단다. 알고 있겠지만 참고로 귀농은 농사를 지으러 가는 것이고 귀촌은 농촌으로 거처를 옮기는 것이란다. 갑자기 약간은 익살스런 강사가 이야기했던 게 생각나는구나. 선 교육 후 귀촌, 선 귀촌 후 귀농, 선 임차 후 매입… 짐작을 하겠지만 교육이나 공부를 많이 하고서 우선 농촌에 가서 살아본 다음에 농사를 지어보고 그게 자신에게 맞을 때 집을 사든지 땅을 사든지 하라는 말이란다.

이렇게 무너질 듯 걱정은 하지만 내심으로는 어떤 것을 하든지 잘할 수 있을 것이라는 자신감은 아직 남아 있다. 그래도 나이가 들면서 도전에 대한 두려움이 점점 커짐은 어쩔 수 없구나.

2013. 9. 11. 아버지 씀

말년 병장의 편지

군 생활 마무리와 또 다른 사회라는 군대로

부모님께

　강원도 산골에 겨울이 찾아옵니다. 몇 주 전까지만 해도 매미가 기승을 부리는 불볕더위였는데 이제는 아침저녁으로 '제법 찬바람'이 아니라 '그냥 찬바람'이 붑니다. 대관령 아침 기온이 10도 이하로 떨어지기 시작했다는데 여기도 아침 기온이 12도, 13도밖에 되지가 않습니다. 이제 다 겨울옷을 꺼내 입기 시작했고, 얼마 전에 산속으로 훈련을 나갔는데 해가 안 떠서 아침부터 야상(야전 상의. 전투복 상의 위에 입는 외투입니다)을 입어야 할 정도였습니다. 이제 진짜 말출까지는 두 달밖에 안 남았습니다. 시간이 정말 잘 흘러갑니다.

　시간이 조금 흘렀지만 유격 훈련 얘기를 좀 하겠습니다. 비록 2박 3일 동안 모든 일정을 소화하기 위해 많은 것이 생략되긴 했지만 유격은 유격이었습니다. 짧은 일정 탓에 좀 빡빡하게 훈련이 진행되었습니다. 유격의 꽃이라 불리는 유격 체조의 강도가 먼저 다녀온 중대원들의 그것에 비해 강했고, 장애물 극복 코스도 쉬는 시간 없이 타야 했습니다. 장애물 코스는 코스 자체가 힘든 것보다 코스를 타기 위해서 산을 오르는 게 더 힘들었습니다.

　하지만 유격 훈련의 장점은 하루 종일 훈련이 끝나고 저녁을 먹고 나면 교관 및 조교들이 아무런 간섭을 하지 않아 중대원들끼리 캠핑 온 것처럼 과자를 까먹으면서 놀 수 있다는 점입니다. 아마 저희의 숙영지가 계단을 126개를 걸어 올라가야 하는 산 중턱이어서 통제하기 어려운 이유도 있었을 것입니다.

어쨌든 유격을 끝내고 복귀 행군을 하는데 왜 사람들이 유격 복귀 행군이 힘들다고 하는지 알 것 같았습니다. 유격 체조로 몸이 만신창이가 돼 있어서 얼마 걷지도 않아서 몸이 천근만근이었습니다. 게다가 양구에는 왜 이렇게 고개가 많은지, 그리고 왜 하필 그 고개를 넘어가는지, 참 힘들었습니다. 결국 무사히 복귀 행군을 마쳤고, 군 생활의 유격은 사고 없이 무사히 끝났습니다.

남들은 말년이 되면 시간이 잘 안 간다고 하는데 저는 시간이 아주 잘 갑니다. 훈련과 작업이 쉼 없이 반복돼서 하루하루가 몸이 힘들다 보니 딴생각이 들 틈도 없습니다. 병장쯤 되면 아무것도 안 할 것 같지만 제 성격이 원래 그런 성격도 아닌데다가 소대에 병장만 9명인데(소대 총원 21명) 그중에 제가 막내 병장이라서 손에서 삽을 놓을 군번이 아닙니다. 그래도 한 번 하는 군 생활 고되게 하는 것 같아 좋습니다.

요새 『앨빈토플러처럼 생각하는 법』을 읽고 있는데 미래를 읽으라는 내용의 책입니다. 그런데 2010년 기준으로 2013년을 예측했는데 스마트 센서에 의한 암 치료 시작, 디지털 교과서 전국 초등학교 보급 등을 예상하고 있습니다. 미래를 잘 예측하라고 하긴 하는데 예측은 참 어려운 것 같습니다. 또 편지하겠습니다.

2013. 9. 7. 가을이 깊어가는 양구에서 육군 병장 김영준
2013. 9. 14. 토요일 도착

부모님께

  가을이 깊어갑니다. 아직도 여전히 낮에는 뜨겁긴 하지만 한
증막을 방불케 하던 8월의 무더위와는 비할 바가 아닙니다. 가
을이 되면서 부대 안의 밤과 잣을 주워 먹는 재미가 제법 쏠쏠
합니다. 부대 내에 밤나무가 몇 그루 자생하는데 벌써 땅바닥
에 떨어지기 시작합니다. 그러면 지나가다가 밤 몇 개를 주워서
주머니에 넣어 두었다가 작업하다 쉬는 시간에 까먹는 재미가
쏠쏠합니다. 먼저 겉껍질을 이빨과 손톱으로 대충 벗겨냅니다.
  이제 남는 건 속껍질인데 이건 군번줄로 긁어내면 됩니다. 납
작한 군번줄로 주걱으로 밥솥에 있는 누룽지 긁어내듯 벅벅 밀
어주면 속껍질이 벗겨지고 노란 알맹이만 남습니다. 사실 말이
간단하지 상당한 인내와 노력이 요구됩니다. 아직은 떨어진 밤
이 많지 않아서 주워 먹을 게 별로 없는데 본격적으로 떨어지
기 시작하면 취사병한테 부탁해서 쪄 달라고 할 생각입니다. 취
사병 동기가 가져오면 쪄 준답니다.
  잣을 먹는 것도 간단합니다. 잣을 나무에서 직접 따서 먹는
건 어렵습니다. 잣은 보통 꼭대기 근처에 많이 달려서 크레인
혹은 아주 긴 장대가 필요합니다. 밤보다는 적지만 가끔 땅에
떨어진 잣을 속 열매를 빼내어 이빨로 까먹으면 됩니다. 지금
분대장이 더덕을 캐는 데 비상한 재주를 가지고 있어서 뒷산 잠

간 올라갔다 오면 몇 뿌리씩 캐 와서 요새 가끔 더덕을 고추장
에 찍어 먹곤 합니다.

이제 곧 추석이 다가오는데 추석 연휴 첫날에는 소대에서 보
쌈, 치킨 같은 거 배달시켜서 회식도 할 것 같고, 중대에서 영화
도 보여주고, 축구도 하고, 그렇게 보낼 것 같습니다. 병장이 되
고 집에 갈 날이 얼마 안 남으니까 집에 갈 날만 세고 있습니다.
오늘 기준으로 전역까지 79일이 남았고 휴가까지 56일 정도 남
았을 겁니다. 이제 전역 준비도 해야 되는데 생각만큼 쉽지가
않습니다.

오늘은 이만 줄이도록 하겠습니다. 일교차가 제법 심합니다.
건강 조심하십쇼.

2013. 9. 17. 저녁식사가 끝난 18:25
양구에서 대한민국 육군 병장 김영준

2013. 9. 21. 양구 영내면회 때 직접 받은 편지

2013년 9월 21일

영준이 면회를 다녀왔다. 7시 출발, 11시 부대 도착. 3시 양구 출발, 7시 집에 도착. 추석 끝이라 막힐까 걱정했는데 내려올 때 약간을 제외하고 막힘이 없었다. 최근 개통된 평택-제천 고속도로가 큰 도움이 됐다. 면회 온 가족이 한 가족 더 있었다. 12월 5일 제대한다. 병장이 되어서 한결 느긋하게 면회를 했다. 내일 영준이 생일.

엊저녁 10시부터 시작한 장기는 시간경고를 3번 받은 새벽 1시 반 경에 어쩔 수 없이 마쳐야 했다. 경고는 시간 단위로 '게임 시간이 1시간 경과했습니다. 지나친 게임은 건강을 해칩니다'라는 병 주고 약 주는 자막이 벌겋게 뜨고 또 머니가 털리면 친절하게 무료로 5번 10만 원씩 게임머니를 주는데 5번을 다 소진하고 급수도 4급에서 5급으로 떨어졌단다. 잠자리에 들었지만 극도로 각성된 뇌는 아직도 긴장하고 있어서 쉽게 잠들지 못했고 아침에 일어났는데 눈이 뻑뻑했단다.

지금 편지를 되돌려보니 작년 12월 18일에도 장기몰두에 관한 편지를 보냈더구나. 그때도 10시부터 새벽 1시 반으로 상황은 비슷한데 그래도 그때는 머니도 조금 남기고 3급도 유지했는데 이제 기력, 체력, 집중력이 어제 오늘이 다르구나. 이게 아니다 싶으면 맘을 돌리고 방향을 바꾸는 결단이 필요한데 오히려 오기만 남게 되고 결과는 대개는 뻔하다. 어제 같은 경우는 이건 아닌데 그만해야 하는데 라는 말을 속으로 되뇌이면서도 행동은 그와 반대되는 방향으로 움직인다. 나1과 나2가 서로 다투면 거듭 얘기하지만 결과가 좋을 리 만무하다.

그뿐이 아니었구나. 어제 사무실에서 탁구를 쳤는데 3승 11패, 그제는 4승 10패로 내기를 하는 것도 아닌데 엊그제 패배를 설욕하기 위해 어깨에 힘이 과도하게 들어가서 실수에 실수를 연발해서 자멸하게 되더구나. 복식으로 하는데 하나가 실수를 하면 그게 같은 편으로 전염이 되어서 힘 한 번 제대로 못쓰고 연일 참패를 했단다.

오늘도 점심시간에 상대팀을 만났는데 오늘 또 도전하라고 약을 올리니 오늘도 어떻게 극복해야 할지 묘안이 생각나지 않는구나. 이런 때 며칠 쉬는 게 약이라는 것은 알지만 오늘도 아마 탁구게임을 해야 할 것 같다.

하지만 무모하다고 비합리적이라고 생각해서 꼭 피하거나 할 필요는 없다고 생각한다. 합리적이고 이성적으로 착하고 좋은 것만이 있으면 사는 게 너무 밋밋하지 않을까.

추석 때 형이 세운 회사 '블루망고'에 아버지를 이사로 등록하고 싶다고 해서 현직이라 안 된다 했더니 그럼 사외 이사로 하겠다고 한다. 김 사장 그리 호칭했더니 '김 대표'로 불러달란다. 애플을 능가하는 회사가 될 것으로 믿어 의심치 않는다.

어머니는 월화수목금 계속 수업이 있어서 분주하신데 감기에 알레르기로 고전 중이시다. 혹 전화하게 되거든 최소한 5번 이상 딸이 없어도 엄마의 고통을 아들도 진심으로 나눌 수 있다는 멘트를 날려주기 간절하게 바란다.

2013. 9. 25. 졸린 눈을 부릅뜨고서 아버지 씀

2013년 10월 1일

아침 8시가 되기도 전에 영준이한테서 전화가 왔다. 웬일이냐고 물으니 군인이 '국군의 날' 아침에 전화함이 당연하단다. 오늘이 국군의 날이다.

아들이 군기가 빠진 게 아니고 아버지 군기가 빠졌구나. 글쎄 10월 들어서 편지 한 통을 안 보내다니 말도 안 된다. 군기가 빠진 게 아니고 애정이 식었음을 부인할 수가 없구나. 아버지는 다음 주에 또 교육을 간단다. 퇴직예정자반. 내가 신청해서 가는 거긴 하지만 마음이 왠지 헛헛하구나. 1974년 11월 우체국에 들어왔으니 이제 39년이 다 되어가는구나. 참 오래 달려왔구나. 한결같음이 때로는 스스로에게 짜증이 나기도 한단다. 이해할 수 있겠니? 내 의지대로 결정한 것도 아니고 어쩌다 보니 공무원 시험을 보게 되었고 그 당시는 본인의 의사는 무시한 채 총무처에서 순서대로 발령을 냈는데 거기가 우체국이었단다. 이런 것도 운명이라고 해야 하나 모르겠다. 하기는 살면서 우리가 내 의지대로 했다고 하지만 대부분 우연을 운명이나 필연으로 포장하기도 했겠지. 그렇지 대전우체국 이 자리에서 엄마를 만났고 너희들이 생긴 것이니 이 또한 필연일까 우연일까? 필연 우연이 뭐가 중요하겠느냐만 그래도 가끔은 그 우연에 감사하며 또는 불평하며 살아가는 거겠지. 이제 네 군대생활도 두 달이 채 남지 않았구나. 안 해도 될 잔소리를 의무처럼 되뇌인다. 아들아, 남은 군 생활 마무리 잘 하거라.

2013. 10. 11. 17:48 우편 마감시간에 맞추느라
화급하게 타이핑해서 아버지 보냄

　오늘이 1976년 내가 입대한 날이라 이 이야기를 필히 이미 너에게 편지했으리라 생각하고 전년도 자료를 찾아보니 다행하게도 이 이야기를 쓰지는 않았구나. 다행이라, 이 말은 오늘도 쓸 이야기가 곤궁한 아버지가 혜안을 발휘해서 찾아낸 아들에게 보내는 편지의 호화롭고 완벽한 소재인데 다행히 내 기억이 아껴주었음을 스스로 대견해 하는 바이다. 지금은 공무원 하려고 다들 애쓰지만 그때만 해도 웬만하면 공무원이 되었던 시절이었고 당연하게 공무원이 인기가 없었단다. 나도 물론 애착이 있었을 리 없었고 대학 못 간 것만 애석해서 아무것도 이룬 것 없이 군대를 간다 생각하니 몹시 갑갑했다. 원인을 알 수 없이 턱관절에 이상이 생겨서 1주일 정도는 거의 밥을 제대로 먹을 수 없었다. 그러함에도 1976년 10월 22일 논산수용연대로 입대했는데 말로만 듣던 얼차려를 즉시 시행하니 어느새 나도 알지 못하는 사이에 턱관절이 정상 상태로 돌아왔더구나. 그러고 보니 음성에서 형이 팔이 빠진 적, 즉 어깨탈골이 발생해서 병원을 데려갔는데 그 치료의 아픔을 미리 인지한 형이 나는 아무렇지 않다고 팔을 휘휘 돌리며 괜찮다고 해서 그때는 몰랐는데 그게 다 집안 내력이었구나. 원래 주제로 다시 돌아와서 군대 입대만 생각하면 대전공설운동장에 입대할 장정들이 모였는데 그 노오란 잔디가 입대날짜가 되면 생각이 난단다. 엊그제 교회 동산에 가보니 잔디가 노오랗더구나.

지난달에는 귀농귀촌교육을 다녀왔고 지난주에는 1주일간 퇴직예정자반 교육을 다녀왔단다. 내가 원해서 미리 찾아서 간 교육이었지만 왠지 기분이 쪼글쪼글하더구나. 이 표현은 우리 집배실장이 자주 쓰는 말이란다. 이제 실제 퇴직이 얼마 안 남았구나 하는 생각이 몸으로 느껴진단다. 전에는 퇴직 후 귀촌을 해서 조용하고 한적하게 살고 싶었는데 그 조용하나 한적이 바쁘게 살 때 의미가 있는 것이지 퇴직으로 이미 조용하고 한적한 마당에 그 의미를 찾기 어려울 것 같다. 그리하야 형한테 아버지가 퇴직 후 무엇을 하고 지내면 좋겠냐 물으니 엄마처럼 교육 쪽의 일을 하시는 게 좋겠다고 하는구나. 김 병장의 생각은 어떠한고?

이번 퇴직자반 교육과정에 고승덕 변호사의 특강도 있었단다. 3시를 동시에 합격한 자가 어찌 민초의 슬픔을 알겠냐며 기대 없이 강의를 들었는데 나름 들을 만하더구나. 네 생각이 나서 평소에 잘 하지 않는 짓을 서슴없이 하게 되었는데 고 변호사에게 너를 위한 격려 말을 써달라고 했더니 '김영준 군, 합격할 때까지 파이팅! 고승덕'이렇게 써주더구나. 이런, 이게 부모들의 무모한 자식에 대한 참을 수 없는 기대라는 걸 알면서, 아주 잘 알면서 나도 그런 행위를 하고 말았단다. 이해해 주기 바란다.

교육을 받을 때나 할 때 내가 강조하는 게 있단다. 일주일간 좋은 말 많이 듣고 실행해야 할 것도 많지만 딱 한두 가지만 정해서 바로 기록하고 또 기록한 것을 집에 도착하는 즉시 실행에 옮기라고 주문을 한단다. 이번에 나는 3가지를 써 왔단다.

아침밥은 내가 지어먹겠다, 연금에 기대지 않고 살아갈 방법을 찾아보겠다 그리고 세 번째 김영준 병장과의 주고 받은 편지를 책으로 엮어야겠다.

이 셋이다. 세 번째는 네가 제안한 일이기도 하지만 내가 주도해서 하고 싶구나. 그러하나 첫 번째 밥 짓기는 즉시 어마마마의 거부권 행사로 실행을 못 함을 아쉬워하고 있단다. 이 말은 진정임을 진정으로 이해해 주기 바란다.

2013. 10. 22. 상기하자 김성태 입대일에 군번 12703854 아버지 씀

지난 토요일 즉 10월 26일 괴산에 있는 산막이 옛길을 가을 체육행사차 다녀왔단다. 처음에는 보령 오서산을 가기로 체육회 이사회가 결정을 했지만 사전 답사 팀이 다녀와서는 여러 가지로 적합하지 않다며 행사진행부서에서 결정을 일방적으로 번복하여 괴산으로 결정했단다. 나는 이미 여러 체육회 이사들이 모여서 결정한 것이니만큼 아주 특별한 일이 아니면 결정을 존중해야지 이렇게 번복하면 나쁜 선례가 된다며 반대했지만 대세를 엎기는 역부족이었단다.

나는 어떤 결정이나 약속은 그것이 비록 잘못된 판단이나 호기로 한 것이라도 지켜져야 한다고 생각한단다. 그런데 이번 번복 결정의 원인이 여럿이 이동하기에는 사고 위험이 따른다는 답사자의 보고이니 내가 굳이 이미 결정을 이유로 강행했다가 혹 무슨 일이라도 생기면 그것도 곤란한 일이기는 하겠구나. 내가 반대한 속내는 괴산에 가봐야 무슨 볼거리가 있겠느냐는 마음이 있었음을 부인하지 못한다. 나를 포함해서 사람들은 겉으로는 그럴듯한 명분을 내세우지만 결국은 자기의 이익이나 선호에 따라서 합리화하려고 하는 경향이 있는 것 같다.

우리가 실망하거나 환호하는 것은 대개는 기대치와 관련이 깊은 것 같다. 똑같은 품질이라도 50을 기대하고 갔는데 70이면

120% 만족할 것이고 90을 기대하고 갔는데 70이면 똑같은 70이지만 77.77%밖에 만족을 못하는 거겠지. 네가 지금 아버지가 쓴 77.77%에 대해서 의혹의 눈길을 보냄이 어찌 보면 당연한 것인지 모르겠다. 내가 그동안 양치기 언행을 일삼았기 때문이지만 위의 숫자는 이상해서 다시 한 번 계산기로 두드려 본 것이니 마음 놓고 읽어도 된단다. 어찌 표현이 조금 이상하기는 하구나. 이런 삼천포. 산막이길이 내가 기대했던 것보다 풍광이 훌륭하더구나. 약간 추울 것으로 예상했지만 산책하고 등산하기에는 더없이 좋은 날이더구나. 날씨도 기대치보다 좋았다는 것이지.

쓸 말은 어마어마하게 많으나 Table Tennis 연습에 아주 중요한 역할을 하는 내가 안 가면 시합이 안 되기에 이만 총총이다. 밝히 밝히자면 내가 안 가면 3명이라 복식시합이 안 된단다. 다시 총총이다.

2013. 10. 29. 아버지 씀

부모님께

군 생활이 거의 끝나갑니다. 진짜 이럴 날이 정말 올 거라고는 꿈에서나 상상하던 거였는데 진짜 그날이 오고 있습니다. 이등병 때만 해도 집에 가는 게 먼 미래의 일, 저와는 전혀 상관없는 일이라고 여겼는데, 남들이 전역할 때 아예 부럽지조차 않았는데 이제 제가 그 말년 병장이 되어 있습니다. 위로 몇십 명씩 있던 선임들 언제 다 집에 보내나 했는데 이제 제 위로 열 명뿐이고 11월 초 다 전역합니다. 얼마 전까지 별로 전역 날짜 같은 건 신경 안 썼는데 이제 신경을 안 쓸래야 안 쓸 수 없게 되었습니다.

가끔 전역하는 생각만 해도 기분이 막 설레어 옵니다. 실제로 전역하는 날에는 기분이 얼마나 좋을지 상상조차 되지 않습니다. 비록 전역한 후에 미래도 불안정하고 입대할 때 생각했던 것처럼 공부를 엄청 많이 하거나 한 것도 아니고 사회에 있는 친구들에게 전화해 보면 다 죽어가는 소리만 해대지만, 전역이 다가오는 건 정말 기분이 좋습니다.

가을비가 내리면서 날씨가 쌀쌀한 정도가 아니라 추워집니다. 단풍도 제법 그윽하게 꼭대기부터 내려오고 가을 없이 겨울로 가는 것 같긴 하지만 겨울이 오면 집에 가니까 괜찮습니다. 편지에서도 보이겠지만 오직 집에 갈 생각뿐입니다.

이제 진짜 소대 왕고, 아니 중대 왕고입니다. 분대장도 물려받아서 어깨에 견장도 차고 다니고 소위 말하는 '선임분대장'입니다. 군 생활이 이 정도 남으면 남은 군 생활에서 휴가 일수도 빼버리고 남은 군 생활을 계산하는데 이렇게 계산하면 군 생활이 25일 남게 됩니다. 군 생활 얼마 안 남았습니다.

앞으로 한 2주간은 주말밖에 전화가 안 될 듯싶습니다. 훈련 나가는 대신 주둔지 방호를 위해 근무를 서는데 그게 시간이 야간이라 전화는 어려울 것 같습니다. 아마 전화로 미리 말씀드리지 않을까 싶습니다.

날씨가 춥습니다. 건강 조심하십쇼. 여기는 이제 0℃ 근처로 기온이 떨어집니다.

2013. 10. 18. 겨울이 다가오는 강원도 양구에서
대한민국 육군 병장 김영준

2013. 10. 31. 목요일 도착

부모님께

이렇게 군대에서 편지를 쓸 날도 얼마 남지 않았습니다. 휴가 날짜를 빼면 군 생활도 2주 남짓 정도 남은 것 같은데 마음이 싱숭생숭합니다. 사실 막 실감이 나는 건 아닌데 주변 사람들이 집에 갈 날 얼마 안 남았다고 하고, 위에 사람들도 거의 다 집에 갔고, 주머니에 손을 찔러 넣고 자연스럽게 부대 안을 활보하는 걸 보면 가긴 갈 수 있을 것 같긴 한데 요새는 약간의 불안감이 엄습합니다.

익숙한 곳을 떠나 다시 새로운 환경으로 나가야 하는 데에 대한 약간의 두려움이랄까 긴장감이랄까, 막연하게 안개 속에 싸여 있는 미래에 대한 불안감이랄까, 복잡한 감정입니다. 사회에 있는 친구들은 고시에 합격했거나, 로스쿨에 들어가서 법조인의 꿈을 키우거나 미래를 향해 달려가고 있는데, 물론 이 친구들도 확실한 미래가 보장된 게 아니기 때문에 불안해하고 있겠지만, 저는 이곳에서 정체되어 있는 느낌을 지울 수가 없습니다. 나가면 곧 28살인데 법대 졸업장을 제외하면 준비된 게 없습니다. 해외 유학을 다녀온 것도 아니고, 법 공부 외에는 해본 것도 없고, 어찌 보면 막막합니다.

로스쿨을 가기로 생각한 것도 불안감에 기초하지 않았나 싶습니다. 해온 건 법 공부밖에 없는데 사실상 그것도 남들에 비해 뛰어난 것도 아니고 청운의 꿈을 안고 법대에 입학했는데 이대로 주저앉을 수는 없다는 생각이 들었습니다. 남자가 한번 칼집에서 칼을 뽑았는데 천하를 호령하지는 못할지언정 적장의 목은 베어야 하지 않겠습니까. 그런데 사실 로스쿨 들어가는 것 자체가 일입니다. 학점이 엄청 높은 것도 아니고 법 이외의 전공이 있는 것도 아닙니다. 뭐 리트 잘 보고 면접 잘 보면 되겠지만.

상기한 바와 같이 약간의 걱정은 있지만 전역은 기다려집니다. 전역증 하나를 받기 위해 지난 600일간 앞만 보고 달려온 거 아니겠습니까?

아, 그리고 아버지께서 편지로 은퇴 후의 진로에 대해 질문하신 바에 대해서는 잠깐 생각해 봤는데 글 쓰시는 솜씨를 살려 보는 게 어떨까 싶습니다. 편지를 책으로 엮는 것도 그 일환이 되지 않을까 싶습니다.

아마 이 편지는 저랑 비슷하게 집에 도착할 것 같습니다. 휴가 때 뵙겠습니다.

2013. 10. 31. 가을이 저물어 가는 양구에서
대한민국 육군 병장 김영준

2013. 11. 7. 목요일 도착

2013년 11월 8일

영준이가 1주일 휴가를 왔다. 반일 휴가를 내고 같이 '한밭식당'에 서 설렁탕을 먹었다.

농담, 이거 참 어려운 말이다. 지난주 회식자리에서 농담을 했는데 받아들여지지 않고 면박을 당했다. 그날 이후 아들들이 다녀가기도 하고 놀러 다녀오기도 했는데 우울감이 좀처럼 줄어들지 않는다. 처음에는 분노했다가 이제는 내가 그동안 말로 상처 준 사람들에 대해서 생각하기도 하고 실제로 전화를 하기도 했단다. 더러는 그 얘기를 하니 저도 10년 전에 실장님(그때 내 직책) 때문에 엄청 스트레스 받은 거 아시지요? 아니, 솔직하게 잘 몰랐다. 그 놈의 잘난 농담 때문에 밤중에 전화를 받은 적도 몇 번 있었다. 내 말은 그게 아니고 농담이었는데 받아들이는 입장에서는 공격 또는 비아냥으로 느껴졌기 때문일 것이다. 그렇게 전화하는 경우는 빙산의 일각이었을 것이다.

아마 대부분은 저 인간하고 상대하지 말자 무시했을 것이고 더러는 분노의 눈물을 흘린 사람도 많았을 것이다. 그래서 내 마음이 아팠던 게 그게 그 사람들의 아픔을 이해하거나 용서하는 마음보다는 아마 변명하고 내가 지난주 받았던 상처를 스스로 달래려는 심리는 아니었을까? 내가 그나마 너희들의 진로에 대해서 조금 관심을 가졌던 것이 아마 내가 5급 승진심사를 거치면서 당한 스트레스 때문이라고 말하곤 했다. 현 제도상으로도 시험을 봐서 20대에도 5급이 될 수 있는 길이 열려 있는데 여러 사유로, 결국은 자신의 귀책사유로 스트레스를 받는 것이라 생각해서 어느 부모도 마찬가지겠지만 우리 아들들이 조금 나은 레벨에서 사회생활을 시작하는 게 좋겠다는 생각을 해서 그나마 조금 관심을 가진 거란다. 이런 지난주 이야기를 전하면 조심하지 그랬어요, 그러는 사람도 있고 받아들이지 못하는 사람이 문제가 있다는 등 위로를 하고는 하지만 결국 책임은 그 상황파악을 제대로 하지 못한 사람의 책임이 아니겠니? 그 책임 질 사람이 나라는 게 문제이지만 말이다.

원래는 이 편지를 시작할 때는 군대 생활 아무리 어려워도 그때가 좋다는 이야기로, 군 생활 잘 마무리하라는 얘기로 시작을 하려했는데 전혀 엉뚱하게 발전했구나. 지난주 형과 같이 점심을 먹으면서 그 선택에 관한 얘기를 했단다. 형이 수능 날 점심을 먹고 배가 아파서 한 과목을 빵점을 맞지 않았더라면, 1, 2학년 때 놀지 말고 공부를 했더라면 등등의 가정이 있지만 결국은 모든 선택은 그 순간 최선이었으며 그 최선이 모여서 지금 현재가 있는 거라는 그럴듯한 말을 하더구나. 그러니 어느 선택도 비난하거나 자책할 필요는 없겠지. 너무 무거운 얘기를 제대를 앞둔 육군 병장 아들에게 한 것 같아 미안하구나. 어느덧 작전명령도 마무리할 시간이 다가오는구나.

2013. 11. 15. 아버지 씀

부모님께

강원도의 겨울이 다가옵니다. 이제는 매우 추운 날씨가 지속되고 있습니다. 오늘 아침에도 눈발이 날리고 살을 에는 듯한 바람이 불어와 다들 관물대 깊이 보관하던 목토시, 귀도리를 꺼내기 시작했습니다. 작년 겨울에 어떻게 여기서 생활했는지 모르겠습니다. 11월 중순에 이렇게 추운데 12월 1월에는…. 어휴, 생각만 해도 끔찍합니다. 뭐 어차피 이제 여기서 지낼 일도 얼마 안 남아서 저야 상관없지만 전방의 군인들 앞으로 몇 개월 동안 고생 좀 하게 생겼습니다.

그나저나 진눈깨비가 날리는 102보충대에 인사도 제대로 못하고 들어가던 게 엊그제 같은데, 사회에서 입고 온 옷을 박스에 넣고 그 장정 소포에 편지를 쓰던 게 또 엊그제 같은데 어느새 21개월의 시간을 건너 군대에서의 마지막이 될 것 같은 편지를 쓰게 되었습니다.

102보충대에서 첫날밤을 보내고 이튿날 아침에 기상나팔 소리에 깨어 일어날 때는 진짜 막막하기 이를 데가 없었습니다. 아, 앞으로 2년 동안 이 소리를 들으며 일어나야 되는구나, 그리고 3월인데 꽤나 추웠던 춘천의 새벽, 난생처음 듣는 양구에 배치되어 말로만 듣던 조교들의 호령, 3월인데 영하 10도까지 떨어지는 추운 날씨, 3월 말에 내린 폭설, 눈물 쏙 뺀 화생방, 행군, 하루 종일 훈련만 하던 제2신교대, 자대 배치와 함께 시작된 이등병 생활, 짧았던 4.5초 신병 휴가, 그리고 길었던, '이게 양구구나'라고 느끼게 해준 양구의 겨울, 아니 빙하기, 온 세상이 하얗게 뒤덮여서 녹지 않을 것 같던 눈이 녹고 찾아온 봄…. 영원히 일병일 것 같았던 김 일병이 김 상병이 됐고, 익을 듯한 찜통더위를 지나 김 병장이 되었고, 이제 민간인으로 되돌아갈 준비를 하고 있습니다.

지나서 생각하면 어떻게 21개월이 지나갔는지 모르겠습니다. 뭐 사실 지나서 생각하니 그렇고, 군대에서 있었던 일 얘기하면 15박 16일을 해도 모자랄 것 같습니다. 군대에서 마지막 주말도 보내고, 마지막 예배도 드리고, 마지막 군데리아도 먹었고, 마지막 야간 근무는 오래전에 들어갔고, 요새 인생에서는 다시 오지 않을 군대에서의 마지막이 많아지고 있습니다. 물론 이제 전역하면 '처음'이란 단어가 익숙해지겠지만 말입니다.

군대 전역하면 아마 이렇게 아날로그적 감성으로 편지를 쓰기란 쉽지 않을 것 같습니다. 얼마 남지 않은 군대에서의 하루가 또 이렇게 저물어 갑니다. 내일과 모레, 군 생활 마무리 잘하고 '마지막 휴가'를 나가야겠습니다.

2013. 11. 18. 대한민국에서 가장 덥고 또 가장 추운 양구에서
대한민국 육군 병장 김영준

2013. 11. 25. 월요일 도착

　그동안 편지를 보내면서 제일 많이 썼던 단어가 무엇이었을까? 아마도 '견디'라는 말이 아니었을까 생각한다. 견디다는 뜻의 사전적 의미는 '사람이나 생물이 어려운 환경에 굴복하거나 죽지 않고 계속해서 버티는 상태가 되다'로 되어 있구나. 긍정적이거나 진취적인 단어는 아니구나. 더구나 '잘'을 늘 붙여 그 의미를 더했구나. 물론 그 견딤도 의미가 적지 않음을 알지만 왠지 좀 더 진취적인 말을 못해주었을까 조금은 아쉽구나. 막상 제대를 하게 되니 네 감회가 어떠하냐? 내가 군대에서 집으로 편지를 쓰면서 나이테 얘기를 했던 게 생각나는구나. 나이테는 가장 추운 계절에 가장 단단하게 생기는 것이라고 말이다. 군대 생활의 그 견딤, 잘 견딤이 나이테가 되어 네 인생의 단단한 부분이 될 것이다. 사회생활 역시 또 다른 견딤이 아닐까 하는 생각도 드는구나. 영준이 군 생활처럼 아버지도 이제 직장생활을 마무리하는 단계에 와 있구나. 나는 잘 견딘 걸까, 그 답을 제일 잘 알고 있는 사람은 바로 나 자신이구나. 눈 오는 오늘 아침, 영준이가 제설 작전을 실감나게 설명했지만 이제 다시 연병장 제설하는 일은 없겠지. 그 힘들게 견딘 군 생활이 평생 남자들의 이야깃거리란다. 아들아, 640일, 21개월 동안 잘 버티고 견뎌줘서 고맙다. 가족들에게 그리고 하나님께 감사. 아들아, 사랑한다.

2013. 11. 28. 아버지 씀

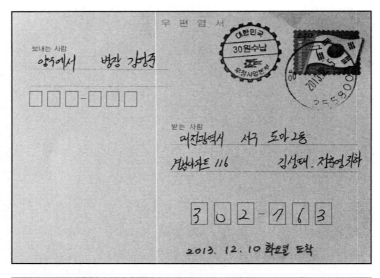

보내는 사람
양주에서   병장 강영준

□□□-□□□

우편엽서

받는 사람
대전광역시   서구 도마2동
갱신아파트 116   김성태. 전영희 귀하

3 0 2 - 7 6 3

2013. 12. 10 화요일 도착

전역신고를   마치고   양주에서 나와 버스를 기다리며
습니다.

그기게월의   군생활이   손산같이   지나갔습니다.
이 시간이   전혀 헛되지   않으라   믿습니다.

전역을 기념하고   서준반을   축하하며.
그 동안   군인아든   뒷바라지 하느라 고생하셨습니다.
2013. 12. 5
육군 예비역 병장 김영준

작명 140-634호

너도 이미 알다시피 올해 내 목표는 萬步百春이다.
여러해 전기도 사도 했었지만 목표에 도달하지는 못했었다.
만보계 2,000원 짜리 사서 1대월 겨는 겨우 수를 달력에 기록
하고는 했는데 써나고 China제를 샀더니 역시 차이나(China)로구나.
채 한달도 버티지 못하고 그만 멎으레 빠드민턴을 치던 중
이천원 어치 임무를 다했음을 고하더구나.

책은 올해들어서 19권을 읽었는데 아직까지는 머던 목록치에
근접해서 읽고는 왔으나 일부만 읽고는 목록을 채려 뒤해서
그냥 읽은 것으로 기록한 것이 있음을 물자도 없었늠레 시인한다.
약초, 봄나물 에 관한 책과 베르나의 명랑한 상당역,
유홍준의 문화답사기 세종2 를 읽는다.

엄마는 대화도 안해주고 자기를 뒤해 운동도하고 책도 읽는
다고 불평을 하시지만 내 목표는 수정할 생각은 조금 밖에
없다. 그러면서 엄마는 오늘 저녁 무려 써째대 에서 한국어
강사과정 강의는 원어민 수요일 밤 10시까지 늘을

예정이라면서 나갔고 저녁 밥을 먹고 들어오라는 강요를
하시니 내가 거꾸로 불평을 해야할 판이다. 그리고 내일
부터는 다문화 센터에 수업 나가실 예정이시다.

어제 밤에 네가 전화번호 검정해줬은 것중 자주쓰는
전화에 네가 노도 부대에 배치되었다는 메세지를 보냈더니
1.0 옷중 3명은 잘못보내졌다고 답장이 바로 오더구나.
찬이는 근방 알아채고 답장 메세가 왔고 자훈이도
휴일이는 누구세요 하더니 근방 전화가 와서 1갈갈(?)는
통화를 했었다.

너하고 전화기 바꿀것을 후회 했었다.
휴가나 외출때 집서로 들어서 통화하면 된다는데..
원위치를 생각중이다.

60대에 너보다 나이 많은 대원이 한명 있더구나.
꼭 초격을좋은 받아주나.

                    2012년 3월 12일 14시 12분
                        김영준의 아버지 씀